Née à Budapest (Hongrie), [...] solides études classiques, [...] térature et la langue fran[...] naturellement se fixer en [...] sant la frontière à pied, elle quitte la Hongrie. Les seuls biens qu'elle emporte avec elle sont, cousus dans son manteau, les feuillets qu'elle a écrits tandis qu'elle vivait la guerre à Budapest. Ces feuillets du temps du siège seront publiés sous le titre *J'ai quinze ans et je ne veux pas mourir*. Le Grand Prix Vérité a couronné ce récit unanimement célébré par la critique, traduit dans le monde entier et devenu livre scolaire dans plusieurs pays. En 1957, paraîtra une suite autobiographique *Il n'est pas si facile de vivre*.

Christine Arnothy commence alors une brillante carrière d'écrivain français, notamment avec ses romans : *Le Cardinal prisonnier*, *La Saison des Américains*, *Le Jardin noir* (Prix des Quatre Jurys), *Aviva*, *Chiche!*, *Un Type merveilleux*, *J'aime la vie*, *Le Bonheur d'une manière ou d'une autre* et avec le recueil de nouvelles *Le Cavalier mongol* (Grand Prix de la Nouvelle de l'Académie française).

Christine Arnothy a également écrit pour le théâtre, ainsi que des œuvres pour la radio et la télévision. Elle a publié un pamphlet sous le titre : *Lettre ouverte aux rois nus*. Son roman *Toutes les chances plus une* est paru en 1980 (Prix Interallié), *Les Jeux de mémoire* en 1981, *Un Paradis sur mesure* en 1982.

ŒUVRES DE CHRISTINE ARNOTHY

Dans Le Livre de Poche :

CHRISTINE ARNOTHY

Un Paradis
sur mesure

ROMAN

GRASSET

Les personnages de ce roman, comme leurs noms ou leurs caractères, sont purement imaginaires et leur identité ou leur ressemblance avec tout être réel, vivant ou mort, ne pourrait être qu'une coïncidence insoupçonnée de l'auteur, ou de l'éditeur.

Pour Claude,
pour François

Mon mari avait donc un sosie. Je souriais. De dos la ressemblance était étonnante. Dans la foule, je voyais déambuler un type, une fille blonde agrafée au bras droit, imprimée sur lui comme une décalcomanie. La rue grouillait, il était midi, les bureaux déversaient les employés, l'odeur du pain chaud et du café frais échappée des boulangeries-pâtisseries racolait les affamés de la mi-journée. J'observais, amusée, l'homme qui avait emprunté la silhouette de mon mari. A la fois inconnu et familier, il flânait au soleil, maintenant il prenait la fille par la main.

Il y a une heure, à peine, au lycée où je suis professeur d'anglais, le proviseur m'avait libérée.

« Nous avons besoin de votre classe pour le bac. Dites à vos élèves de rentrer chez eux. »

Je n'avais même pas eu le temps de le remercier pour ces quelques heures de liberté, je recevais ainsi, en pleine poitrine, comme une brassée de fleurs. Sortie du lycée, je m'étais engouffrée dans l'autobus, j'avais une course à faire, rue Boissy-d'Anglas. Depuis des semaines, je n'y arrivais pas.

De ce Paris surchauffé, l'oxyde de carbone se dégageait par bouffées, on respirait l'air épais de soleil et de poussière. J'aimais Paris. Je me

7

préparais à acheter à mon mari un peignoir de bain luxueux, d'un prix exorbitant, la folie pure. Avec ce geste, j'inquiéterais surtout ma belle-mère, snob comme une punaise qui ne serait à son aise que dans un lit à baldaquin. Je savourais les délices de mon après-midi libre, du bonheur de ces heures cadeaux. Je fredonnais. Un refrain lancinant s'accrochait à mon esprit, un vrai chardon : « Chaud, chaud, chaud, chaud, est l'amour chaud. Doux, doux, doux, doux, est l'amour doux... » Je ne comprenais pas l'insistance de cette rengaine roulée dans une tête, je n'avais plus le temps de suivre la mode des tubes.

Transbahutée par les dévoreurs de sandwiches, barbouillée de soleil, j'arrivais peu à peu vers le magasin chic. Je voyais apparaître et disparaître le couple dans la foule. Je m'approchais, je m'en éloignais, portée par les vagues humaines. Mon mari déjeunait à cette heure-ci à la cantine du centre de recherches où il travaillait depuis dix ans. La silhouette de l'homme me narguait : le même tassement au niveau des omoplates, la même couleur de cheveux que Marc, une vraie coïncidence génétique. Bras dessus, bras dessous, cousus ensemble, ils accordaient leurs pas. D'une blondeur révoltante parce que indiscutablement naturelle, la fille cherchait les effets de cheveux. De temps à autre, elle les rejetait en arrière, les chassait du visage. Fragile, aux articulations étirées, étroite, elle avait le corps élégant. Parfois, elle se penchait vers lui et chuchotait à son oreille. Si près qu'elle en aurait pu mordiller le lobe. A ce moment, dans un mouvement de tendresse, l'homme la prit par l'épaule et se tourna vers elle. Ils étaient arrêtés, comme ma respiration. Je tremblai, suffoquée comme un poisson tiré de l'eau. J'avais reconnu Marc, mon mari.

Je l'ai épousé, il y a huit ans, je suis entrée dans l'ordre bourgeois avec un plaisir certain. Je croyais notre mariage remarquablement réussi. Plantée sur le trottoir, je gênais le passage. On me bousculait légèrement. Je croyais Marc sincère et surtout incapable de mentir. Je passai, comme dans un méchant cauchemar, devant une clocharde, qui tendit vers moi sa main patinée de crasse. Je haussai les épaules. Elle comprit aussitôt que j'étais une cause perdue. Que faire ? Les surprendre ? Les interpeller ? Devenir ironique ou pleurer ? J'étais réservée de nature. Ne vaudrait-il pas mieux nous expliquer sur-le-champ ? Nous avions décidé de vivre notre vie commune sans tricherie aucune. « Si quelqu'un te plaît un jour, tu me le dis. » « Si une fille te fait des avances, tu me tiens au courant et nous discuterons l'affaire d'égal à égale. »

Nos horaires étaient affichés dans l'entrée de notre appartement. A n'importe quel moment de la journée, chacun savait où trouver l'autre. Pour lui, j'étais au lycée.

Marc, les manches de chemise retroussées — qu'a-t-il fait de sa veste en toile ? —, ne sentait pas le danger. Il embrassa la fille sur la tempe. Cette madone en jean avait un profil d'ange. Pourquoi se taire et mentir ? Pour m'épargner, peut-être ? Je continuais à les suivre. La vie leur appartenait, j'en étais exclue. Ils avançaient, la main dans la main. Elle contemplait avec une gourmandise enfantine habilement jouée l'étalage chargé de grosses pâtisseries d'une boulangerie. Elle désignait un gâteau. Et mon mari marchait dans ces niaiseries. La plus puérile des ruses agissait sur lui, il était amoureux. J'avais la nausée. Il contemplait la fille, le visage illuminé d'un sourire aussi stupide que radieux. Il entra dans la boutique et revint victorieux, et dans la rue, oui, ce crétin, il la fit manger. Elle mordait dans un millefeuille. Ce pauvre Marc essuyait les lèvres de « la petite fille » avec le mouchoir qu'il avait pris dans la pile des miens, ce matin. Détendu, il se balançait sur une branche fragile du temps arrêté. Elle minaudait, ç'aurait été trop, même pour Lolita. Il s'embourbait dans des complexes tumultueux où s'entremêlaient la nostalgie d'un père frustré, le goût de crème pâtissière de l'inceste. Cet idiot se comportait en vrai papa-superman. Elle engloutit enfin le dernier bout de ce gâteau pour débardeur. Elle allait se lécher les doigts. J'en étais sûre. Elle le fit.

J'étais à la limite des larmes. Je cherchais mes lunettes de soleil perdues dans mon sac, bourré d'objets. Un vrai souk : coincé entre une boîte de faux sucre et mes clefs, mon porte-monnaie malmené se vengeait, il vomissait d'un seul coup toutes les pièces ; j'étais comme une gagnante devant une machine à sous. J'attrapais enfin mes lunettes rayées, tordues, les branches bancales, aux verres très foncés. Je me réfugiais derrière cet écran et, masquée, j'avançais. Ma vie, légèrement ennuyeuse, mais considérée comme carrée, solide, s'effondrait, s'émiettait. J'avais été d'une fidélité scrupuleuse pendant huit ans. Au seuil du mariage, j'avais abandonné mes improvisations libertines, mon temps libre, mes caprices limités, pour cet individu. Et j'en étais heureuse. Aujourd'hui, je découvrais qu'il mentait. A côté de lui, la fille, très jeune, ressemblait à un bibelot intelligent au milieu d'une vitrine de Noël. Un ange accroché à une branche de sapin avec une petite trompette dorée à la main.

Je passais, à mon tour, devant la boulangerie où je me découvrais dans des miroirs aux reflets jaunes. Je parcourais du regard les quiches, les tartes, les pains de seigle, les millefeuilles en rang serré, mais, impitoyable, je me rencontrais. Les yeux cernés, les cheveux tirés en arrière et tournés en petit chignon dans la nuque. Sans maquillage, j'avais le regard gris, et les cils d'un blond fade. Je n'avais pas trouvé le temps de les faire teindre, nous étions en période d'examens. Une ride profonde au milieu du front à mes débuts dans l'enseignement. Pourtant le moindre maquillage me transformait. Un fard à joues, accentué sur les pommettes, une touche de vert sur les paupières, les cils noirs provocants, je pouvais être mystérieuse et même fatale. La fille rejetait ses cheveux qui coulaient en cascade dans son dos. Mon mari l'embrassa dans le cou. « Alors tu me trompes ? » me rebutait... Les larmes muettes aussi. Elles étaient réservées à maman. Lui taper sur l'épaule : « Heureuse de te rencontrer ! » J'avais trop mal pour jouer.

Elle, elle riait. Epuisée d'un rire éclaboussant, elle se calait sur Marc. Je ne savais pas mon mari si drôle...

Nous remontions jusqu'à la rue Royale. Ils continuaient vers la Concorde. Pourquoi une autre blonde ? Je lui aurais presque reconnu le droit à une Méridionale aux yeux de velours noir mais une autre blonde ! Je n'avais que trente-deux ans. Marc en avait trente-six et il lui fallait déjà une fille plus jeune. J'avais abandonné un destin américain pour en arriver à ce résultat. Beau succès.

Nous ne voyagions pratiquement pas, une redoutable propriété de famille — côté Marc — nous avalait chaque année. On entrait dans ce gosier en juillet pour ressortir en hachis, mais bronzés, mi-août. Nous étions des Français casaniers...

C'est-à-dire Marc. Moi, j'aurais pris le monde d'assaut. Mais je m'en accommodais et je croyais que nous étions un couple heureux.

Ils n'étaient pas pressés, ni gênés par la chaleur. La fille était fragile comme un air de valse. Comme moi jadis. J'ai changé. Une vie conjugale sécurisante avait entamé ma féminité. La morale judéo-chrétienne a fait faire davantage d'économies à un couple bien-pensant que n'importe quelle crise mondiale. Ni judéo, ni chrétienne, je n'étais qu'une femme fidèle par conviction et décision. Par principe.

Je cherchai un taxi. Il fallait que je parle à maman. Elle m'entourerait de sa tendresse, fascinée, face à un drame tout croquant, tout frais. Elle qui n'avait plus que ses drames effilochés par le temps.

J'aimais ma mère d'un mélange d'agacement et de tendresse. Elle était vulnérable, l'âme en vrac. Elle ne savait jamais dans quel mouchoir rire ou pleurer. Une méticuleuse qui perdait tout et se délectait d'une mémoire-fichier de mauvais souvenirs. A quarante-neuf ans, elle se calfeutrait déjà dans la paresse ouatée d'une future vieillesse. Mon père l'entretenait chichement. Comme toutes les mères, elle paraissait immortelle, se plaignait des mêmes bobos depuis la nuit des temps. Je l'aimais par vagues et l'évitais au moment des examens. Elle pouvait compter sur moi. Avec un égoïsme profond, je la soignais. Maltraitée par moi, elle aurait pu devenir un jour source de remords. J'aimais trop mon confort moral pour me permettre d'être vache. Sans y croire une seconde, je rêvais pour elle d'une vie de faste et de bonheur. Sans mon amour farouche, impertinent et chaud, elle serait sans doute déjà un condensé de mère recueilli dans une petite boîte.

La mère de Marc, elle, pouvait se défendre seule. Elle avait de l'argent, donc des amis. Dans sa vaste maison des Landes, vêtue de bikinis dont les couleurs vives évoquaient la nouvelle indépendance de quelques petits pays, elle s'évertuait à mélanger, dans des bols en bois d'olivier, des salades soûlées de fines herbes. Elle changeait d'amants selon les saisons et les villes où elle se rendait. Elle allait écouter Mozart à Salzbourg avec un ex-pianiste grisonnant qui battait discrètement la mesure. Pour New York, où elle se rendait parfois, elle se faisait offrir une cabine de luxe par un financier de dix ans plus jeune. Le dernier été, son amant, un play-boy tennisman reconverti dans la confection masculine, nous bourrait la tête d'histoires mondaines. Eliane, éperdue de snobisme, acquiesçait. Puis l'appelait pour faire la sieste.

Il fallait que je me précipite dans les bras de maman. Qu'elle m'embrasse et que je subisse sa manière agaçante de croquer mes larmes entre deux doigts. « Laisse ma joue tranquille. Non. Ne touche pas mon front. Non. Je n'ai pas de fièvre. » Dès ma naissance, je lui avais flanqué des angoisses. Pour elle, le monde était un globe fourré de menaces. Un grand gâteau à la dynamite. Adolescente, je la tourmentais avec une panoplie de possibilités : des chagrins d'amour, des maladies vénériennes légères, des bébés trop tard avoués, des rhumes, du hachisch.

Tout lui faisait peur. Etre la fille d'une mère condamnée par elle-même à l'attente de l'homme prodigue n'est pas le meilleur cadeau que la vie puisse offrir. Mais il y a pis...

Je courus vers maman. Je m'enfonçai dans un taxi bardé d'interdits. Je débitai l'adresse au chauffeur. Je lui signalai un sens unique. A côté de lui, un chien aimable se redressa et se mit à m'observer, le museau appuyé sur le dossier.

« Alors, c'est bientôt les vacances ? me lança le chauffeur.

— Ouais. »

Le ton que je pris le découragea et il se tut.

Indifférent, il conduisait avec des gestes d'automate. La ville brûlante fondait sous les pneus. Le vilain arrondissement où maman habitait sentait la friture. Des maisons de quatre à six étages, souvent sans ascenseur, des fenêtres aux rebords chargés, les trottoirs étroits et l'éternel embouteillage. Cette rue minable prenait l'importance du canal de Suez. On y passait. On la trouvait indispensable.

J'arrivais devant la maison sans trop réfléchir... La porte cochère ne sera jamais classée monument historique, ni la cour étroite et ses poubelles aux couvercles recourbés. A gauche, sur le mur, quelques messages griffonnés et sur la ruche métallique des boîtes aux lettres, marquées de noms souvent difficiles à déchiffrer. Maman y avait inscrit : « Mme Vve Girardin. » Elle préférait qu'on la crût veuve plutôt qu'abandonnée et séparée. Je devais avoir dix ans au moment où nous sommes arrivées dans cette maison. Ceux qui prêtaient attention à notre vie prenaient mon père, qui nous rendait visite périodiquement, pour l'amant de maman.

Je peinais pour monter. Je m'arrêtais souvent. J'avais envie de pleurer. Devant sa porte, à ce cinquième étage, je récupérai mon souffle normal et je sonnai.

Maman traînait les pieds. Elle cria :

« J'arrive... »

J'écoutais, irritée, le frottement sourd de ses pantoufles. Elle interrogea de l'autre côté de la porte :

« Qui est là ? »

Je trépignai :

« C'est moi.

— Moi ? Qui ?

— Mais, Laurence ! »

Elle ouvrit. Les yeux bleus, la peau très blanche, douce, inquiète, légèrement chiffonnée. Je la bousculai presque en rentrant.

« Tu reconnais ma voix, non ?

— Dis-moi bonjour d'abord. Ne sois pas si excitée... Qu'est-ce qui se passe ? Tu sais, je ne devrais pas être là, c'est un hasard que tu me trouves. »

Je l'écoutais à peine.

« Bonjour, maman... »

Un baiser sur la joue gauche, un autre sur la droite. Puis la tentative d'échapper au geste rituel : la prise de possession de mon image. Ses mains emboîtaient ma tête qu'elle contemplait. Une pastèque au marché. Je subissais l'examen avec abnégation.

« Tu as besoin de vacances, ma petite fille. Tu es fatiguée. »

Je m'arrachai d'elle.

« Oh ! maman...

— Tu es brutale, dit-elle. Pourquoi es-tu venue ? Pour m'agresser ou pour m'embrasser ? Je t'ai dit de ne pas venir sans téléphoner. Je travaille tous les jours maintenant à la bijouterie. Aujourd'hui, M. Berry fait l'inventaire. »

Je manquais de mots, l'angoisse m'étouffait.

« D'accord, d'accord... Tes cinq étages me tuent. »

L'entrée était étroite, un vrai tiroir.

« Viens prendre un café, dit-elle.

— Même deux... »

J'avais la gorge sèche et l'âme trempée de chagrin. Nous allions vers la cuisine. Elle s'arrêta. Puis :

« Tu t'impatientes toujours quand je n'ouvre pas à la seconde. Il faut être prudent à Paris. L'un des appartements du troisième étage a été vidé. Déménagé...

— Déménagé ?

— Ils ont même emporté le canari... »

Je n'en pouvais plus.

« Cambriolé ? Que peut-on bien voler dans cette maison ? »

Puis, toujours dans la pénombre du couloir étroit, elle constata :

« Tu as pleuré ? »

Fondre dans ses bras, déverser un tonneau de larmes sur son chemisier, sangloter dans son cou, tendre une main de future noyée dont juste la tête émerge encore, vers un mouchoir sauveur. Pleurer et être consolée. Entendre dire que je suis la plus belle, la plus intelligente, la plus superbe créature au monde et que seul un rustre ignare pourrait me faire du mal. Maman m'adorait avec un fanatisme presque religieux. Je me nourrissais de son amour. Adolescente, maladroite et méchante, tout en lui faisant mal, je me réconfortais auprès d'elle. J'étais jalouse. Je ne voulais pas qu'un homme m'enlève maman et je souffrais lors des retours de papa. Aujourd'hui, maman apprendra que sa fille admirable, incomparable, est trompée.

« Dis-moi que tu m'aimes, maman. »

Elle plissa les yeux.

« Tu es malade ? »

Sa tendresse, je l'exigeais mais je la rejetais lorsqu'elle m'encombrait. Il fallait que maman manifeste son amour aux moments où j'en avais besoin.

« Tu es licenciée ?

— Non.

— Enceinte ?

— Non.

— Pourquoi n'es-tu pas au lycée ?

— Le proviseur m'a donné mon après-midi, il avait besoin de place pour le bac... J'ai profité de l'occasion pour faire enfin des courses.

— Tu as mangé ? Non, rien ! En voyant ta tête... »

« Maman, par hasard, j'ai aperçu Marc. Il se promenait avec une fille. Il me trompe. » Je voulais dire tout cela. J'étais engorgée de mots, muette.

« Tu dois avoir faim, alors. Petite fille, tu pleurais quand tu avais faim.

— Peut-être. »

Je suivis maman. Depuis les premiers souvenirs gravés dans ma mémoire, nous mangions à la cuisine. Notre milieu social était indéfinissable. Il n'était ni bourgeois, ni ouvrier, ni intellectuel. Nous souffrions viscéralement d'un manque d'argent. J'ai souvent aidé maman à organiser son budget. J'ai mangé pour la première fois dans une vraie salle à manger chez une camarade de l'école primaire. Intimidée, j'imitais les autres, je posais la serviette, légèrement amidonnée, sur mes genoux. Je n'osais pas regarder l'employée de maison, elle présentait le plat à chacun. Je ne savais pas bien comment je devais me servir. J'empoignais les couverts d'une seule main. La mère de la petite amie s'était exclamée :

« Jamais avec la même main, ma petite. On

se sert en ayant un couvert dans chaque main. »

Je rougis violemment et je pris juste avec la cuillère quelques haricots verts.

Je constatais que ces gens prenaient le café dans de toutes petites tasses, et au salon. Assis, ils tenaient la soucoupe, ne laissaient pas tomber la petite cuillère et fumaient. « Les riches sont donc habiles aussi. » Je nous voyais différents et je rabrouais maman qui se servait de la salade en tenant les deux couverts d'une seule main.

La fenêtre de la cuisine de maman s'ouvrait sur une petite cour au milieu de laquelle trônait un marronnier aux feuilles épanouies. Capsule spatiale perdue dans l'espace, la cuisine naviguait dans une atmosphère de paix. Les toits de Paris s'étendaient, à perte de vue, gris. Couverts de tuiles glissantes, cabossées, surmontés de cheminées aux collerettes de suie, ils abritaient des pigeons voyageurs, des antennes blasées et des rêves accumulés. Au-dessus de notre immeuble, le soleil décrivait un demi-cercle. Ses rayons jaunes traversaient, telles des lances de feu, la couronne des feuilles de notre marronnier qui planait. Il arrivait aussi que le soleil, confondu à l'ombre grandissante, éparpillât sur nos visages des confettis de lumière verte et jaune.

« Le store n'est toujours pas réparé ?

— Non. Ils ne répondent même pas... Ils ne sont même pas venus. »

« Ils », pour maman, représentait le Pouvoir suprême, puissant et capricieux. Un groupe composé d'êtres à respecter : le syndic de l'immeuble, les hommes politiques, les épiciers, les agents de police, les facteurs qui venaient avec des mandats, les médecins du quartier ou, lors des examens poussés, ceux de l'hôpital proche et aussi quelques journalistes connus de la télévision. « Ils ont fait », « ils ont dit », « ils le promettent ».

Mini-locomotive bruyante, la cafetière crachait le nectar. Tout était bon marché chez nous, sauf le café.

« Je chauffe un peu de lait ?
— Maman...
— Ou bien tu le veux froid... ?
— Maman... Marc...
— Tu prends du sucre, oui ou non ? »

Je me défoulai en explosant :

« A trois heures de l'après-midi, tu portes des pantoufles et un tablier. Pourquoi ? Une jolie femme comme toi... »

Ma mère, d'un air coupable, se regarda comme un enfant barbouillé de confiture.

« Qu'est-ce qu'il a, mon tablier ?
— Tu es déguisée en cuisinière de cantine. Et personne ne vient manger... »

J'aurais mordu ma langue. J'avais blessé maman.

« Tu me fais mal, donc tu es malheureuse, dit-elle d'une voix légèrement métallique. Pourquoi es-tu venue ?... Je ne crois plus à tes crises d'amour filial. »

Son regard, frais et enveloppant, une vraie petite main bleue, se posa sur moi. Ce bleu du ciel, ce bleu du Nil, ce bleu de myosotis, ce bleu digne d'un fantasme de poète assoiffé de candeur, m'ensorcelait. Ma mère lavait ce bleu incomparable dans les flots de ses larmes. Je frissonnais à l'idée de recevoir la visite de maman-fantôme. Lors des aubes apparemment innocentes, au moment où l'opaque nacré illumine le gris mortuaire de la fin de la nuit, maman se pencherait juste pour me regarder, pour me rendre folle de chagrin d'avoir manqué à mon devoir. Elle demandait si peu.

« Ton café... »

La présence de maman m'aidait à voir plus clair. Si je partais en voyage pour me venger ? J'avais quelques économies destinées à l'achat d'un appartement en communauté avec Marc. Mais je refusais l'idée d'une vie faite de complaisance. Des copines pour lui et des copains pour moi. Non. Si l'on ne se suffisait plus l'un à l'autre, à quoi bon vivre ensemble ?

« Maman...

— Veux-tu du pain grillé ? J'ai du beurre tout frais... »

Je n'ai jamais résisté au pain beurré. Je me gavais avec un plaisir fou et je vidais ma deuxième tasse.

« J'ai encore un pot de confiture de cerises de la saison passée. Tu l'aimais... Je l'ouvre ?

— Maman ?

— Attends... »

Elle posa devant moi le pot qu'elle venait d'ouvrir. Je m'empiffrai, tant j'avais de chagrin.

« Maman, j'ai à te parler...

— J'arrive. »

Elle s'asseyait enfin mais gardait l'œil sur la petite casserole pour que le lait ne déborde pas. Maman n'écoutait jamais tout à fait. Elle voulait nourrir les siens. Je me retrouvais à l'état fœtal.

« Tu sais, maman... Marc... »

J'avalais une rasade de larmes.

« Mange d'abord, prends des forces... »

Elle aurait battu n'importe quelle émotion en beurre épais. Elle me versa du café. Je voyais arriver la petite casserole, momifiée, vieille comme si elle sortait de fouilles romaines. La tolérance de ma mère quant à son manque de confort m'accablait. Je pris une cuillère entière de confiture de cerises avec trois fruits presque intacts. Un vrai délire. Je commençais à classer mes impulsions, j'émergeais de l'état de choc. Fureur, colère, désespoir, vengeance et l'espoir de satisfactions de toute sorte se mélangeaient. Je me concentrais dans des calculs compliqués. Et si je partais pour les Etats-Unis...

« Attention aux noyaux », dit maman.

La moitié de l'argent destiné à l'achat d'un logement m'appartenait. Et si je claquais cet argent ? Et si, à la place de la moitié d'un toit, je m'offrais le monde. Voyage en première classe, hôtels de luxe, New York et peut-être les Caraïbes. Peu à peu, j'imaginais l'inconcevable : dilapider tout ce que j'avais. Je devrais garder mon travail mais je m'offrirais deux mois de vie somptueuse. Puis après ? Je ne voulais plus m'en soucier. Pour le moment, je cherchais. Je n'y croyais pas. Mais je taquinais ce fantasme...

« Qu'est-ce qui t'arrive ?

— C'est au sujet de Marc.

— Un problème de bureau... »

Je répétai :

« Un centre de recherches n'est pas un bureau... Marc travaille dans un laboratoire. »

Maman haussait les épaules.

« Quelle importance... »

A ma demande, elle ôta son tablier, elle noua la cravate de son chemisier et elle lissa sa jupe d'un geste machinal.

« Tu as une ligne formidable, maman...

— Une femme seule pousse dans un champ de yoghourts, dit-elle.

— Il faut que tu changes de style, maman.

« — Tu es venue pour me dire ça ?

— Non, mais j'ai décidé, dans l'avenir, de te consacrer du temps...

— Pas besoin. Je ne compte plus les années, vous oubliez mes anniversaires. Mon centième anniversaire ? Le journal en parlera. Je serai la fierté du quartier. Qu'est-ce qui ne va pas avec Marc ?

— Il... »

Les mots restaient agrippés dans ma gorge. Je voulais être consolée sans être plainte. Ni subir une comparaison. Je voulais tout, sauf le destin de maman. Je n'aurais pas voulu rejoindre le cortège des femmes trompées dont maman était la majorette en chef. Je créai une diversion pour gagner du temps.

« Tu n'as pas une ride, maman... »

Et elle se mit à sourire.

« Tu me caches une chose grave...

— Non. »

Des cheveux châtains, ici et là parsemés de blanc, des cils noirs, longs et recourbés. Son nez fin prêtait un air d'innocence enfantine à ce visage que le temps avait oublié d'abîmer. Maman avait dix-sept ans de plus que moi mais mes trente-deux ans pesaient plus sur la balance que ses années à elle.

« Il faudrait te teindre les cheveux, maman...

— Tu te fiches de moi ?

— Non. Ecoute... »

Elle jeta un coup d'œil sur son bracelet-montre.

« Ton père devrait m'appeler avant de partir en vacances... »

Victime habituée d'un adultère de longue date, maman acceptait la liberté de mon père parce qu'elle ne pouvait pas faire autrement. Je commençais à redouter les remarques de maman.

« Ma pauvre chérie, tu sais donc maintenant ce que c'est d'être trompée... Tu verras... On s'habitue à tout. Au début, c'est pénible. On se sent humiliée, vieille, rejetée. Peu à peu on s'en accommode. »

— J'aimerais t'offrir des vacances, maman.

— Mais tu as gagné au Loto ou quoi ?

— Non.

— Tu me donnerais de l'argent, comme ça... ? Il n'y a pas de raison.

— Si.

— Je me demande ce que ton père dirait si je m'en allais en vacances.

— En quoi ça le regarde ?

— Il m'appelle parfois...

— Maman, il se moque de toi.

— Le temps travaille pour moi. Ton père court après les femmes très jeunes. Depuis bientôt vingt-cinq ans. Quand il manquera de souffle, il reviendra.

— Et tu le reprendras ?

— Tu comprends, expliqua maman, son regard à la recherche de son paquet de cigarettes, je n'ai rien à perdre. Il reviendra cabossé, tordu de rhumatismes, au régime, avec un soupçon de diabète... Mais il reviendra. Tu imagines une nana qui aurait envie de préparer des faux gâteaux avec du faux sucre... Pour un homme très riche, oui. Mais pas pour lui...

— Tu dis « nana » ?

— Je dis « nana ».

Maman réfléchissait à haute voix.

« Le cœur, les artères, les articulations, ça va vite... A cinquante-cinq ans, un homme paraît moins atteint par l'âge qu'une femme mais il se casse à la soixantaine. Et pour de bon... »

J'imaginais papa dans une chaise roulante.

« Tu aurais dû divorcer. Trouver un autre homme. Mieux vivre. »

Pensive, elle contempla la fumée de sa cigarette.

« Une rupture, ça se fait à chaud, dit-elle. Dans une grande et belle colère. Mais dès qu'on se met à raisonner, c'est fini. On n'ose plus. L'homme de bonne qualité ne court pas les rues. Echanger un médiocre contre une horreur ? Quel intérêt ? »

Je n'ai jamais pu définir l'origine de l'impulsion que j'ai eue. Pourquoi je me suis mise à mentir à maman, le seul être au monde à qui je pouvais tout dire. Pour qu'elle ne se compare pas à moi ? L'argument n'était pas suffisant. Je laissai galoper mon imagination. A la place d'une petite misère à raconter, je tentai de m'oxygéner dans le récit d'une aventure.

« Je vais quitter Marc...

— Tu dis ? »

Elle déchiffrait les mouvements de mes lèvres, comme une sourde.

« Quitter Marc ? Tu plaisantes ? »

Rose d'émotion, elle ramassait habilement les miettes pour tromper sa nervosité :

« Ça ne va pas bien, non ? »

On ne pouvait pas raconter à maman n'importe quoi. Je devais fignoler mon mensonge, le rendre plausible. Fatiguée de l'effort que représentait un mensonge intelligent, j'allais craquer... Maman s'exclama :

« Tu vois ta mère plaquée et, toi, tu veux faire le même coup à ton mari ? »

Je n'avais pas d'autre issue que de broder.

« J'ai rencontré quelqu'un de très bien...

— Mieux que Marc ?

— Différent.

— Tu es folle à lier... On quitte à la rigueur

quelqu'un — et encore — pour un type largement supérieur à ce que l'on a... Mais pas pour un « différent ». Qui est-ce ?

— Un Américain. »

Je fabulais avec une sorte de volupté.

« Un Américain ? »

Elle garda le silence. Puis :

« J'aurais juré que Marc bougerait le premier. Il était trop parfait. Trop docile. Ça ne t'a jamais inquiétée qu'il fasse les courses le samedi ? A trente-six ans, beau gars, bien baraqué et savant, pousser un chariot et acheter des nouilles pour la semaine... Ça fait peur... Et encore s'il le faisait pour une super-créature mais pas pour un professeur de lycée...

— Je travaille, maman, je regrette. Je voudrais aussi terminer mon étude sur Faulkner. Je n'y arrive pas...

— Tu as déjà passé ta thèse, qu'est-ce que tu veux encore ? Un diplôme de plus et tu n'auras plus d'homme du tout... »

J'allais être méchante.

« Tu n'as aucun diplôme, maman, et pas d'homme non plus. »

Immobile, maman accusa le coup. Elle se dominait pour éviter une cassure qui aurait pu nous séparer, têtues comme nous étions, pour des années.

« Et l'Américain ? Que veut-il ?

— Je ne sais pas exactement.

— Et toi ?

— Retrouver New York. Un peu de liberté aussi. Moi-même.

— Tu cours dans le vide, Laurence. Si tu avais des enfants...

— Pour me faire souffrir comme toi ? »

J'allais très loin.

« Tu regrettes toujours des petits-enfants que tu n'as pas eus. Occupe-toi différemment.

— Si nous devenons des ennemies, dit-elle, fatiguée, alors il vaut mieux ne plus nous voir. Pendant un certain temps.

— Tu me congédies ? »

Elle haussa les épaules.

« Je ne te comprendrai jamais tout à fait.

— Maman, je suis venue avec les meilleures intentions. Je te propose même, si tu veux bien l'accepter, de l'argent pour tes vacances. C'est comme si je rendais l'argent que mon père a donné pour que je puisse passer deux ans à New York. Et je le rembourse, mais à toi. D'accord ? Ne nous fâchons pas, s'il te plaît... »

Elle se pencha vers moi.

« Parle-moi de l'Américain.

— Son fils est dans ma classe.

— Je brûle de curiosité », dit-elle.

J'allais inventer une histoire belle, mais courte.

« Il est venu me voir. »

Ma mère réfléchissait.

« Un jeune Américain ne devrait pas avoir de problèmes d'anglais dans un lycée français.

— Si, il peut avoir des difficultés. On a sympathisé.

— Quel âge a-t-il ?

— Je ne sais pas. La quarantaine, ou plus. Il m'a apporté un livre sur Walt Whitman... »

J'ajoutai machinalement :

« ... un poète américain. Il m'a envoyé aussi une grande plante verte... »

J'avais dit une sottise. Si maman venait, elle la chercherait.

« ... que j'ai donnée en nourrice. Elle avait des taches jaunes sur les feuilles. La plante est chez un fleuriste. »

Maman m'observait :

« Marc est un garçon très bien. Tu as tort de le quitter. N'empêche, il est un peu paresseux... »

Je m'écriai.

« Paresseux ?

— Il en donne l'impression. Il ne se remue pas beaucoup.

— Marc travaille comme un fou, maman. Le soir, il est crevé. »

Maman souriait.

« Crevé »... Vous êtes toujours « crevés ». Je maintiens que Marc... »

Je coupais court.

« ... est un chercheur de grande qualité.

— Son travail est astrait. »

Elle prononça « astrait » comme elle aurait dit « siquiatre » à la place de psychiatre. Je n'avais jamais osé la corriger.

« Ce qu'il fait n'est pas abstrait. »

J'avais souligné le « b ».

« C'est utile pour l'humanité, la science. »

Douce comme une brebis, maman ajouta :

« Il a grossi. Un visage un peu rond fait paresseux. On a plus de considération pour des maigres. »

Elle continua :

« Je ne suis pas bonne sychologue. »

Le « p » avait disparu à nouveau. Maman n'admettait pas le concubinage des consonnes.

« Il me semble que vous ne vivez pas assez...

— Comment donc ? »

Je me défendais.

« Et toi, maman... Tu laisses filer les années.

— Moi, c'est différent, dit-elle. Moi, je suis malheureuse. Mais vous, vous êtes heureux. Le problème est là. Je trouve que, pour des gens heureux, vous vivez mal. Je suis sujective. »

Dans un cauchemar aimable, j'offrirai à maman un panier de consonnes.

« Vous êtes encore jeunes.

— Heureusement que tu nous laisses au moins ça...

— Mais, fit-elle. Vous faites toujours la même chose. L'hiver, le lycée, l'été, la propriété dans les Landes. Pas de voyages. Pourtant sans enfants, vous êtes libres. »

Maman venait de brûler l'effigie de notre couple.

« Tu avais d'autres rêves que ça, Laurence.

— Justement. Je veux changer ma vie et tu m'engueules. Tu n'es pas logique.

— Depuis l'enfance, tu cours après quelque chose. Moi, je te connais. »

La phrase à ne jamais dire à son enfant. Cette gare de triage qu'est l'utérus ne devrait pas permettre d'énoncer des avis définitifs sur quelqu'un.

« Ecoute, maman...

— Je t'écoute. »

Je commençais à imaginer mon départ pour New York. Il existait, peut-être aussi, une terre vierge à découvrir. Pour me donner bonne conscience, je répétai :

« Je te donnerai de l'argent.

— Pour faire un voyage », dit-elle.

Je ne supportais pas sa soumission, je l'aurais préférée agressive.

« Un remboursement comme je te l'ai dit... Et tu iras où tu voudras...

— Te souviens-tu du médecin suisse ? A Ibiza ? demanda-t-elle.

— Vaguement...

— Tu as tout fait pour que ça craque.

— Craque quoi ?

— Le flirt. »

Elle prononça le mot avec délectation.

« Tu étais jalouse... Tu voulais m'avoir à toi toute seule.

— Tu n'avais qu'à te libérer, maman.

— Facile à dire.

— Tu es jolie, maman, tu es belle. Pourquoi as-tu accepté une vie en cale sèche ?

— En quoi ? »

Elle se payait ma tête, pour mieux réfléchir.

« J'étais fière, dans un monde pourri, de n'avoir connu qu'un seul homme. Je croyais à l'innocence. »

Elle prit une cigarette et l'alluma, distraite. J'aperçus son cou gracile et je remarquai ses mains fines.

« Tu n'as jamais eu d'amant, maman ?

— Voudrais-tu que j'en invente un pour monter dans ton estime ?

— Je ne veux rien. Je vais m'en aller. »

Je venais de prendre ma décision. Je changerai d'air. Je partirai.

« Il est libre, ton Américain ?

— Je crois.

— Combien de temps resteras-tu avec lui ?

— Je ne sais pas. Nous partirons peut-être en Californie.

— Et que sait Marc de tout cela ?

— Rien encore.

— Au fond, dit-elle en jouant avec son hideux cendrier, l'honnêteté chez l'homme n'est pas toujours payante non plus. Il va avoir un de ces chocs ! »

J'aurais dû dire la vérité à maman. Il était trop tard. Je me cognais contre l'assiette remplie de petits gâteaux secs qu'elle avait subrepticement glissée sous mon nez.

« Prends-en.

— Merci.

— Si je peux te donner un conseil...

— Vas-y.

— N'accepte qu'un billet de première classe. Une femme bon marché est vite abandonnée. Si tu joues à l'égalité, tu le perdras.

— Tu ne t'es jamais conseillée, toi-même ?

— J'étais fidèle comme un âne, s'exclama-t-elle. D'une bêtise crasse. Si j'avais quarante ans, je bouleverserais tout.

— Il n'est pas trop tard, maman. Divorce. Il ne demande que ça, papa. Au nom de la religion, tu laisses passer les hommes valides pour attendre le retour d'un futur infirme. Tu es certainement une bonne chrétienne mais tu vis de l'idée d'une vengeance.

— Je lui pardonnerai, dit-elle, hypocrite.

— Maman, tu crois vraiment à tout ce cirque ?

— Cirque ?

— Le mariage à l'église et l'esclavage après. Comment une femme intelligente et belle comme toi a-t-elle pu perdre vingt ans de sa vie à cause des règles inventées par les hommes pour mieux tenir une société ? Tu te sers de la religion pour mieux tenir papa. C'est tout.

— C'est mon affaire ! » dit-elle.

J'eus pitié d'elle.

« Je t'aime, maman... »

Elle devint rose, nacrée, pimpante, guillerette, fluide, riche comme Crésus. Je l'aimais. J'ajoutai :

« Papa est un monstre.

— Je n'acceptais pas qu'il se débarrasse de moi », dit maman.

Elle continua :

« Mais vous, vous auriez pu avoir des enfants. Grâce à moi, pas besoin de baby-sitter, ni d'amies pour les garder, j'aurais été là. Vous auriez pu voyager, sortir le soir, avoir une famille nombreuse tout en restant libres.

— Nous ne voulions pas d'enfants, maman, même pas pour te faire plaisir.

— A quoi bon se traîner devant le maire, alors ?

— Le mariage nous semblait plus rationnel. »

Elle devint grave :

« Vous n'avez même pas respecté les conventions de Noël !

— Conventions ?

— Ce que font les gens bien. Les enfants vont avec les parents. Il y a réunion de famille. Une chaleur humaine.

— Tu étais toujours avec Yvette. »

Elle se fit très douce, maman, mais glacée. Elle me faisait peur.

« Yvette n'existe pas. Je l'ai inventée. Vous m'avez humiliée avec votre manque d'amour, alors j'ai décidé que j'avais quelqu'un. Une autre femme seule. »

Une émotion froide m'envahit.

« Tu nous as menti ?

— Pour vous libérer de moi... Vous partiez faire du ski, ta belle-mère aux Antilles, ton père avec sa nana, qu'est-ce qui me restait ? »

J'eus une peur prodigieuse, une peur étincelante qui m'étreignait, j'étais dans les bras d'un squelette vêtu d'un gilet de strass, ses os me refroidissaient. Je n'avais plus aucun droit à l'avenir, tant j'avais fait de mal à maman.

« Il faut parfois connaître la vérité, dit-elle. S'y cogner le nez. Tiens, bois un doigt de cognac... J'en ai encore au fond de la bouteille. »

Nous avions offert le flacon à mon père, il y a trois ans. Il l'avait laissé ici.

« Un choc, ma petite fille, ma vérité. Mais c'est pour te rendre plus raisonnable... »

Avec quelle joie j'aurais changé mon âme, mon appartenance, mon pays. J'aurais aimé me débarrasser de cette douleur qui me dégustait le cœur. J'avais écorché maman, elle saignait depuis des années. De longues années. Elle s'était inventé une amie.

« Il faudrait que je la rencontre un jour, ta copine », avais-je lancé à l'époque, idiote et manquant d'instinct, aussi peu intuitive qu'un pneu de rechange. Gâtée, choyée par maman, je ne parlais que de moi et de Marc. Si nous étions «crevés» ou non. Une vie de pneu, c'est ça... Et j'avais tout gobé, les arbres de Noël que préparait Yvette, une vraie veuve, elle. « Sans enfant, avait remarqué maman, heureusement pour elle. — Heureusement ? Pourquoi ? — Ce n'est pas toujours un cadeau, un enfant. Ça peut faire plus de mal que de bien. — Mais nous sommes là, nous, et on t'aime, maman », avais-je répété pour la plaquer le 22 décembre et nous enfourner dans le train bondé où, parfois, pendant des heures, nous étions debout avec nos skis devant les w.-c. Lorsque ma belle-mère, Eliane, revenait des Antilles, sa peau avait une couleur de chocolat à croquer. « Une vraie Antillaise », disais-je par habitude, et, snob, elle souriait : « Pas tout à fait. » Invincible Eliane, elle ne dépendait de personne. Elle aimait Marc d'un amour banal qui, en cas de rupture, n'aurait accouché que de petites douleurs.

Maman, pendant que nous lui donnions nos misérables cadeaux, achetés, à la hâte, dix minutes avant la fermeture du magasin où nous échouions, souriait et disait que nous avions bonne mine.

« Quand as-tu inventé Yvette ? demandai-je, hirsute de chagrin.

— Après ton mariage...

— Et papa y croyait ?

— Evidemment. Il ne demandait qu'à y croire. »

Je me mis à crier :

« Mais tu es belle encore. Tu ne fais pas plus de quarante ans. Pourquoi acceptes-tu une vie comme ça ? »

Elle soupira.

« J'ai une nature bizarre. Il faut que je vive greffée sur quelqu'un.

— Et si papa était mort ?

— Ce serait différent, dit-elle. Je ne l'attendrais plus.

— Maman...

— Oui.

— Tu l'attends à cause de tes sacro-saints principes ?

— J'ai juré devant Dieu que seule la mort nous séparera.

— Change de religion, maman... Divorce...

— Oh ! dit-elle. Quel horrible mot ! »

Alors, je hurlai :

« Mais, lui, il est divorcé de fait. Tu n'as plus de mari, tu as un papier. Tu couches avec un papier. Tu parles avec un papier. Ton affaire est démentielle.

— La tienne aussi : quitter Marc. Ton père était séduisant, je me suis habituée à lui. Gentil. Assez prévenant. »

Elle pâlit.

« Si l'Américain te gardait là-bas, je ne te verrais plus du tout.

— Je te ferai venir. Mais nous n'en sommes pas là. Je reviendrai pour la rentrée des classes. Je partirai vraisemblablement début juillet.

— Nous sommes le 26 juin », dit-elle d'une voix morne.

J'étais perdue dans mes mensonges. Je ne savais plus comment en sortir. Et Marc se promenait avec une fille, ou alors ils étaient peut-être au lit. La fille s'appropriait mon bien, elle connaissait déjà les habitudes de Marc, ses manières.

Maman ajouta à notre silence :

« Peut-être que tu as raison. Il vaut mieux tenter l'aventure que d'avoir des regrets... Je sais que j'aurais dû agir différemment. Je crois... »

Je faisais de rapides calculs.

« Je t'apporterai trente mille francs.

— Une fortune, s'exclama-t-elle.

— Un rendu. C'est ce que papa avait dépensé pour moi.

— D'où sors-tu cet argent ?

— Quelques économies. On est trop jeunes encore pour s'embarquer dans un interminable système de crédit pour acheter un appartement.

— Alors, Marc, il n'aura plus rien ? Ni femme, ni appartement...

— On est plus libre ainsi... »

J'imaginais Marc et la fille au lit. Beaux, luisants de sueur, les cheveux humides.

« Il ne se drogue pas ?

— Qui ? dis-je irritée.

— Qui ? L'Américain...

— Mais, non ! Mais non ! »

Je devais m'arracher à cette maison caramel, m'extirper de la douceur de maman.

« Bon, je m'en vais...

— Tu reviens demain ?

— Après-midi avec de l'argent.

— Sûr qu'il ne va pas te manquer ?

— Sûr, mais, si jamais papa appelait, ne lui dis rien.

— Il va peut-être m'en vouloir, si je m'absente ?

— Tu n'as pas encore compris. Papa se moque de tes déplacements.

— Parfois, il me téléphone, dit-elle, avant de venir. »

Il fallait que je me dégage de ces tentacules de tendresse. Je réussis enfin à me retrouver sur l'étroit palier. Maman me suivait et continuait à parler.

« Réfléchis avant de parler à Marc. Parfois tu es brutale.

— Brutale ? »

Je faillis manquer la première marche de l'escalier raide.

« Tu t'es fait mal ? »

Elle s'approchait pour me retenir. Elle me regardait, affolée. A ses yeux, je descendais une échelle de corde.

« Si tu partais pour l'Amérique sans me dire au revoir, je...

— Maman ! Je t'ai promis de venir après-demain...

— Tiens ta parole », dit-elle, soudain sans l'ombre d'une défense.

Elle se faisait mère martyre, abandonnée professionnelle, chagrin vêtu de coton, unique arbre vivant encore dans un cspace de béton, douleur hissée sur deux jambes, âme en relief qui court à la recherche de son tablier. Elle n'était pas sûre d'être aimée.

« Je t'en supplie, ne souffre pas comme ça. Je suis une sale bête égoïste. »

Elle ne voulait pas que je parte. Moi, coupable, infirme, heureuse, troublée, touillée par elle dans un chaudron d'amour, je devenais son enfant éternel.

« Sûr que tu viens après-demain ? »

En m'agrippant solidement à la rampe, je me retournai pour mieux la voir. Elle n'était que déguisée en femme d'âge mûr. Si elle avait eu la chance de naître fortunée, elle aurait pu passer d'un homme à l'autre et promener son joli corps sur les plages. Je pensai une seconde à la transformer en marginale de luxe et à lui montrer New York. La rééduquer en quelques jours.

« Réfléchis où tu voudrais aller, maman...
— C'est tout réfléchi, dit-elle.
— Où ? »

J'étais sidérée.

« Tu le sauras plus tard.
— Après-demain à cette heure-ci...
— Appelle-moi avant.
— Sûr... »

Je ne voulais pas qu'elle m'analyse, me dévoile, me décortique, je m'enfuis. Je dévalai les marches, je traversai l'entrée minable. Je me cognai contre une femme dont je bousculai le pékinois replet.

« Faites attention ! » s'exclama la femme.

Elle se pencha sur l'animal.

« Poussinet, la dame t'a fait mal ? Montre-moi ta papatte.
— Pardon. »

Il fallait que je me sauve d'ici.

Une insupportable gaieté me saisit le cœur. J'allais me libérer. En racontant des bobards à maman, j'avais classé mes pensées. J'entrai en courant dans une petite épicerie.

« Bonjour, je voudrais du chocolat. Au lait...
— Voilà...
— Une tablette à croquer aussi.
— Bon appétit », dit l'épicier.

Je payai, guillerette. Dans la rue, j'épluchai la première tablette de chocolat et je commençai à la manger. Je crus qu'une mouche se promenait sur ma joue, je voulus la chasser, c'était une larme. Marc me mentira ce soir. Il me tournera le dos au lit : « La journée a été épuisante. A demain... » D'un côté, il me dépossédait d'un bien, l'idée de mon mariage réussi, d'un autre, curieusement, il m'ouvrait des horizons que j'avais crus perdus. J'étais grisée à l'idée de partir.

Je dénouai mon méchant petit chignon. Je secouai mes cheveux. Une dame poudrée, sèche et intacte, quittait un taxi, elle attendait patiemment que le chauffeur lui rendît la monnaie.

« Libre ?

— Oui. »

J'échouai sur le faux cuir brûlant du siège.

« Où va-t-on ? demanda le chauffeur de taxi.

— Porte d'Auteuil. »

Puis j'ajoutai l'adresse exacte.

Il était quatre heures passées, les marchands de légumes ôtaient les bâches des étalages sur le trottoir. Ici, quelques pommes dégringolaient. Un enfant les ramassa et les rendit au vendeur.

Je réfléchissais sur l'attitude à prendre ce soir. Hautaine et glacée ? Excitée, au bord des larmes ? Secrète et taciturne ? Morne ou faussement gaie ? Ou rester naturelle. Naturelle ? Quelle était ma vraie nature ? Marc avait soufflé sur le château de cartes de notre mariage. Je cherchais à comprendre.

Mon amour-propre me faisait mal.

Nous habitions dans le XVIᵉ arrondissement du côté d'Auteuil dont les rues peuplées d'églises à la piété renfrognée, d'asiles pour vieillards riches et d'épiceries plutôt maussades éveillaient en moi une franche panique de l'éternité. Une odeur de catéchisme flottait dans l'air, quelques rares religieuses se faufilaient, vêtues à l'ancienne, égarées par erreur dans ce siècle. D'origine modeste, je n'aimais que les quartiers animés, les fruits entassés sur les étals, installés devant les épiceries et les marchands de légumes. Je me grisais en reniflant l'odeur des épices, je soupesais les salades, j'aimais les scaroles aux feuilles loqueteuses comme des fanfreluches. J'adorais acheter dans la rue. Un marché me remplissait d'allégresse. Je me comportais en chef de cantine. J'achetais avec bonheur. Chargée comme un baudet, je m'apaisais et découvrais avec tout un potager dans mon cabas que nous n'étions que deux. Nous n'avions pas même un chien, ni un chat. J'aimais les chiens. Je rêvais d'eux, je courais avec les setters aux poils couleur de rouille sur les chemins des forêts, tapissés de feuilles mauves, ocre, jaune criard, vert fané. Lors de mes évasions nocturnes, chaussée de bottes de mille sorcelleries, je laissais l'empreinte de mes pas dans la terre gorgée de sève. Chasse aux fantasmes, chasse à courre dont le gibier en était ma passion. Vivre près de la nature, me réveiller en maugréant mais heureuse, arrachée au sommeil par un violent cocorico. J'aimais les coqs et leurs poules hardies qui prenaient la fuite devant leur maître, boursouflées de bonheur. J'aimais la basse-cour, le ciel haut, je buvais l'air cristallin, je me nourrissais d'images verdoyantes. Le plus humble des corniauds, au regard velouté de douleur et de tendresse, me bouleversait. Je fondais d'émotion lorsqu'« on » me donnait la patte.

Ma belle-mère avait expulsé de sa vie, simultanément, son mari et les chiens. Lors du partage glacé et précis de leurs biens, elle avait abandonné avec joie les deux chiens, en échange d'un coffre et d'un chiffonnier. Les animaux étaient de race et les meubles d'époque Louis XIII et Louis XV. Marc avait refusé toutes mes tentatives concernant l'acquisition d'un chien. « Je me vois le dimanche, expulsé dans la rue, tandis que toi, tu resteras au lit. — Et si on avait un enfant, tu lui donnerais le biberon. — Mais pas dans la rue », répondait-il. Pour les embêter, Marc et sa mère, je leur avais déclaré aimer les animaux plus que les enfants. Ils prenaient un air réprobateur et croquaient des « tz tz tz » choqués du bout de la langue. Ils parlaient d'hygiène et de confort, je réclamais une dose d'affection. Ma mère répétait : « Ça t'étonne d'eux ? A ta place, je prendrais un chat, sans les prévenir. » Elle aimait les chats, changeants, distants, volages, les cordes vocales écorchées par leurs cris sur les toits, parfois sournoisement silencieux, féconds, paresseux et mettant bas sur le canapé. Maman ne se révoltait jamais contre eux. Son chat, le dernier en date, un siamois frappé d'un strabisme aigu, avait été volé. Furieuse contre l'humanité, maman faisait la grève des chats. « Plus on s'y attache, plus on souffre ensuite », déclarait-elle.

J'arrivais à la maison située au coin d'un petit carrefour à l'atmosphère provinciale. Mais, des petites rues apparemment tranquilles, surgissaient, avec une violence bête, des voitures qui fauchaient le passant étourdi. Tel un scorpion dans une chaussure, la mort vénéneuse se cachait dans ces croisements.

Depuis quelque temps, l'immeuble avait été ravalé, il était devenu jaune. Nous vivions dans un œuf cassé. Le petit peuple des locataires, faussement chic, et nous, vivions accrochés à nos clefs transmises d'un occupant à l'autre, comme une tare héréditaire. Les visiteurs annonçaient leur nom dans l'interphone.

Notre appartement défraîchi, un trois pièces-cuisine-salle de bain, était situé au cinquième étage. Les murs blancs prenaient une couleur d'hépatite. Même la moquette avait jauni. Je cherchais parfois désespérément une tache verte, un arbre, je ne voyais autour de moi que le béton. Un bunker au cinquième étage. Je constatais l'usure des objets. Il aurait fallu tout jeter, y compris nous. Je m'assis délicatement sur le canapé garanti dix ans. D'ici peu, j'appellerais Eleanor à New York et je lui arracherais une invitation. Les genoux serrés, intruse chez moi, mon sac à mes pieds, je réfléchissais. Nous avons fait l'amour samedi passé. Depuis, nous nous sommes contentés d'accolades comme de vieux camarades de classe.

Une grosse mouche, environnée d'un pesant « zz...zz », se promenait sur l'une des vitres. Je la massacrerais d'ici peu à l'aide de ma bombe insecticide.

J'allumai une cigarette. Je cherchai dans un vieux carnet, et d'une seule main, le numéro de téléphone d'Eleanor. Tremblante, j'appelai New York. Le numéro était certainement dévié sur les abonnés absents, je lui laisserais un message. Il valait mieux procéder par étapes. J'écoutai la sonnerie retentir à dix mille kilomètres. Il était midi à New York. J'avais une chance de la trouver chez elle.

Elle avait une voix grave et sensuelle. Les intonations rauques.

« Allô, souffla-t-elle.

— Je te dérange ? Pardonne-moi. C'est Laurence, de Paris. Il fallait que je te parle.

— Laurence... Laurence ?

— Oui, Laury.

— Ah ! Laauurie. O.K. Contente de t'entendre. Qu'est-ce que tu veux ? »

Je me précipitais, je bégayais, je rougissais.

« Eleanor, tu m'as dit que je pouvais venir quand je voulais et habiter chez toi...

— Quand ai-je dit ça ?

— Quand tu es venue chez nous...

— Ah ! God, il y a cinq ans...

— Le temps passe si vite... »

J'aurais dit n'importe quoi, j'avais honte de mon appel, j'aurais aimé presque raccrocher et faire croire à la ligne coupée.

« Il fait très chaud à New York, susurra Eleanor. Ce n'est pas le moment de venir.

— Pour moi, c'est le moment. Je ne peux d'ailleurs pas venir en cours d'année. Eleanor, Marc me trompe. »

Elle s'exclama :

« Non, ce n'est pas vrai...

— Si.

— Avec qui ?

— Une fille très jeune. Je le sais depuis cet après-midi. Mais il ne sait pas que je le sais. Ce soir, je vais lui dire que je l'ai vu et annoncer en même temps mon départ. »

La solidarité féminine, la compassion, la curiosité métamorphosaient Eleanor en ange gardien.

« Mais évidemment, tu peux venir... Ici c'est un véritable asile, un pied-à-terre pour les copains. Tu ne vas pas t'ennuyer. Mais ils ne restent jamais longtemps. Une nuit ou deux, pour ne pas payer d'hôtel. Tu sais, l'endroit où j'habite n'a rien à voir avec la tanière que tu as connue.

— Tu as changé d'adresse, il y a trois ans, n'est-ce pas ?

— C'est exact, fit-elle. Tu arrives quand ? »

Je n'avais même pas mon billet.

« Dans quelques jours... »

L'improvisation européenne l'énervait.

« O.K., darling, mais quel jour ? Je pars après-demain soir. Il faut qu'on te donne les clefs. »

Je clignotais à l'intérieur comme une machine à calculer. Débloquer l'argent le 27, me procurer le billet, demander mon visa.

« Le 1er juillet. »

J'ajoutai :

« Le vendredi 1er juillet.

— Non, le 1er est un jeudi, fit-elle. Darling, il est impossible d'entrer ici sans la clef de la porte principale. Il n'y a pas de doorman. Appelle-moi demain pour me dire l'heure de ton arrivée à Kennedy Airport. Je crois que c'est quatorze heures, heure locale. Pour dégager les valises et arriver en taxi, tu as besoin d'une bonne heure. Dirk, un ami californien, t'attendra devant la maison pour te donner les clefs. Il va me rejoindre en Californie. Tu as une chance inouïe de me trouver. Il faut absolument me confirmer l'heure.

— Merci, Eleanor.

— L'absence est parfois nécessaire dans un mariage. »

Eleanor, volubile, déployait ses idées sur le couple. Mon départ prenait forme. Pourtant, la cohabitation avec Marc depuis huit ans me rendait infirme. La femme-béquille avait besoin de l'homme-béquille.

« J'attends tes précisions demain, à cette heure-ci. Puis je t'appellerai de San Francisco quand tu seras installée ici. Tu peux rester tout l'été si tu veux... »

Mon cœur se gonflait de reconnaissance.

« Merci, Eleanor. »

Elle ajouta :

« Pour Marc, ça s'arrangera. L'homme est en pleine mutation. Il devient tout à fait surprenant. »

Dans une image mentale, j'aperçus Marc enfermé dans un bocal. A travers la paroi de verre, il me brandissait la note de téléphone.

« Eleanor, je te suis reconnaissante, vraiment, tu es très...

— Ne dis rien. Ça pourrait m'arriver aussi avec mon type. Je t'en parlerai. Il est un peu compliqué, mais agréable. »

Fraternelle Eleanor. Une voiture de pompiers déferlait dans ma rue.

« J'espère que ce n'est pas votre maison qui brûle ? s'exclama Eleanor.

— Non. Je t'embrasse.

— Ciao, chérie », dit-elle.

Je restai près du téléphone. J'avais un toit sûr à New York, ce qui me permettait de donner plus facilement l'argent à maman.

Eleanor avait passé, il y a quelques années, trois semaines chez nous. Nous mettions à tra-

vers elle notre chère théorie en pratique : vivre
la porte ouverte et accueillir. Eleanor était ma
meilleure amie pendant la période d'études de
deux ans que j'avais passée à New York. Elle
habitait, dans ce temps-là, une chambre que ses
parents lui avaient louée. A Paris, plus tard, je
racontais Eleanor à Marc. Imbécile comme j'étais,
je lui avais mis l'eau à la bouche. Il était tout
émoustillé à l'idée de l'arrivée de la jolie Américaine chez nous. Elle arriva à Pâques, traînant
son seul bagage, un immense sac de toile en
couleur. J'étais heureuse, je me retrouvais, grâce
à elle, dans l'insouciance de jadis. Elle nous
avait comblés de cadeaux, j'affichai aussitôt sur
la porte de la salle de bain, un poster géant
représentant un gorille. Elle m'avait apporté des
petits flacons d'huile de jojoba et avait voulu
m'aider à faire la cuisine. Nous riions aux larmes
en oubliant les casseroles sur le gaz, l'odeur de
brûlé nous remplissait d'hilarité.

« Vous dites en français : « C'est foutu », n'est-
ce pas ? »

Pliée en deux, je disais que c'était exact mais
pas beau.

Au début, aux apparitions de Marc, nous nous
taisions, il se sentait malheureux, exclu.

« Jaimerais rire aussi. »

On lui avait administré de petites doses de mensonges et de vérités mélangés.

« Il sait pour Benjamin ? m'interrogea Eleanor.

— Il suppose certaines choses mais il ne veut
pas le savoir. Vraiment. Il est trop jaloux.

— Penses-tu. Il a peur de la comparaison.

— Je ne crois pas. C'est un bourgeois.

— Mais l'homme quand même, dit Eleanor.
Moins il sait, mieux ça vaut... »

Eleanor m'avait connue célibataire, libre et me

reprochait même ma fidélité qu'elle trouvait non justifiée à l'égard de Benjamin.

« Il va te plaquer », disait-elle.

A son arrivée à Paris, elle me voyait avec un mari et une vie rangée. Elle manifestait une curiosité scientifique à l'égard de notre couple. Elle constatait avec admiration notre bonheur.

« Il est plutôt beau garçon, ton Marc », remarqua-t-elle, un jour.

Je n'eus pas peur d'elle. Nous nous promenions, avec Marc, sur un chemin pavé d'habitudes. Nous nous interpellions avec des « chéri » et des « mon amour ». Eleanor découvrait avec plaisir un couple de Français. Elle nous demanda si nous étions « swingers » ou non, elle ne comprenait pas pourquoi Marc avait rougi.

D'habitude, le matin et le soir, Marc circulait nu.

A la fin de la première semaine, il avait oublié la présence d'Eleanor ; un jour j'entendis une exclamation. Marc revint en courant dans la chambre.

« Tu l'as entendue crier ?

— Tu n'as pourtant rien d'un satyre...

— Ah ! bon ? » fit-il presque déçu.

Sûre de moi-même, femme d'élite et conquérante, je n'avais pas éprouvé l'ombre d'une jalousie.

« Comment trouves-tu Eleanor ?

— Un gentil grand cheval...

— Tu exagères. »

Je ronronnais d'aise. L'injure - compliment m'avait enchantée. Je n'avais rien à craindre. Peu à peu, la présence d'Eleanor se mit à peser sur notre intimité. Elle occupait une petite chambre engorgée de nos papiers. Un mur, une pellicule de béton sonore nous séparait. Nous l'entendions éternuer en sursautant. Sages et pudiques, on ne se touchait plus, de crainte des bruits. Cette trêve conjugale m'accorda le temps de réfléchir. Au début, il m'avait été difficile de m'habituer à un homme à demeure. Avant mon mariage, en dehors de l'histoire tendre avec Benjamin, j'accumulais les courtes liaisons. L'acte dit d'amour n'était pas lié à l'obligation de préparer un repas ni à un café à prendre ensemble le matin. L'aventure était l'ami, le copain, le complice, la conquête. Mais il s'en allait ou je pliais bagage. Les délices et les erreurs avaient un point final rapide. Marc m'aimait nature. « Telle que tu es. » Ce système modeste était aussi efficace qu'économe. L'attitude de Marc incitait à la paresse. Je ne faisais plus aucun effort pour être séduisante.

Marc ne distinguait guère un soutien-gorge pour nourrice d'une toile d'araignée de dentelle noire. C'est ce qu'il disait et je voulais m'en assurer pour être sûre qu'il ne mentait pas. Un jour, le lycée en grève, j'avais du temps. Au bout de longues recherches, je pus acheter, sous le regard lourd d'une vendeuse trop maquillée, un déshabillé transparent, un soutien-gorge en lanières de satin et le slip assorti. Le soir, je me peignis de grands yeux, je m'aspergeai d'un parfum cher et j'entrai dans la chambre, hissée sur des talons de sept centimètres. A peine en équilibre, je lui lançai :

« Alors, chéri...

— Quoi ? »

Plongé dans une revue scientifique anglaise, il ne me regardait pas. Il était irrité par la lecture. Les mots inconnus, il devait les griffonner sur un bloc et les chercher ensuite dans le dictionnaire.

« Chéri...

— Oui », dit-il.

Il leva enfin la tête.

« C'est déjà les soldes ? Tu achètes n'importe quoi. »

Puis :

« Je ne dors pas tout de suite, je dois arriver au bout de cet article. Si tu as autre chose à faire... N'hésite pas... »

Dans les films, après une scène d'amour haletante, l'héroïne pose sa tête sur la poitrine, souvent velue, du héros pour s'endormir épuisée. La caméra s'éloigne. Ensuite, on les revoit pimpants et robustes au petit déjeuner. Un vrai couple — qui n'a qu'une chambre à coucher — crée automatiquement la victime. La victime, c'est l'autre. Celle qui souffre des journaux lus au lit, des revues qui tombent avec un bruit sourd par terre, de cette lampe bénie ou maudite selon celui qui l'utilise. L'argent fait le bonheur, sinon la nuit sur mesure. Je trouvais barbares les principes occidentaux qui enferment les conjoints dans le même lit comme dans un double cercueil.

Je rêvais d'un appartement avec une chambre supplémentaire, le réduit où Eleanor dormait n'était guère habitable. Aux yeux de Marc, c'est ce qu'il m'a dit à l'époque, la chambre à part était l'antichambre de la séparation. Pourtant, depuis que j'existais, je voulais ma chambre à moi.

Ce soir déjà, l'horreur du lit double se confirmait. Marc sorti des bras d'une fille allait se coucher à côté de moi. Marc ? Il devait être là dans la demi-heure. Je l'attendais. Lors de la soirée où je voulais jouer à la femme fatale, quand je dus ôter mes vêtements affriolants, le talon aiguille s'accrocha à la dentelle noire. Je fis une grosse boule de ces chiffons et, furieuse mais muette, je me glissai nue au lit.

« Tu vas attraper froid », dit-il, toujours en lisant.

Puis, il m'avait tourné ostensiblement le dos avec un soupir. Je le gênais dans sa lecture. J'entendais des bribes par moments. Il avait besoin de partager ses réflexions. « Les Allemands cherchent à implanter certains éléments génétiques, prélèvements sur cellules, introductions dans le fœtus... »

« Non ! Je veux dormir. »

Il se mit à éternuer.

« Il faudrait m'épargner ton parfum, le soir. Tu sais bien qu'énervé, je deviens allergique. »

Je sortis du lit, la tête baissée, je pris une chemise de nuit en coton et je me recouchai, butée et raide.

J'étais curieuse de connaître la manière dont Marc allait me mentir ce soir. En l'attendant, je me préparai un bain. Je m'y plongeai, je m'y enfonçai jusqu'aux lèvres. Des hanches un peu fortes, pas assez de mouvement. Mais le reste très bien. Mon corps était harmonieux, mes seins bien dressés en avant, aucune lourdeur nulle part. Je regardais attentivement ma main droite, ensuite la gauche. Des ongles plus longs demandaient des soins constants. Dorénavant, je prendrai le temps de les bichonner. Pour me débarrasser de mon alliance, je fis une belle petite mousse et me voilà libérée d'un symbole. Je ne claquerai pas tout mon argent aux U.S.A. J'essaierai de m'acheter un studio au retour. Sinon, tant pis. Je louerai quelque chose que je partagerai avec une autre fille à la dérive. Marc passera sans doute l'été avec sa mère. Au retour, je changerai de style, c'en est fini de la femme à tout faire, de cette intellectuelle réversible, tantôt à la cuisine, tantôt au lit. Et avec tout cela gagnant de l'argent. Au retour, je serai distante et j'avancerai lentement comme une péniche alourdie de rancune.

Je me séchai et j'attendis Marc, vêtue d'un jean et d'une chemise d'homme. Pas la sienne. Achetée par moi, pour moi. Avec mes cheveux mouillés ramenés en arrière, un visage nu, sans ride et grave, je semblais vraiment jeune. Braquée comme une mule, je refusais de laver la salade. Je me mis à écouter la Callas. Agressive, je montai le son. Je voulais me prouver que j'existais.

Peu de temps après mon immersion dans la musique, ceux des appartements contigus s'étaient manifestés. Tandis que la Callas bâtissait une cathédrale de sons cristallins, le voisin de droite, pour se venger, avait tenté d'enfoncer un clou dans notre mur commun. La perceuse contre la Callas. Assise par terre, j'attendais.

Dans la rue, un névrosé s'acharnait sur un klaxon.

Dans l'appartement d'au-dessus, des gosses déchaînés couraient. Le conflit acoustique battait son plein. Japonaise, je me serais fait hara-kiri. J'allumai, tremblante, encore une cigarette. J'avais peur de l'affrontement, comme si j'avais été coupable, moi, et non pas Marc.

La future performance de mon mari m'intéressait. Plus il mentira, plus il prouvera qu'il me prend pour une idiote. Remuée par une colère pourpre, la Callas s'indignait et injuriait le vilain Scarpia. Tout me semblait suspect. Marc et Eleanor ? Avaient-ils couché ensemble, ici, chez nous pendant mes absences ? Je les avais surpris un jour, assis sur le canapé. Eleanor portait un tee-shirt marqué : « I love love. » Elle avait dit qu'il était temps que je rentre. Que je leur avais manqué. Sans soutien-gorge, ni chaussures, à son aise, elle se lovait sur le canapé.

« J'adore la France. »

Marc avait ajouté :

« J'ai expliqué à ton amie la IIIᵉ République...

— La IIIᵉ République ? Pourquoi ? On s'en fout, non ?

— Ça fait partie de l'Histoire de France. »

Il était légèrement rose, Marc.

« Ton mari sait tellement de choses », avait gloussé Eleanor.

Elle prononçait : « Marc » d'une manière impudique. Le « a » était gonflé, le « r » mouillé. Le prénom de mon mari se transformait en une gaufrette sucrée. Ma-aa-rr-rc.

Selon le rythme de sa respiration, les seins volubiles d'Eleanor s'exprimaient. En bulles. Comme dans les bandes dessinées. Elle s'était étirée.

« J'ai faim. »

Marc s'était précipité vers la cuisine.

« Je mets la table. »

Tant de bonne volonté de sa part m'avait surprise. Pendant le repas, Eleanor avait savouré le vin.

« Avec le camembert, c'est délicieux. »

Elle s'exprimait d'une manière insidieuse, elle traînait les mots, elle les mouillait, elle les déshabillait, elle les faisait pénétrer par un autre son. Sa respiration rauque accentuait la sensualité démesurée de ses intonations.

« Voulez-vous une tasse de café ? »

Elle n'aurait pas pu prononcer mieux : « J'ai envie de me caler dans vos bras. »

« La petite cuillère... »

Un halètement de plaisir long.

« Voulez-vous encore un sucre ? »

Je la voyais couchée, nue sur un lit, passer le sucre, ce domino blanc. Elle était si provocante que je la croyais innocente.

« Mon boy-friend me manque. »

Elle nous jetait des regards de nympho en manque, des regards plats et brûlants ; des gouttelettes de sueur apparaissaient sur le front de Marc. Puis soudain :

« Bonne nuit », dit Eleanor.

Et elle était partie dans le réduit. Nous nous étions couchés aussitôt après. J'avais chuchoté à l'oreille de Marc :

« Tu trouves toujours qu'elle ressemble à un cheval ?

— Chut, avait-il dit. Elle peut nous entendre.

— Non.

— Si.

— Marc ?

— Oui.

— Tu penses à elle ?

— Un peu. C'est normal. J'ai toujours rêvé de faire l'amour avec deux femmes, dont la mienne. Je t'assure, si on gratte la cloison pour lui faire signe, elle arrive.

— Elle est ma meilleure amie. »

J'étais affolée et jalouse.

« Une raison de plus, avait dit Marc. Vous ne vous brouillerez pas après. »

J'ai eu des amants, mais jamais deux à la fois. Je trouvais les excuses pour le changement mais pas encore pour la multiplication des personnes. Tout cela n'était pas logique. Il n'était pas plus innocent de coucher lundi avec Pierre et mardi avec Paul, que mercredi avec Pierre et Paul.

« Alors pourquoi pas deux hommes ? »

Je parlais près de l'oreille de Marc.

« J'aimerais moins ça. A priori. »

Puis à mon oreille :

« Si tu n'étais pas aussi timorée, tellement jalouse.

— Je ne me suis pas mariée pour jouer à ces jeux-là. »

Il m'avait tourné violemment le dos et nous étions restés réveillés sur notre banquise, ce lit conjugal. Nous n'osions plus bouger. J'avais gagné, ce soir-là, je m'étais sentie forte de mon droit, de mes principes ; avant le mariage, tout ce que l'on veut, mais après : la fidélité. J'avais bu de l'eau tiède vers une heure, quelques minutes plus tard, Marc était parti pour le petit endroit, puis, revenu, il s'était jeté lourdement dans le lit.

Le matin, Eleanor avait demandé des toasts avec une voix d'hétaïre. Et, parce qu'elle était américaine, elle souhaitait aussi un fruit. Je n'avais que deux malheureuses bananes. Elle avait épluché la première avec tant de délicatesse que Marc avait failli se trouver mal.

Depuis que j'ai découvert la trahison de Marc, il y a quelques heures, ma mémoire se peuple de femmes-souvenirs. La silhouette de certaines anciennes connaissances traverse mon esprit, ces fantômes m'avaient-ils fait du mal ? Une Espagnole du labo. Elle préparait sa thèse. Marc dirigeait ses travaux. Je l'invitais à la maison, nous allions chez elle, un peu trop souvent à mon goût. Elle nous gavait de paellas. Un soir, au retour, j'avais dit à Marc :

« Elle est savante, peut-être, mais je la vois mieux avec des castagnettes...

— Elle en a...

— Ah ! bon... Comment le sais-tu ?

— A force de travailler ensemble », avait-il répondu.

Et il s'était mis à battre le rythme avec ses doigts.

La clef tournait dans la serrure. Une fois, deux... Mon cœur s'accélérait. La porte donnait sur un espace baptisé l'entrée, qui se prolongeait directement par le living-room.

« Salut, chérie », lança-t-il.

Et il déposa son porte-documents au pied du porte-parapluies.

« Quelle chaleur ! Je suis crevé. »

Je regardais cet homme carré, d'allure sportive. Ce soir, il n'avait plus le même air de jeunesse qu'avec la fille de midi. La différence étonnante me chagrinait. Il pointa le doigt vers la chaîne haute fidélité.

« Cesse, éteins, fais quelque chose. »

J'arrêtai le disque et je rabattis le couvercle de plastique sur la platine. Intimidée, j'avais envie de fuir les explications. Marc eut l'extrême imprudence de m'embrasser sur le front. A trente-deux ans, un baiser sur le front est la condamnation de la femme. Je le regardais d'une manière intense, douloureuse. Il aurait dû me dire que je ressemblais à une petite fille.

« Tu attends tes règles ? »

Choquée, je répliquai :

« Tu me dis des choses déplaisantes.

— Tu es maussade et tes cheveux sont plats, dit-il.

— On peut avoir d'autres raisons.

— Je vais prendre une douche, annonça-t-il. Qu'est-ce qu'on mange, ce soir ? »

Je déclarai la guerre :

« Rien.

— Il paraît qu'il y a une flambée d'angines dans Paris. Tu as une mine inquiétante. »

Je m'imaginais évanescente, une nonne au visage d'une pureté médiévale, émouvante. J'aurais pu être Antigone ou Electre. Il réduisait un drame antique au niveau des ovaires ou d'une grippe. Je déclarai avec un sourd plaisir :

« Il n'y a rien à manger. Je n'ai pas eu le temps d'aller au supermarché, ni chez l'épicier. »

Il se méfiait peu à peu, l'atmosphère boursouflée de sous-entendus, la tension latente, aiguisaient ses nerfs. S'il avait osé, il se serait sauvé du grand concert conjugal. Aux abois, prêt à n'importe quel sacrifice. Ne pas se bagarrer. Laisser faisander les problèmes et enfin, devenus indigestes, les liquider. Si je voulais garder le beau rôle, celui de grande écorchée, je ne devais pas tarder à attaquer allegro le thème de la jalousie. Je me voyais entrer en scène, pianiste munie de gants de boxe, je saluais le public et le chef d'orchestre. Puis je tentais de régler le tabouret bête et rond. Je vissais. Il fallait que je sois à la hauteur.

« Tu es crevé donc ? »

Il me regardait, inquiet, il n'avait pas prévu la représentation de ce soir.

« Je suis mal à mon aise, dit-il. Il fait chaud. Anormalement chaud. Avant les vacances, tout le monde est énervé. A la moindre remarque, les gens sautent en l'air. »

Puis il ajouta :

« Je veux prendre une longue douche. Je sais qu'il reste une salade.

— Pourrie, ta salade...

— Tu crois ? Ce matin, elle allait bien.

— Je ne la laverai pas...

— Bon, fit-il. Du moins as-tu acheté assez d'eau ? »

Reléguée au rang de la squaw et de la brave

ménagère, la voix adoucie, câline, je susurrai.

« Acheter de l'eau ? C'est toi qui as une voiture. Les bouteilles sont lourdes à porter.

— Moi ? se rebiffa-t-il, je fais les courses le samedi. La semaine passée, j'ai apporté douze bouteilles. Tu fais le café avec de l'eau minérale. »

Et il n'osa pas ajouter « ton thé aussi ».

Il précisa :

« Ce matin, il ne restait qu'une seule bouteille d'eau.

— Tu peux descendre et en chercher. L'épicerie est ouverte. »

Le mot « épicerie » lapait l'intérieur de mes narines, une odeur connue composée du relent des fruits trop mûrs avec une prédominance d'ananas et de savon.

« Je boirai l'eau du robinet, dit Marc. Comme beaucoup de gens. Ils n'en sont pas morts. Mais, surtout, je m'installe sous la douche.

— Tu es tellement fatigué ? »

Il se retourna vers moi avant de se sauver à la salle de bain. Il dégainait la vieille arme rouillée de la dignité offensée.

« Tu n'as jamais voulu comprendre la magouille du labo. Ma lutte. Ce « chacun pour soi ». On ne sait jamais ce qui vous tombera sur la tête, l'avancement ou le licenciement. Parfois, on est obligé de combler de compliments un minable parce qu'il a un titre. Puis, il prétend diriger. Qu'est-ce que je bosse pour lui... ! Deux fois par semaine, surtout les lundis et les vendredis, c'est le jour des compliments : « Votre maison est si belle !... Quel week-end nous y avons passé !... Votre épouse est charmante !... » « Epouse », tu imagines ce vocabulaire ? Les tentations désespérées pour retrouver le prénom de leur gosse, de ce démon merdique.

Je souriais, ce petit mignon avait aspergé d'encre les chaussures de tennis de Marc lors d'un week-end passé chez eux. Je ne répondais pas, je me figeais dans une attitude de madone sur une icône. Végétative et passive. Marc entra dans la salle de bain. Dans l'appartement au-dessous de nous, quelqu'un déplaçait des chaises. J'attendais. Marc passa la tête par l'embrasure de la porte du salon.

« Du savon... Il n'y en a plus, non plus ?

— Si, dans le tiroir, à gauche. Un moignon. Il aurait fallu en acheter samedi. J'utilise le moignon, moi...

— Que tu caches ?

— Non, mais si tu le laisses comme d'habitude dans une flaque d'eau, il n'en restera pas grand-chose.

— Qu'est-ce que j'ai comme défauts ce soir, s'exclama-t-il... On ne peut plus vivre comme ça... Tout te déplaît...

— Veux-tu un whisky avant la douche ? »

Il espérait une trêve, il accepta l'offre avec plaisir. Il revint quelques minutes plus tard avec une serviette nouée autour de la taille. Comment a-t-il pu ôter son pantalon en gardant ses chaussures ?

« Si tu me le prépares ! » dit-il, tendre, et il s'affala dans un fauteuil.

J'allai lutter à la cuisine avec le récipient de glaçons. Je le cognai contre l'évier. Je l'aspergeai d'eau chaude. Les cubes s'en détachèrent enfin, je remplis la moitié d'un grand verre de glaçons, que je recouvris de whisky. Ensuite, j'en jetai un peu. Il ne devait pas se soûler. Ce serait trop facile. Je lui apportai le breuvage, haineuse.

« Merci, tu es gentille. »

Il refroidissait ses mains sur le verre. Il buvait de petites gorgées.

« Tu es gentille », répéta-t-il.

Boa constricteur, je le regardais, lui, la chèvre.

« Eleanor a téléphoné.

— Qui ?

— Eleanor. De New York. Ne fais pas semblant d'avoir oublié Eleanor... Tu te comportais en sa présence comme un caniche qui espère son susucre. Tu faisais le beau...

— Ah ! oui, évidemment, Eleanor. »

Son hésitation aurait dû me faire croire qu'il avait oublié Eleanor. Il n'en devenait que plus suspect.

« Qu'est-ce qu'elle voulait ?

— M'inviter.

— Nous inviter ?

— Non. Moi.

— Où ?

— A New York.

— Quelle idée. Absurde. Aller à New York ! dit Marc.

— Je veux aller à New York.

— Pourquoi irais-tu à New York ?

— Pour le plaisir. »

Il toucha son front.

« Ça ne va pas là-dedans, non ? Tu ne te rends pas compte du prix du billet ?

— Si...

— Alors ? »

Penché en avant, Marc tentait de dénouer ses lacets.

« Je n'aime pas un type qui bricole ses chaussures.

— Depuis le temps que tu me vois enlever ma pelure...

— Justement. J'en ai marre de te voir te déshabiller.

— Où veux-tu que j'aille ?

— Dans le débarras, si Eleanor a pu y habiter, tu as de la place pour enlever tes chaussures.

— Tu n'as pas le droit de m'énerver à ce point, s'exclama-t-il.

— Si, j'ai le droit. Et je vais aller à New York.

— Avec quel argent ?

— Le mien.

— Tu n'en as pas.

— Mais si. Celui de l'appartement.

— Tu veux entamer l'argent de l'appartement ?

— Oui. Je me moque de l'appartement. Je partirai pour l'Amérique, jeudi prochain, le 1er juillet.

— La France est en crise, le monde brûle, l'Europe agonise. Et tu veux aller en Amérique ! s'exclama-t-il. Quelle folie te prend ? Il suffit d'un coup de téléphone d'une fille et tu y cours ? Mais ça ne va pas du tout. Pas du tout...

— Si, ça va...

— Mais non. Il faut rester chez soi. Nous avons la chance d'aller chez maman, la plage est à dix minutes de la maison.

— En voiture.

— Nous avons tout dans notre pays, continua-t-il en tenant dans une main ses chaussures.

— Tu veux les vendre ? Au plus offrant ? Dépose-les. Tu es ridicule.

— Et alors... Réfléchis donc, abandonne cette idiotie américaine. »

Je connais sa tirade sur les gorges du Tarn.

Je l'imaginais à Verdun, en culotte rouge, prêt à se faire tuer pour la patrie, je le voyais patriarche, ermite, ou guide des visites organisées des châteaux de la Loire.

« Moi, j'aime l'Amérique...

— Il fallait y rester, ma chérie », dit-il, assez impertinent.

Il avait moins peur qu'au moment du retour. Je susurrai :

« Tout à fait exact. J'aurais dû y rester. J'ai commis la plus monstrueuse des bêtises quand j'ai renoncé à ma vie américaine.

— Ton type aurait dû te retenir. »

Je bondis et je tapai sur lui.

« Sale bête, tu n'as pas le droit. »

Il se défendait, mi-plaisantin, mi-sérieux.

« Calme-toi. Si on ne peut plus plaisanter. »

Il avait enfreint notre accord tacite : le silence à garder sur certains événements du passé. Heureusement, il en savait peu. Il battit en retraite et j'allumai une cigarette. Faute de hachisch, il me restait ce poison classique. Je me fâchai, je ne voulais pas m'abîmer, j'écrasai la cigarette. J'entendais différents bruits d'eau. Longtemps après son départ peu glorieux, Marc revint en peignoir de bain. Pour tenter de survivre à la soirée, il entama une conversation mondaine.

« Tu veux vraiment partir ?

— Vraiment.

— C'est ton droit, ma chérie, mais que dirons-nous à maman ?

— Il faut lui dire quelque chose ?

— Elle nous attend avec une telle joie...

— Tu parles !

— Mais si...

— Est-ce qu'elle nous justifie ses voyages ? Les Antilles, le cap Skirring, l'île Maurice... Hein ?

— C'est son affaire, mais elle est toujours là pour nous accueillir en été. Nous sommes son bonheur.

— Penses-tu ! Elle a ses types et nous sommes là pour faire la foule. Pour l'admirer. Elle a besoin de public, ta mère. Elle aime montrer sa maison. »

Marc leva les bras au ciel.

« Qu'est-ce que j'ai fait au Bon Dieu pour avoir une femme et une mère qui se détestent à ce point ?

— Nous ne nous détestons pas. Nous nous énervons réciproquement. Et toi, tu aimes ma mère à moi ? »

Il haussa les épaules.

« Elle est d'un autre siècle. »

Je criai soudain. Les sons violents qui m'échappaient me surprenaient.

« Ma mère a neuf ans de moins que la tienne. Neuf ans ! Ma mère n'a pas encore cinquante ans.

— Elle fait plutôt dame mûre, dit Marc, imprudent.

— Tu ne l'as jamais regardée, maman. Elle ne se montre pas aux trois quarts nue, comme la tienne, c'est vrai. Mais elle est belle. L'avez-vous invitée une seule fois en été ? Une seule fois ? »

Marc se cabra.

« Sans ton père, c'est difficile. Quand les invités arrivent, présenter une belle-mère sans beau-père...

— Hypocrite ! Les gens s'en fichent.

— Pas vrai ! Ça les intéresse !

— Et ta mère qui change souvent d'homme ?

— Elle a tous les droits, elle est divorcée. »

J'étais chauffée à blanc.

« 1968 ne vous a pas changés. Tu as dû être un drôle de petit con en 68...

— J'étais avec maman dans les Landes.

— Fuyard.

— Sotte. »

Je continuai :

« D'ailleurs, ta mère...

— Attention à ce que tu vas dire.

— Figure-toi, je suis sûre que ta mère, tu la

gênes, toi, fils unique, fils chéri. Elle a beau porter des bikinis et avoir des cuisses impeccables, il y a l'acte d'accusation collé sur elle : il est difficile de jouer les jeunes premières à côté d'un gars de trente-six ans, son fils.

— Moi ? dit Marc. Moi, gêner ? Je suis sa raison d'être. »

Eliane se gavait de tablettes de carotène pour mieux bronzer. Sa peau absorbait le soleil comme un papier buvard. A la fin de la saison, elle aurait pu passer pour une Indienne.

Marc marchait de long en large.

Furieux, nous devenions toujours pudiques. Marc s'immobilisa devant le baromètre et le frappa avec l'index. Depuis que je le connaissais, il jouait au pivert avec cet instrument. Tic insupportable.

« Il paraît que la terre se réchauffe... »

Je levai le regard sur lui.

« Tu as déjeuné à la cantine ? »

Habile, il esquiva :

« C'est l'habitude, non ? Mais qui a faim par une chaleur pareille ? »

Il souriait, béat. Il devait prendre cette attitude de bon garçon docile face à sa mère lorsqu'il voulait obtenir une faveur. Mais je n'étais pas sa mère. A son tour, il se renseignait :

« Est-ce qu'il s'est amélioré un peu, le snack du lycée ? »

Je comprenais le plaisir du chat qui regarde, avant de la croquer, la souris.

« Je n'ai pas déjeuné, moi. Le proviseur avait besoin de ma classe. Pour le bac. Il m'a donné mon après-midi. Je me suis promenée rue Boissy-d'Anglas. »

Sa pomme d'Adam effectua un rapide aller-retour.

« Ah !... rue Boissy-d'Anglas... Tu y étais à quel moment ?

— Entre treize et quinze heures.

— Où sont mes cigarettes ? » demanda-t-il.

Combative mais infiniment triste, je lui apportai son paquet, oublié dans la chambre. Je le lui tendis.

« Tiens... »

J'hésitais à lui faire du mal. Il semblait sans défense. Il allait me mentir. Mal. J'avais peur. Et si je ne disais rien ce soir, mais demain peut-être ? Pour m'accorder un temps de réflexion, je lui proposai de laver ensemble l'unique salade.

« Bonne idée », dit-il, soulagé.

Il manquait de psychologie, Marc. Il aurait offert une sucette à Phèdre. Le malheureux, il me pinça la joue droite, comme un vieux sadique. Puis, à la cuisine, nous avons entrouvert la porte du réfrigérateur, Marc y jeta un coup d'œil, au-dessus de mon épaule, pour y découvrir quelques yoghourts, cantonnés au-delà de leur date limite de consommation, six endives aux bouts de plus en plus verdissants, un carton de lait ouvert et oublié. Des objets de fouilles. Je saluai deux tomates boudeuses assises comme deux commères sur la grille près du réfrigérateur. Elles y vivaient depuis longtemps. Peu à peu, elles devenaient intouchables tant on manquait d'envie de les utiliser et de courage de les jeter. Sur une soucoupe, gisait un morceau de beurre jauni. Quant à la salade, elle était bonne à replanter dans un potager de l'au-delà. Inutilisable. Depuis deux semaines en proie à une flemme profonde, j'achetais des dîners chez l'épicier italien. Je n'étais plus la ménagère qui se défoule en cuisant une masse de légumes pour faire un repas sain. Le feu sacré éteint, je ne voulais plus prouver mes qualités.

Je ne me laissais plus flatter l'encolure : « Tu sais tout faire, mon amour », « Tu es fantastique », « Vous savez, ma femme fait aussi bien une thèse qu'une brandade de morue »... Je refusais d'être la femme rentable. Grâce à mes visites chez l'épicier, nous parcourions les paysages culinaires de l'Italie, du nord au sud, de l'ouest à l'est. Nous nous bourrions de pâtes sublimes et Marc vidait facilement, à chaque repas, une bouteille de Chianti. Il y cherchait un peu d'ivresse pour raviver notre vie conjugale.

« Ça va être une excellente soirée de régime ! déclara Marc. Je dois perdre au moins trois kilos. Et rapidement... J'ai un voyage à faire à Milan... »

Futur fusillé, il creusait sa tombe tout seul.

« Tu dois maigrir très vite pour aller à Milan ? »

Je marquai un temps, puis :

« Nous allons à Milan quand ?

— Pas nous. Moi.

— Tu comptes y aller seul ?

— J'y vais seul.

— Pourquoi ?

— Voyage fatigant, ennuyeux. Milan, grande ville dangereuse, vide le soir. Ne vaut pas le déplacement. »

Il parlait petit nègre. Il fouillait l'un des placards assez haut fixé pour y trouver mon produit de régime. Ma poudre. Il en prit une cuillère à soupe et la dilua dans une tasse. Il voulait maigrir avec mon produit. Pour plaire davantage à la fille. Il remuait le liquide épais, il le touillait. Mon silence l'incommodait.

« Qu'est-ce que tu as acheté de beau ? »

Et si j'avais acheté quelque chose d'ignoble, de raté, de mal coupé, de très cher...

« Rien. Je flânais... »

Il s'évertuait à faire passer les grumeaux de

son breuvage par les mailles trop serrées d'un tamis.

J'attaquai, sèche :

« Je t'ai vu rue Boissy-d'Anglas. Avec une fille. »

Il s'immobilisa. Puis il respira un bon coup et se remit à tourner sa bouillasse.

« Dommage ! J'ai cru que j'allais m'en tirer jusqu'au mois de septembre au moins. »

Il me regarda avec condescendance.

« Tu as eu un choc...

— Merci, oui. »

Il ajouta :

« C'est forcé... N'oublie pas que nous sommes mariés depuis huit ans, Laurence. »

Il me déconcertait.

« Et alors ?

— Huit ans, c'est long. Je commençais à être rouillé. Ne plus m'habiller. Ne pas vouloir me raser le dimanche. Quand je me suis découvert avec une barbe naissante, un dimanche midi, j'ai compris que ça n'allait plus du tout. Nous sommes devenus trop familiers l'un avec l'autre. »

J'étais sidérée. Marc était calme, il parlait bien, il avait dû se préparer à l'éventualité de cette explication. Malhabile lorsqu'il fallait mentir à nos mères, il s'embrouillait et je lui donnais des coups de pied sous la table. « Qu'est-ce qui t'arrive ? Tu me fais mal », s'exclamait-il alors.

Il plongea sa petite cuillère dans la mixture.

« Il faut reconnaître la vieille vérité. L'homme est polygame de nature. Vivre avec la même femme, même exceptionnelle comme toi, on s'en lasse. Forcément. »

J'essayais de récupérer un peu de terrain.

« Et vivre avec le même homme ? Ça fait marrer quelqu'un ?

— Il me semble qu'une femme n'a pas forcément les mêmes besoins.

— Besoins ?

— De fantasmes, d'excitation, d'énervement sexuel. Nous ne sommes pas conçus de la même manière », m'annonça-t-il.

La grande nouvelle. Il goûta sa préparation. « C'est mauvais mais utile. »

Son assurance me calmait. Je préparai à mon tour le breuvage à grumeaux. J'emportais au salon ce plâtre pour me rembourrer l'estomac et me couper ainsi la faim.

Marc, étalé sur le canapé, se mit à fumer. « Le mariage ne convient pas à tout le monde. Si tu avais accepté quelques concessions... »

Je bus deux gorgées, je déposai ma tasse. « Tu aurais dû m'en parler, m'avouer cette fille...

— Avouer ? Je ne suis pas un criminel. J'ai eu jusqu'à aujourd'hui la baraka. Dans une semaine, je partais avec elle en Italie. J'ai inventé Milan pour toi. Milan, ça fait sérieux. Sorrente, ça fait amoureux. »

J'étais dépossédée de ma colère. Nous parlions avec calme et nous étions presque à notre aise. « En tout cas, je dois te dire, Laurence. Je t'aime beaucoup. Je te respecte.

— Tu me respectes.

— Mais oui, tous les hommes ne sont pas aussi attentifs que moi pour ne pas blesser leur femme. Toi, tu n'as jamais eu l'ombre d'un soupçon.

— Non.

— Alors ? »

J'aurais dû apprécier l'habileté de ses mensonges. L'applaudir même.

« Quels étaient tes projets après le voyage en Italie ?

— Mais, aller chez maman, comme d'habitude.

— Elle est au courant ?

— Penses-tu ! Non. »

Je continuai.

« Maintenant que l'abcès est crevé, que je suis au courant, tu te sens soulagé et libre ? N'est-ce pas ?

— Libre ?

— Je dis : libre.

— Notre vie ne changera pas, dit-il. Mais nous serons moins tendus. Inutile de te dire que je t'invite à vivre mieux. Couche avec qui tu veux. Je suis d'accord. Je t'y encourage. »

Je ne reconnaissais pas Marc. Il m'échappait. Un étranger. Je protestai :

« Je ne me suis pas mariée pour courir. Mais pour être fidèle. La seule chose qui m'intéresse vraiment dans le mariage, c'est la fidélité. »

Il déposa sa tasse de bouillie.

« Laurie, dit-il, comme lors des moments doux. Toi, tu as eu une vie bien mouvementée avant de me connaître...

— Heureusement.

— Voilà... Ce n'est pas mon cas. Deux ou trois aventures rapides puis une fille avec qui j'ai vécu en concubinage. Ensuite, je t'ai rencontrée. »

Il se leva, partit et revint avec ses lunettes à monture dorée sur le nez.

« Tu vas lire ?

— Non, mais j'ai mal à la tête. Les lunettes me soulagent. Je serai obligé de les porter tout le temps. »

J'aimais sa tête d'intellectuel.

Il soupira légèrement.

« Laurie, je t'assure, j'ai été fidèle pendant quatre ans.

— Quatre ans ?

— Oui. Pas un regard sur une autre femme, pas un désir clandestin, pas un frémissement d'envie.

— Et au bout de quatre ans... Qui était la première ?

— Une fille sur la plage, à sept heures du matin. A moitié dans l'eau. A deux cents mètres des campeurs. »

Je me levai. Ce que j'apprenais était pire que la rue Boissy-d'Anglas. Je m'approchais de Marc, j'espérais me retrouver dans ses bras, je m'assis auprès de lui. Nous nous taisions. Puis, il reprit gentiment :

« Veux-tu qu'on ouvre une bouteille de vin ? Ça fait moins mal que le champagne ou le whisky.

— Non. Je déteste la boisson. Tu veux être gris pour mieux m'embobiner, pour te donner du courage. Depuis des années, tu as besoin de ton alcool avant de m'aimer.

— C'est vrai, dit-il. Ça m'aidait. Il faut bien quelque chose. »

Je m'exclamai :

« Et l'amour ?

— Il faut en avoir une dose suffisante pour que ça marche, Laurie. Tu aimes les desserts...

— Tu le sais bien.

— Tu aimes beaucoup les profiteroles au chocolat et la tarte au citron... »

Je tombai dans le piège.

« Je préfère la tarte au citron. »

Alors une expression inconnue apparut sur son visage neuf.

« Une part de tarte au citron tous les jours, été comme hiver, à Paris, à la campagne, en voyage, depuis huit ans. Et la tarte au citron se reconstitue. Tu sais pertinemment que tu n'arriveras jamais au bout. Jamais. Ça coupe l'envie, non ?

— Tu me vois en tarte au citron ? »

Je n'arrivais même pas à pleurer. Je devais ressembler à une chouette en plein soleil.

« Veux-tu de l'eau ? demanda-t-il.

— Oui. Mais très froide.

— J'essaie d'en trouver. »

Il restait quelques cubes de glaçons dans le récipient bancal. Marc apporta deux verres d'eau fraîche.

« Dis...

— Oui.

— Où as-tu ramassé cette fille ?

— Ramassé ? »

Il s'agissait de son orgueil masculin.

« Une jeune fille. Sans expérience... Elle était vierge.

— Pauvre type, me suis-je exclamée. Elle t'a fait croire qu'elle était vierge.

— Quelle que soit l'époque, il y a un moment où une fille est vierge », dit-il, boursouflé d'émotion comme un coq dont on aurait malmené la crête.

J'articulais méchamment : Vi-er-ge. Je riais même. De désespoir. Marc, offusqué de mon hilarité, pieds nus, le peignoir entrouvert, perdait de sa dignité et ressemblait à ces statues géantes de Florence où les mâles en marbre, le sexe caché derrière une feuille de vigne, s'exposent au regard des visiteurs. On pouvait donc faire croire n'importe quoi à un type de trente-six ans, qui courait, avec un balluchon de complexes sur le dos, après sa jeunesse.

« Mais qu'est-ce qui te fait rire ? »

J'imaginais Marc, personnage d'une fresque monumentale. Marc au plafond de la chapelle

Sixtine. Il pointait un doigt vengeur sur un petit diable et, d'en bas, quelques touristes japonais, le cou tordu, l'admiraient.

« Veux-tu t'arrêter de rire ?

— Oui. »

Je n'osais pas le regarder. Je fixai mes pieds.

« Laurence... »

Je levai la tête, je le voyais se débattre avec sa vierge, jouer aux héros, au Gary Cooper traversant les lits à la place des buvettes de western, je le voyais montrer un drap taché de sang à une foule massée et murmurant « hmm, hmm, hmm » devant les balcons d'un palais. Le seigneur a défloré une vierge. Je me roulai sur la moquette. Il se pencha sur moi.

« C'est un rire nerveux. Veux-tu une compresse sur le front ? »

Je me levai et courus à la salle de bain. Je me lavai le visage et je revins, calme. Mais en l'apercevant, de nouveau j'explosai de rire.

« Je n'y peux rien, je n'y peux rien. Au moins, ferme ton peignoir. Ecoute. Marc... On peut tout raconter à un type comme toi.

— Je comprends que tu sois jalouse. Elle est belle, Jackie. »

Il s'attardait sur le mot « belle ». J'entendais « beautiful, carissima, lovely, superbe ». Je me dégrisai.

« Etrangère ?

— Non. Française.

— Pourquoi Jackie ?

— Jacqueline prononcé d'une manière moderne. Un peu à l'anglo-saxonne. Sa mère est très « in ».

— « In » en quoi ?

— En tout. Elle est dans le vent.

— Où crèche-t-elle ?

— Qui ? »

Marc rêvait.

« La mère ?

— Au labo.

— Au labo ?

— J'ai couché d'abord avec elle. »

Je cessai de rire.

« Tu m'as trompée avec la mère ?

— Elle a à peu près ton âge...

— Trente-deux ans ?

— Non, trente-cinq. Ça revient au même.

— Ça ne revient pas du tout au même. Sa fille a quel âge ?

— Seize ans.

— Continue.

— J'ai fait la connaissance de Jackie chez eux. Je lui ai plu tout de suite. Soulever l'amant de sa mère est toujours un plaisir pour une fille de cet âge...

— Qu'en sais-tu ? »

Maintenant, il riait, lui.

« J'ai lu ça quelque part.

— Salaud !

— Mais non.

— Continue...

— Je l'attirais. Pourtant, à ses yeux, un homme de trente-six ans est vieux.

— Sa mère moderne et cocue est au courant ?

— Non... Oh ! là ! Une famille très stricte...

— Et le père ? Il a bonne mine, le père. Tu lui as pris sa femme, ensuite sa fille.

— Un très brave homme, le père. Un peu absent de la vie quotidienne. Loin de sa famille, et de Paris aussi. Il est expert en matières toxiques. D'alimentation. Il est appelé à droite et à gauche, souvent en voyage. »

Je réussis à ne pas pleurer. Je suggérai :

« Si nous allions dormir. Je ne sais pas comment arriver au sommeil. J'ai tellement de travail demain, Marc. Moi, je n'ai pas eu une seule pensée pour quiconque. Pas un regard. Pendant huit ans. »

Il devint triste.

« Tu sais, Laurie, nous vivions dans l'erreur. Je n'osais pas te le dire mais j'imaginais le mariage comme une fantastique complicité légale. Parler de tout sans honte et sans crainte. Mais sortie de la mairie, ma Laurie s'était transformée. La gaucho-marginale faulknérienne s'était muée en une petite femme consciencieuse, fière d'être mariée. Une bourgeoise rigide, coincée par les principes ravivés. J'appelais notre union : le mariage-célibat. Je n'ai pas vécu assez avant de m'enfermer avec toi. Et tout cela n'est même pas une question de sexe mais l'idée de la découverte d'autres univers. D'autres gens, d'autres manières d'être... »

Je répondis, assez sèche :

« Le blocage de mon compte se termine le 27 juin. Je prendrai mon argent et j'irai aux Etats-Unis. Je reviendrai pour la rentrée des classes. Pour le divorce, vois un avocat. Ta mère t'en recommandera certainement un, le meilleur. »

Etonné, il s'exclama :

« Divorcer ? Pourquoi ? Nous sommes très bien comme nous sommes.

— Toi...

— Oui... Moi... »

Je me voyais ouvrir les lettres-réponses à une annonce : « Couple jeune cherche couple jeune pour soirées agréables. Si entente week-end. » Je hochai la tête.

« Mais pas moi...

— Tes principes ?

— Oui. »

Il balançait tout.

« Alors, va en Amérique, tu auras le temps de réfléchir. Eleanor sera de bon conseil. »

La question lancinante que je ne lui ai jamais posée revint :

« As-tu couché avec Eleanor ?

— Quelle importance aujourd'hui ?

— Tu ne dis pas non ?

— Ecoute, Laurie, le soir où nous étions un peu énervés, tu te souviens bien, elle était disponible, moi très remué et toi braquée comme un âne.

— Je suis contre les partouzes.

— Tu utilises de ces mots...

— Mais oui... »

Il continuait :

« Notre vie aurait pu prendre une autre direction si tu avais été moins rude. Je n'ai jamais désiré autant deux femmes que vous deux, ce soir-là... Ensemble.

— Tu es vicieux.

— Non, courageux. Parce que je te le dis... »

A minuit, encore épuisés, nous errions dans l'appartement en échangeant des petits mots. Le lit nous faisait peur. Une fois arrivé, Marc évita le moindre contact. Silencieux, nous naviguions sur les eaux noires du temps : plus lâche que téméraire, chacun de nous hésitait à abandonner le bateau qui prenait l'eau. Nous étions désarmés et corrects. Il feignait une respiration régulière. Il simulait un léger sommeil. Il ne tendait pas la main vers moi, parce que je n'étais pas la plus faible ; je ne me tournais pas vers lui, barbouillée du désir d'être humiliée, consolée, reprise dans ses grâces. Non, il n'était pas le plus fort. Nous étions égaux donc sans recours, l'un auprès de l'autre. Nue sur le lit, j'attendais l'apaisement, je n'avais plus de somnifère. Puis, frissonnante de chagrin, je tirai délicatement le drap pour me couvrir.

Il bougea. Je chuchotai :

« Tu ne dors pas ?

— Non.

— Nous sommes très énervés. »

L'échec complet, certifié, estampillé, à encadrer, le diplôme de naufrage conjugal nous était délivré.

« Ne t'inquiète pas, dit-il. Tout s'arrangera. Je ne sais pas comment. Je n'ai pas de recette. Je t'aime honnêtement. Mais je suis perdu aussi. »

Nous avions besoin d'une nounou. Se caler contre une poitrine opulente. Ne pas être adultes. Je décidai de lui mentir aussi, pour sauver ma dignité.

« Marc ?

— Oui.

— J'ai rencontré un homme sympathique. Américain. Son fils est dans ma classe. »

L'histoire devenait familière. Je commençais à y croire.

« Demain, tu me raconteras cela, marmonnat-il.

— Tu n'es pas jaloux ?

— A cette heure-ci ? »

Il bâillait. Un fauve qu'on agace avec une fourche.

« Nous sommes déjà demain, Marc. Et je vais à New York pour le rejoindre. »

Il revenait vers ce bas monde, vers les horizons des réveils irrémédiables parce que nés de l'agacement.

« Tu m'as parlé d'une invitation d'Eleanor.

— Je vais habiter chez elle pour rester libre.

— Et laisser l'Américain libre aussi. Tu deviens plus intelligente. Eleanor est au courant ?

— Non. Elle ne pose jamais de questions. Elle écoute ce qu'on veut bien lui dire.

— Eleanor est remarquable, dit Marc. Mais si nous dormions un peu... »

Nous nous sommes endormis. Quand Marc se leva lourdement, je m'éveillai en sursaut. Je cherchai le réveil en tâtonnant. Il était cinq heures. L'aube pointait. A travers les rideaux mal ajustés, la lumière du petit matin glissait dans la chambre. Je renversai le verre d'eau sur la table de chevet. Je sauvai de justesse mon bracelet-montre de l'inondation. Je l'essuyai et écoutai les bruits familiers de la cuisine. Marc ouvrait le placard et luttait avec le moulin à café. J'entendais crachoter la cafetière. Le lait encore débordé grillait sur la plaque chauffante et répandait une odeur de brûlé. Mes larmes venaient doucement. Nous avions gaspillé huit années de notre vie. Même à travers l'oreiller où je cachais mon visage, Marc m'entendit pleurer. Il revint de la cuisine, un peu maladroit, un peu lourd. Il s'assit sur le lit, posa sa main sur mon dos et dit :

« Ma pauvre chérie. »

Je me retournai. Il me plaisait d'être laide, d'avoir les traits mouillés. Une tasse de larmes renversée sur mon visage.

« Je ne suis pas « ta pauvre chérie ». Je vais partir en voyage. »

Je pleurais, le visage caché contre la poitrine de Marc. Comme au bon vieux temps.

Il supportait mal les larmes.

« On s'aime bien, Laurie. On a passé huit ans ensemble. Notre amitié est précieuse.

— Je ne veux pas d'amitié, je veux de l'amour. »

Je courais, je courais après le rêve du mariage parfait. Je croyais être bien dans mon rôle. J'avais tout fait pour que cette union marche.

Il se réfugia dans un silence prudent. Je m'essuyai le visage dans le drap. Ce drap froissé, ramassé en boule, tournera bientôt dans la machine à laver. Je le contemplerai à travers le hublot de l'appareil. Marc s'approcha de la fenêtre. Il écarta les rideaux.

« Nous avons besoin d'air, dit-il. On a vécu confinés, collés l'un contre l'autre. »

Je parlais fort comme à un sourd.

« Mais c'est ça, la famille ! Ce collage de personnes sur un canevas social. Une femme, un homme, des belles-mères. J'ai besoin de la famille, moi...

— Laurie. C'est moi qui te rappelais l'existence de ta mère. « Va la voir, appelle-la... »

Mes larmes ne s'arrêteront plus jamais. Je traverserai la vie, le visage trempé. Il avait raison. Il y a quelques années, encore, je n'étais pas convenable avec maman. J'étais égoïste, « chacun sa vie ».

Je me mouchai.

« Tu m'apportes le café au lit ?

— Bien sûr. »

Il ne demandait pas mieux que de me consoler.

« J'ai à surveiller l'examen de trente-cinq élèves. C'est le dernier jour des épreuves de physique. Je suis fatiguée...

— Ne bouge pas, j'apporte le café... »

J'avais besoin de petits soins, de mots gentils. Quelque chose de doux. Que je sois choyée, qu'on s'occupe de moi. Je voulais parler ou bouder, m'effilocher dans un délire verbal ou m'enfermer dans un silence douloureux. Mais qu'il s'occupe de moi ! Je l'avais aimé, je l'aimais encore. J'avais besoin de lui. J'avais voulu passer avec lui toute la vie. Combien de fois je nous avais imaginés vieux et souriants, nous promenant la main dans la main. « Connaissez-vous leur âge ? » auraient chuchoté les gens autour de nous... « Quatre-vingt-dix ans... Lui... Elle, elle n'en a que quatre-vingt-six... » Marc était l'évidence de ma vie. Je lui avouerai, ce matin, que l'Américain n'est qu'une plaisanterie dérisoire. Je le dirai aussi à maman.

Notre appartement ne se prêtait guère au vague à l'âme. Le voisin du dessus pataugeait dans sa salle de bain, le gargouillis d'eau résonnait dans les murs. Le bébé du couple à côté hurlait. Il n'y avait aucune raison qu'il s'arrête.

Entre la cuisine de l'appartement voisin et notre chambre, nous avions un mur mitoyen. J'entendais les cliquetis de vaisselle. Comme une malade, dont c'est le premier repas après une opération, j'acceptai le café avec joie.

Il m'était égal d'être laide, mal coiffée, et de battre, énervée, des cils non teints. Il ne m'aimait plus. Je grignotai un gâteau sec.

« Laurie, tu es dans un état... Raconte-moi ton flirt, le père de l'élève... »

Je haussai les épaules.

« C'est toi que j'aime. »

Il n'en demandait pas tant.

« Il ne faut pas. Le monde est grand. Il y a beaucoup d'hommes et de femmes. »

Je repoussai le plateau. Nous étions recouverts des cendres de l'usure conjugale.

« A quoi penses-tu ? dit Marc.

— Au catéchisme... »

Il regarda, inquiet.

« Veux-tu une aspirine ? »

Je voulus m'extirper du lit.

« Lève-toi... »

Il dégagea l'espace, je sortis du lit en me couvrant farouchement avec le drap. Je n'aurais pas supporté qu'il me voie nue.

« De quel catéchisme parles-tu ?

— Oh ! c'était juste une association d'idées concernant la pénible éducation que j'ai reçue. Que j'ai rejetée. Mais dont je garde les traces. Je pense aussi aux pleurs de maman. A la fidélité mal récompensée. Je vais prendre un bain...

— Je dois me raser, dit-il. Dépêche-toi. »

D'un geste machinal, connu, irritant jusqu'à la nausée, il passa sa main droite sur sa joue gauche. Cette maudite salle de bain confirmait tous les jours l'évidence qu'il fallait de l'argent pour vivre agréablement à deux. Il fallait de la place. Beaucoup de place. Deux chambres à coucher, deux salles de bain, deux budgets séparés. De l'autonomie. Je gagnais ma vie et n'en dépendais pas moins de lui. Je ne comprenais pas très bien pourquoi... Nos affaires étaient imbriquées les unes dans les autres. Les petits comptes font les grands ennemis. C'est moi qui comptais à la maison, donc je devenais le père fouettard.

« Je dois être au labo à neuf heures, dit-il.

— Et moi, au lycée à huit heures.

— Vas-y alors, mais vite... »

Je cherchai dans l'armoire une robe qui m'aurait donné envie de sortir. Je n'avais jamais eu de vêtements fous, de gilet tricoté en fil d'or, de pantalon bouffant, de chaussures mauves. « La petite chose que vous mettez juste quelquefois. » L'étau du « raisonnable » me serrait. Je retrouvai ma robe bleu marine encore asphyxiée dans la housse en plastique du teinturier. Je n'ai jamais eu le temps non plus de sécher le vernis de mes ongles. Il fallait changer mon rythme. C'était évident.

Enfin habillée, je découvrais que la robe était trop longue, elle datait d'il y a deux ans. J'étais désolée. Aurais-je le temps, un jour, de raccourcir mes vêtements ? Peut-être jamais. Légèrement maquillée, dans le miroir du couvercle de mon poudrier, je me regardai. J'avais meilleure allure que la veille mais je ne serais pas accostée dans la rue. Je cherchai à quatre pattes mes chaussures bleues aux talons hauts et je repêchai d'un tiroir ma dernière paire de bas. Je n'avais pas pu m'épiler les jambes, il valait mieux les cacher. Plantée sur l'estrade, j'avais peur des remarques des élèves.

Il ne me restait qu'une petite semaine avant mon présumé départ. Il me fallait l'argent en espèces et l'élargissement de la couverture financière de ma carte de crédit qui servait plus à acheter la nourriture qu'à payer des dépenses d'envergure. Je devais me procurer une valise convenable et me précipiter à l'ambassade américaine avec ma vieille carte d'étudiante de Columbia University, comme garantie. Ou référence. Je voulais apporter un flacon de parfum célèbre à Eleanor. Je devais prendre aussi l'argent pour maman. Je ne pouvais pas effectuer un virement, maman n'avait pas de compte en banque. A l'âge de quarante-neuf ans, elle n'avait pas encore signé un chèque. Il fallait aussi trouver mon père quelque part, le tenir au courant de mon voyage et lui rappeler l'existence de maman, rechercher un vieux certificat de vaccination périmé. Le prendre avec moi à tout hasard. Retrouver le carnet d'adresses que j'avais conçu amoureusement à New York. Je croyais qu'un carnet d'adresses rempli signifiait qu'on avait des amis. Pourtant, tout change si vite à New York. Si Eleanor n'était pas venue chez nous, il y a quelques années, en visite, j'aurais perdu le contact avec elle aussi. Il fallait que je la rappelle, ce soir, vers dix-neuf heures. Je me demandais si j'étais vraiment triste...

La visite inattendue de sa fille et la nouvelle qu'elle avait annoncée plongeaient Yolande dans des pensées troubles. Elle allait et venait, l'appartement semblait rétréci et la cuisine, ce matin accueillante, hostile. Pouvait-on casser un mariage et, pour un caprice, pour une liaison, démolir une vie commune ? Elle avait espéré sa fille plus stable, enracinée dans une situation sociale acquise. Or, voici qu'elle donnait un coup de pied à une institution sacrée. Comment oser condamner Georges et considérer sa souffrance à elle en tant que privilège, si c'était aussi facile. On se marie, on rencontre quelqu'un, on le trouve mieux et on s'en va. Elle se sentait diminuée, dénigrée par le destin. Aurait-elle fait fausse route en s'obstinant à garder Georges, son mari fantôme ? Georges, épicurien farouche, amoureux de la volupté grappillée, débonnaire, la colère violente et la tendresse fugitive, ne l'avait épousée que contraint et forcé à l'époque où il était mis au pied du mur. Yolande, mineure, se trouvait enceinte. Le choix de Georges était restreint : aller à la mairie ou s'installer en prison. Il avait, ce jour-là, la mâchoire si serrée qu'il avait pu à peine prononcer le « oui » qui le condamnait. Leur vie commune dégénéra rapidement, ils éclataient comme des ballons lors de scènes épiques. Devenue majeure grâce à la loi et mère à cause de Georges, Yolande découvrit, affolée, l'enfer promis pour l'au-delà, dans le treizième arrondissement. Plus les années passaient, plus Georges collectionnait les rivales avec l'espoir que sa femme céderait un jour et le laisserait partir. Elle le regardait apitoyée, les mains jointes, en prière perpétuelle.

« Je ne te condamne pas, tu es la victime des femmes légères et de mauvaise vie. »

Georges, cramoisi par la tension artérielle, rare chez un homme jeune, criait, se débattait :

« Ne dis jamais ça, tu entends ? Jamais. Je suis ta victime, tu es mon bourreau. »

Elle tentait de le calmer et de se défendre.

« Mon pauvre Georges, je sais que tu n'es pas heureux. Tu ne peux pas l'être... Sycologiquement...

— Ça se prononce avec un « p », « p » comme pute. Psy-cho-lo-gi-que-ment. »

Elle adopta une attitude de réserve.

« Tu n'arriveras pas à me choquer, dit-elle. Ni à me faire perdre mon sang-froid. J'ai tout mon temps, un jour tu changeras. »

Georges la regardait avec haine.

« Quand comprendras-tu que Dieu ne s'occupe pas de notre pauvre vie ! Il y a des cataclysmes mondiaux. Il y a la misère du tiers monde. D'où vient ton orgueil absurde d'imaginer que notre mariage ait le moindre intérêt pour lui ? Tu vas avoir bonne mine si je deviens fou. Je pèse quatre-vingt-six kilos et, dès que tu ouvres la bouche, je me mets à trembler. Comme une feuille. Faible femme, toi ? Sans défense ? Toi ? Si je ne m'échappe pas à temps, tu m'enterreras. Tu m'épluches, tu me découpes en rondelles. Mon seul espoir, c'est que Dieu t'aimera suffisamment pour t'enlever de cette terre pourrie.

— Je ne t'entends même pas, disait Yolande. Quand c'est trop méchant, je n'entends plus. »

Lors de ces affrontements, l'artère qui traversait le front de Georges se gonflait, « comme une gouttière pleine de sang », pensait-elle.

De son berceau à l'école, des premiers pas à la première fuite, Laurence les regardait se battre avec frayeur. Elle se défendait dès qu'elle avait découvert ce qui les agaçait. Elle se cachait et, comme disait sa mère, semait la zizanie. Dès qu'elle en avait eu la possibilité, elle créait la diversion et la révolte. Les problèmes religieux l'irritaient, elle refusait d'emblée d'apprendre les règles d'un système qui gardait son père prisonnier. Un jour, il avait fallu interrompre une leçon de catéchisme... La dame qui répandait la bonne parole s'était trouvée dans l'obligation de quitter les enfants pour reconduire Laurence chez elle.

A peine le seuil de l'appartement franchi, elle s'était jetée dans les bras de sa mère :

« Maman, la dame me fait peur. Elle parle du diable et de la braise et de pelles. »

Yolande avait caressé les cheveux de sa fille.

« Vous ne leur avez pas promis le paradis ?

— On ne peut pas mélanger punition et récompense. Le paradis est pour la semaine prochaine... Votre fille se comporte comme une hystérique.

— Mais non, madame. Vous utilisez de ces mots. Laurence est sensible. Très sensible. »

Elle avait serré sa fille contre elle.

« Je t'expliquerai les belles choses du ciel, mon amour. Ne pleure pas. Les anges nous regardent.

— Je ne veux pas qu'on me regarde, protestait Laurence. Je veux un grand rien.

— Vous aurez du fil à retordre avec votre fille,

avait annoncé la dame. Aujourd'hui, elle a bouleversé notre programme, elle a été insupportable. »

Yolande s'était confondue en excuses.

Peu de temps après cet incident, Laurence se braqua pour de bon.

« Je ne veux pas faire de culture physique, maman. Ni le catéchisme. Je ne veux plus sauter, ni prier au sifflet. Je vais faire chaque fois un scandale. »

Yolande décida que ces dispenses étaient du ressort de son mari. Georges, trouvant la mission odieuse, se rendit à l'école pour voir la directrice. Il attendit devant le bureau, dans le couloir.

« Monsieur Girardin ? »

Il se leva, s'inclina et salua :

« Bonjour, madame. Je suis navré de vous déranger. Mais il faut bien... Je n'ai que cette enfant... »

Il faillit ajouter « heureusement ».

La directrice le pria d'entrer et de s'asseoir. Georges prit place en face d'elle et afficha une attitude d'humble attention.

« Il est de plus en plus compliqué d'être parents, dit-il. Laurence est une petite fille difficile, mais l'époque que nous traversons est piégée. »

Il posa son regard chaud sur la directrice. Ce regard revenait, repartait, un balancier au contact du velours. La femme, derrière le bureau, fut effleurée par une légère émotion. D'habitude, elle ne voyait que des mères. La présence de cet homme lui était agréable.

« Je cherche une alliée, dit Georges, finaud. Vous me comprendrez tellement mieux, vous, que ma femme. Elle est très étroite d'esprit, rigide. Elle n'admet pas que l'époque où nous vivons change, que les mœurs évoluent. »

Complice, la directrice avait aspiré une bouffée

d'homme comme d'autres reniflent une pincée de poudre. Ce père, mélange de sublime et d'exécrable, avait quelque chose de sulfureux en lui. Elle l'imaginait en smoking, en grande écharpe blanche autour du cou et saluant un public invisible avec son chapeau haut de forme. Il plaisait à Georges d'utiliser son charme, il en jouait, n'en roulait que mieux ses « r ». Ces « r » bourguignons bondissaient sur ses lèvres charnues et rouge violent, suggérant des mots interdits à prononcer. Il se dégageait de Georges une indestructible joie de vivre. « Un homme sensuel », pensa la directrice légèrement énervée. Elle désirait lui faire plaisir. Lui plaire.

« A titre tout à fait exceptionnel, je vous accorde les dispenses. Juste pour cette période scolaire. Vous reviendrez me voir l'année prochaine. Votre fille évoluera dans le bon sens. Les enfants ne sont plus ce qu'ils étaient. Vous me parliez des pièges tendus aux parents, mais si vous saviez ce que nous rencontrons ici, comme embûches, nous, enseignants...

— Vous êtes d'une grande intelligence », dit Georges.

Les jambes de la directrice s'affaiblissaient. Elle ne décela pas aussitôt l'origine de cette émotion. Georges l'hypnotisait.

« Nous nous comprenons bien. Les affinités inattendues lient les êtres, n'est-ce pas ? »

Il osa jusqu'à l'esquisse d'un baisemain. Il se voulait suranné. Elle regardait sa main, éblouie, et prononça un « à bientôt » d'une voix sourde.

Il partit, léger comme un vieux danseur dont l'âge n'altère pas la souplesse. Seule, la directrice subissait une avalanche d'images qui l'étouffaient. Elle s'approcha de la fenêtre et contempla les enfants qui jouaient et se poursuivaient dans la cour. Elle pensa à Georges. Dans un rêve, elle serait partie avec lui. Les cris se turent, les enfants entraient dans l'immeuble de l'école, les maîtresses reprenaient leur place. Pour chasser les images intruses, la directrice ferma les yeux.

Il y eut aussi l'histoire du crucifix.

« Je ne veux pas de croix dans ma chambre, papa. Ça me fait peur. Je ne peux pas m'endormir. Je regarde les mains clouées, les pieds qui saignent, la couronne d'épines. Je déteste les hommes qui lui ont fait ça. »

Yolande défendait son point de vue.

« Il faut qu'elle soit consciente de ce qui s'est passé. Toute la souffrance du monde se trouve sur la croix.

— Justement, dit Georges, pourquoi Laurence doit-elle contempler toute la souffrance du monde ?

— Tu ne peux pas aller contre la tradition.

— Tu fais baver notre fille de peur.

— Il faut une certaine discipline. La croix restera dans sa chambre. Je n'accepte aucun changement. »

Seule à la maison pour quelques heures, Laurence avait recouvert le Christ de pansements. A son retour, Yolande découvrit la statue à moitié disparue sous les sparadraps et se fâcha.

« Comment oses-tu y toucher ? De quel droit ?

— Je fais ce que je veux dans ma chambre. »

Peu à peu, la complicité de sa fille et de son mari obligeait Yolande à faire marche arrière. Elle espérait que, grâce à leur fille, Georges deviendrait un jour un « vrai » mari. Le premier mot prononcé par Laurence avait été « papa », ses premiers pas s'étaient dirigés vers lui aussi et le père, homme à genoux, les bras ouverts, l'avait accueillie, bêtifiant, éperdu de bonheur. En grandissant, Laurence avait découvert l'inutilité de sa mère. A quoi bon écouter les cris, assister aux déchirements bruyants, aux réconciliations mouillées de larmes. Elle aurait aimé vivre seule avec son père.

« Si je pouvais recommencer l'existence, pensait Georges. Flâner, humer, observer, conquérir, découvrir, se voir refuser, attaquer de nouveau et séduire, considérer les gens comme des fruits à entamer, les goûter quitte à les abandonner ensuite... »

Entre Yolande et Georges, les affrontements se multipliaient. Lors d'un lundi sinistre, il avait saisi une chaise et cassé ses quatre pieds, l'un après l'autre.

« On n'a pas beaucoup de chaises », protesta Yolande.

Georges poussa un grondement.

« Que je meure de colère, ça ne te ferait rien. Mais une chaise...

— Veuve, je pourrais me considérer libre de tout engagement.

— Engagement ? »

Georges, écarlate et immobile, avait crié au lieu de parler :

« Quel engagement ?

— Ce que Dieu a uni, la mort seule le séparera.

— Je veux divorcer, criait Georges, roulé en boule sur le canapé. Divorcer. »

Il s'adressait à elle, recroquevillé sur lui-même, le visage à moitié caché.

« Je veux être libre, malhonnête, vicieux, condamné par la société chrétienne, mais libre. Perdre mon salut et mes belles chemises. Ne pas être « soigné ». Pas de cravate pour Noël. Me promener sans boutons, s'il le faut. Avec des trous partout. Je veux être clochard. Mais libre.

— Je t'écoute, on ne s'humilie jamais assez pour ceux qu'on aime », dit Yolande, imprudente...

Georges l'attrapa par les épaules.

« Un jour, je vais te tuer. Je ne veux pas aller en prison.

— Je ne te pardonne pas d'avoir abîmé nos chaises. »

Georges eut une bouffée d'espoir.

« Tu ne me pardonnes plus ?

— Pas les chaises.

— On va divorcer, jubilait Georges. En commun accord, tu veux ?

— Une séparation n'est pas un divorce. J'accepte de me séparer. Ça s'arrête là... »

Laurence, éclaboussée de paroles violentes, tourmentée, dégoûtée des relations entre les hommes et les femmes, se fit la promesse de ne jamais avoir d'enfant. « Je vais essayer les hommes, se disait-elle. Je vais les avoir, les connaître bien. Puis, je me marierai avec celui qui me sera fidèle. » L'expérience de son côté et la fidélité de l'autre lui paraissaient indispensables pour le mariage. Entre son père et sa mère, les scènes se multipliaient. Laurence rêvait d'un père calme, riche et doux, d'une mère ordonnée, organisée. De repas feutrés et d'une sérénité à toute épreuve. Chez ses amies de classe, on mangeait tranquillement. Personne ne se levait pour aller chercher le sel en étouffant un juron.

« Maman, aimes-tu papa ?

— Malgré tout ce qu'il me fait, oui.

— Je ne crois pas, maman.

— Je ne veux pas abandonner ma place, dit Yolande.

— Tu n'as pas de place, maman.

— Dans le livret de famille.

— Qu'est-ce que tu attends ?

— Quand les femmes refuseront les vilaines relations avec les hommes mariés, il reviendra. »

Laurence traversait ce désert avec rage. Un jour, elle vivrait seule. Loin de ces deux clowns qui se démolissaient à coups de pioche et à coups de mots. En attendant sa libération, elle choisit son camp, celui de son père qui semblait être plus vivable que sa mère. Au prix de quelques gentillesses et minauderies qui enchantaient Georges, elle découvrait, sans Freud, ni Mélanie Klein, les influences qu'elle pouvait exercer sur son père. Elle ne ratait aucune occasion. Elle le flattait, elle attisait son orgueil. « Tu es bien, papa... » Comateux de bonheur, il la regardait : « Et toi, bientôt une jeune fille. » Cramponnée à sa jeunesse subtilisée par son mariage, Georges apercevait avec pudeur les seins naissants de sa fille. Il souffrait à l'idée que Laurence puisse se trouver un jour dans les bras d'un homme. D'instinct, Laurence profitait de la séduction paternelle. Elle passait à côté de lui et, comme saisie par une envie irrésistible, elle se jetait dans les bras de l'homme ébahi de tant d'affection. Ou bien elle promenait sa main sur les joues de Georges : « Tu piques. » Cela le faisait divaguer. Parfois, elle s'asseyait auprès de lui pendant le repas et disait : « Fais-moi manger comme si j'étais un bébé. » Et il découpait la viande et lui donnait la becquée.

« Quelle comédienne », pensait Yolande.

Des années plus tard, lors d'un dîner, dans un bistrot à la mode, Georges commit une maladresse.

« Les hommes sortent avec des filles de plus en plus jeunes..., dit-il à Laurence. Si on nous regarde de loin, qui pourrait imaginer que je suis ton père ? »

« Pauvre type, pensa Laurence attendrie, il déraille. » Georges avait grossi. Il débordait de ses vêtements.

« Tu as raison, papa », répondit Laurence.

Et elle saisit l'occasion de reparler d'un séjour à New York.

« Tu me donnes du feu ? »

Elle alluma sa cigarette tout en plongeant dans le regard de son père. Interdit, sous le charme, il avait promis, pendant ce dîner, le voyage américain.

« Même si je dois faire un hold-up, je trouverai l'argent. »

« Tout cela est loin », pensa Yolande accoudée sur la table entre la cafetière et le cendrier. Avec la petite radio au coin du buffet. Une panoplie de femme seule. Agacée par le bruit de l'horloge de la cuisine, tantôt en avance, tantôt en retard, selon les caprices de la pile, Yolande décida d'exécuter l'objet. Elle la saisit, la glissa dans un sac poubelle pour que personne ne repêche la bête à tic tac, et se mit à taper avec un marteau sur le paquet. Elle s'interrogeait : « Pouvait-elle accepter l'argent que Laurence lui offrait ? » Depuis que le patron de Marc les invitait pour les fins de semaine, à partir du vendredi midi, Yolande n'existait plus pour sa fille. Et si Laurence restait aux Etats-Unis ? Si elle ne revenait plus ? Une lettre de temps à autre ? Un sucre de tendresse chichement accordé. « Il faut apprendre à vivre, le cœur sec », se dit-elle. Laurence installée en Amérique, c'en sera fini avec les petites visites où elle se cognait contre sa mère avec son amour-choc. Elle l'agressait avec des « Maman, j'ai besoin de toi ». Yolande flambait dans ses élans d'amour. Elle aurait donné, comme le pélican, jusqu'à ses tripes pour qu'on l'aime. Inutile charcuterie.

En allumant sa cigarette, elle reconnaissait qu'elle aurait dû accepter le divorce. Elle aurait dû apprendre à se battre, devenir agressive, acquérir un métier. Ne pas perdre l'habitude d'un autre corps, s'entraîner à exercer l'amour sportif. Elle n'allait plus se confesser. Les bricoles qu'elle aurait pu débiter n'intéresseraient plus personne. Elle pensa avec amertume que le vrai confort consistait à vivre une existence de cabochard, d'aventurier, de pécheur professionnel pour avoir enfin quelque chose à se faire pardonner. Avait-elle du temps encore devant elle pour vivre ? Connaître un petit bout du monde ? Succomber à une tentation ? Entre la théorie et la pratique, la frontière semblait infranchissable. Avoir refusé l'aventure avec le médecin suisse d'Ibiza, quelle sottise ! Elle pensait à lui depuis des années.

Il y a longtemps, parce que ses affaires marchaient bien, Georges avait expédié sa femme et sa fille a Ibiza.

« Je vous aime, mes chéries, partez et sentez-vous bien. »

Il se débarrassait d'elles, il était sur une piste sérieuse pour obtenir les grâces d'une véritable rousse, une Anglaise, belle et inodore comme sont certaines roses ; Georges avait besoin de vide familial.

Laurence, de plus en plus apte au combat à cause de l'entraînement des guérillas familiales, voulait s'assurer qu'elle pourrait sortir avec des copains.

« Tu feras ce que tu voudras, trésor, disait le père, en l'attirant vers lui. Tu as quatorze ans... »

Il ne pouvait plus la prendre sur ses genoux.

« Tu promets n'importe quoi, Georges, dit

Yolande. Je vais être ennuyée, là-bas. Je ne peux pas me battre seule avec Laurence.

— Laisse-la tranquille, dit Georges. Et libre... »

, Yolande et sa fille se retrouvèrent dans un hôtel qui sentait la peinture neuve. L'établissement avait colmaté les brèches de ses anciennes fissures et obtenu une étoile supplémentaire. Sous leurs fenêtres, se retrouvaient les promeneurs, les noctambules d'occasion. Une foire au son des guitares, quelques joints offerts au-dessus des motifs multicolores peints sur le trottoir.

« Je sors, maman.

— Non. Ils sont peut-être drogués.

— Papa était d'accord. Je descends.

— Non, je te l'interdis.

— De quel droit ?

— Tu n'as que quatorze ans.

— Je te plaquerai le jour même de mes dix-huit ans. Tu verras. De quoi as-tu peur ? Si tu m'avais donné la pilule à Paris, il n'y aurait plus de problème. Une fille que j'ai rencontrée hier m'a dit qu'on pouvait l'avoir dans l'une des pharmacies d'ici, habituée aux étrangers.

— Il faut avoir un idéal dans la vie, Laurence. »

Elle criait.

« Quel idéal ?

— Une vie propre...

— Tu me fais baver avec ta vie propre... Maman, pardon. Je ne voulais pas être si brutale. Mais je ne te supporte plus. Je t'aime et je ne peux plus te souffrir. Aide-moi... »

Elle pleurait.

« Maman, je ne veux pas te faire de mal, mais ne m'enferme pas dans cette cage. Tu fais comme si j'étais papa.

— Vas-y, dit Yolande, comme s'il s'était agi de l'échafaud. Vas-y... »

Leur table de pensionnaires près de la fenêtre était suffisamment grande pour que le maître d'hôtel y installât un homme agréable et à qui ses lunettes prêtaient un air d'intellectuel.

« Bonjour, dit-il. Je m'appelle Werner. Jacques Werner. Je suis médecin. J'espère ne pas trop vous déranger...

— Au contraire, dit Yolande. Nous sommes contentes de faire votre connaissance. Mon mari est resté à Paris. »

« Pauvre crétine, pensa Laurence. Elle se met à se justifier tant elle a peur d'un homme... Pauvre bête. »

« C'est ma fille, Laurence. Dis bonjour ! »

Laurence le jaugeait. Pourrait-il être celui qui la débarrasserait de sa virginité ? Son premier amant ?

Le docteur Werner avait repéré Yolande dès son arrivée. Cette grande et très mince jeune femme, aux yeux bleus et aux cheveux châtains, aux articulations fines, lui plut aussitôt. Affublée de sa fille, une adolescente maussade, elle allait être difficile à aborder. Le docteur Werner n'aimait pas les petites filles précoces, leur perversité innée, leurs tentatives pour se faire remarquer à n'importe quel prix. Ni leur course à l'homme mûr. Il avait glissé un copieux pourboire au maître d'hôtel pour qu'il fût placé presque de force à la table de cette femme-cigogne qui ne demandait qu'à s'envoler.

Troublée par la situation qu'elle jugeait équivoque, Yolande, le premier jour, renversa son verre. L'eau avait inondé la nappe. Laurence tenta d'attirer l'attention du docteur Werner mais le Suisse n'était intéressé que par Yolande. « Ma mère n'a que trente et un ans, avait découvert Laurence. Elle n'est pas vieille, c'est marrant.

Elle est même jeune. Mais qu'est-ce qu'elle attend, qu'elle est maladroite. Quel gâchis ! Quand ce type comprendra-t-il que la vraie affaire, c'est moi... »

Le docteur Werner avait retrouvé Yolande, dans l'après-midi, sur la plage.

« Bonjour, madame... Comment allez-vous depuis le déjeuner ? Méfiez-vous de la réverbération. Vos yeux sont très clairs... Très beaux...

— Merci, merci bien. J'ai oublié mes lunettes foncées dans ma chambre. Mais ça ne fait rien... Je ne regarde pas le soleil...

— Voulez-vous que j'aille les chercher ?

— Ah ! non... Pensez-vous... merci... »

Jacques Werner avait trouvé une chaise longue libre, il l'apporta et la plaça à côté de Yolande. Irradiée d'une sensation neuve, un mélange de gêne, de curiosité et de bien-être, elle triait les mots et les gestes. Ceux qui étaient « permis » et ceux à bannir. Comme tous les Suisses doués d'un tempérament robuste et n'aimant pas l'attente, surtout si elle se révèle inutile, il attaqua net. Il n'aimait pas perdre son temps.

« Votre mari arrive quand ? »

Yolande, troublée, n'osa pas répondre.

Jusqu'à la taille dans la mer, Laurence poussait de petits cris de frayeur, elle voulait attirer l'attention d'un jeune gorille qui plongeait et se faufilait dans l'eau pour attraper les filles par leurs chevilles.

Yolande avait besoin de se défendre.

« Ma fille et moi, dormons ensemble dans une jolie chambre. L'hôtel est agréable, ici, n'est-ce pas ? »

L'hypocrisie des contacts humains agaçait Werner. Il aimait les situations claires. Quant à la vertu, il n'y croyait guère, ou difficilement.

Il laissa glisser son journal et se mit à sourire.

« J'ai envie de vous regarder.

— Je ne suis pas intéressante.

— Mais jolie à voir. Pour une jeune femme aussi grande, vous avez plutôt de petits pieds. »

Elle se sentait rougir, elle n'osait plus bouger. Elle regardait devant elle. Le docteur continuait, amusé :

« De longs cils, comme des cils d'enfants. On a dû vous le dire souvent.

— Non, dit-elle.

— Puis de beaux cheveux... Une ravissante femme... »

Secouée de toute sorte de peurs agréables, elle l'interrompit.

« Ne me parlez pas comme ça...

— Je vous gêne ? » l'interrogea le docteur Werner, collectionneur de pierres dures, d'améthystes rocailleuses surgies des masses de roches. Et de femmes aussi.

Il avait eu deux Françaises dans sa vie. Il aurait aimé serrer dans ses bras cette troisième, si affolée. Il l'observait. Dans sa chaise longue, rose de l'ombre du parasol, elle évoquait la Maja vestida de Goya. Avec cette même feinte innocence dans le regard. Il prêtait à Yolande de multiples qualités. Il l'espérait douce et passionnée. Il ressentait une envie profonde d'elle. Il se voyait seul avec sa Maja languissante. Ne voulant pas perdre son temps avec les étapes classiques de la conquête, il présumait qu'elle le désirait aussi. Il était attiré par la séduction démodée de Yolande, par son attitude réservée. Vêtue d'une cape brodée, elle aurait pu errer dans un conte de Grimm et attendre l'arrivée d'un bateau fantôme qui glisserait dans la brume.

« Je suis une femme heureuse, dit-elle. Très heureuse. »

Il fallait qu'elle rejette la tentation.

« Je vous en félicite. Et l'homme qui vous rend si heureuse, où se trouve-t-il ?

— Il est retenu par ses affaires. Il va venir dans quelques jours.

— Ah ! bon, dit-il. C'est plutôt lui qui devrait se vanter d'être comblé. Grâce à vous. »

Yolande s'enfermait dans son peignoir de bain. Intimidée par la conversation mondaine, elle eut peur. Elle ne connaissait guère le vocabulaire clinquant des flirts. Le docteur Werner ne s'intéressait aux femmes qu'en fonction de ses envies et selon son temps disponible. Il attachait peu d'importance à ces relations rapidement conçues, habilement menées et aussitôt oubliées. Il regardait vivre les femmes, il les observait, gourmand et joyeux. Il les considérait imaginatives, souvent menteuses, en tout cas comédiennes lorsqu'il s'agissait de capturer un homme. Depuis l'université, il se défendait contre les pièges du mariage. Il avait appris à tout faire : la cuisine, le repassage, l'ordre... Même coudre un bouton... « Elles ne m'auront pas sous prétexte de prendre soin de moi. Jamais. » Ces femmes provisoires, il les voulait intelligentes. Elles devaient être belles aussi... Il constatait, émerveillé, leur faculté d'adaptation. Leur souplesse, leur manière de s'accommoder de n'importe quelle situation lorsqu'elles voulaient coincer un homme.

Yolande et Jacques Werner se revoyaient aux repas. Elle parlait parfois à sa fille à mi-voix. Elle voulait créer l'illusion d'une complicité. Mais Laurence ne jouait pas le jeu. Arrogante, elle traitait sa mère en subordonnée.

« Cette fille sera une redoutable garce », pensa le docteur Werner.

Ce quatrième jour, il avait interpellé Yolande sur la plage.

« Femme savante, toujours avec un livre... Venez plutôt nager. »

Elle s'était arrêtée au compliment pour ne pas avouer qu'elle ne savait pas nager.

« Savante ? Non. Vraiment pas.

— Venez nager. »

Il aurait pu l'effleurer dans l'eau, la prendre par la taille, la frôler.

« Pas tout de suite. »

Il n'insista pas.

« Avez-vous des nouvelles de votre mari ?

— Il nous appelle tous les jours. »

Elle mentait.

« Il ne prend jamais de vacances ?

— Mais si. Il se trouve que, cette année, nous passons par une période exceptionnelle. »

Elle se tut. Werner se pencha vers elle. Yolande aperçut une médaille sur une chaîne très fine qui entourait le cou du Suisse. Werner parcourait du regard ce long corps élégant, ces jambes élancées, ces pieds raffinés, aux ongles couleur de rubis. Que de grâce acide. De retenue provocante. D'appels secrets. « Ce genre de femme devrait s'épanouir dans le plaisir et éclater. Comment l'avoir ? »

Puis passa devant eux une jeune femme, aux hanches expressives. Sous l'effet du regard intéressé du docteur Werner, elle se cabra légèrement. Elle fit semblant de perdre une de ses sandales. Ils échangeaient des signaux de morse, entre connaisseurs. Werner se leva et se lança à la poursuite de la femme qui s'attardait plus loin, en contemplant le paysage. L'après-midi fut agréable.

Le lendemain, c'est Yolande qui interpellait le médecin.

« Bonjour ! Hier, vous avez disparu...

— Bonjour, fit-il. Oui. C'est exact... J'ai disparu. »

Il souriait, gourmand.

« Les femmes sont belles dan ne lisent pas toutes de gros livr Que d'efforts ! dit-il.

— Pardon ?

— Vous faites des efforts po tante. Quel travail... »

Elle s'exclama :

« Vous me faites peur. Je ne s vous parlez sérieusement ou santez... »

Elle continua :

« Je ne suis pas issue d'une snob. Mon père était commerç travaillait avec lui. Ensuite, ce me suis mariée très jeune et j'a

— C'est tout ? » dit-il.

Laurence chevauchait dans l'e au poignet encerclé par une comme une menotte.

Yolande dit :

« A peu près. »

Elle ajouta :

« Je suis si heureuse. Ma f C'est de son âge. »

Aujourd'hui, elle ouvrait un achetée dans la boutique de l baignait dans une lumière ros

« Les enfants, dit Werner, suis pas un fanatique de la famille nombreuse. C'est un loto. Qui tire le bon numéro... Les gosses s'en vont... Il n'y a que le couple qui compte quand on veut vraiment s'amarrer dans la vie.

— S'amarrer ?

— Jeter l'ancre.

— Vous êtes convaincu de l'utilité du mariage, dit Yolande.

— Le plus tard possible... »

Deux jours après, Werner devait rentrer à Berne.

« Et si vous restiez un peu ? Un peu plus... dit Yolande, étonnée par son audace.

— Je voudrais bien mais je dois rouvrir mon cabinet. Nous ne prenons pas autant de vacances que les Français. »

Il décida de se lancer dans une dernière tentative :

« Venez prendre un verre au bar, ce soir. Un verre d'adieu. Vers neuf heures. Voulez-vous ? Je vous emmènerai ensuite dans une boîte de nuit.

— Dans une boîte de nuit ?

— Pour danser.

— Je ne connais que des danses lentes.

— Nous danserons des danses lentes.

— Oui... »

Elle venait d'accepter un premier rendez-vous. Elle ressentit une agréable effervescence.

« Je me laisse tenter. »

Elle aimait ce mot. Elle s'en délectait. Elle vivait un moment intéressant, l'esquisse d'une chute dans des ténèbres douces.

« Docteur Werner ?

— Oui... »

Il était ravi qu'elle prît enfin l'initiative de l'interroger.

« C'est quoi, votre médaille ?

— Saint Christophe, dit-il. Je conduis comme un fou, ma mère essaie de me préserver. »

Elle trouvait étrange qu'un Suisse conduisît comme un fou.

« Je croyais que, dans votre pays... »

Il ne voulait pas être irrité par une sottise, il coupa court.

« On conduit vite dans mon pays. Et dans tous les domaines. »

Elle se voyait à côté de Werner, dans une voiture décapotable, le visage fouetté par le vent. « Plus vite, plus vite », répétait-elle. Elle poussa un petit soupir.

« Je suis contente de sortir avec vous ce soir. »

Il avait donc un espoir.

« Vous avez des côtés délicieux, d'une madame Bovary. Sans fin tragique... Ne vous affolez pas... »

Hardie pour la première fois de sa vie, elle tomba dans le piège.

« Je me souviens. J'ai vu *Madame Bovary* à la télévision. C'est une femme qui achetait beaucoup de tissus à crédit, elle avait un gentil mari. Un pharmacien... Vous croyez que je ressemble à cette femme ? Pourquoi ? »

Werner fut agacé de tant d'ignorance naïve. Puis, il se détendit. Il n'était plus possible de se fâcher à ce point pour rien. Quelle importance qu'elle ait ou non de la culture. Il la voulait.

Yolande s'inquiétait. Elle cherchait à comprendre ce qu'elle avait pu dire de maladroit. Heureusement, il se remit à sourire.

« Venez avec moi à Berne, lança-t-il. Plaquez votre mari comme il vous plaque, lui. Nous pourrions vivre ensemble et bien nous amuser. »

L'audace était telle, si démesurée, qu'elle la prit pour une plaisanterie.

« Farceur, dit-elle. C'est de la bêtise. Vivre avec vous, répéta-t-elle.

— Mais sans votre fille. Je n'en voudrais pas. »

Elle se rétracta, elle n'aimait pas qu'on critique son enfant.

« Ma fille est quelqu'un de très bien.

— Ah ! bon ? dit-il. Tant mieux pour vous. »

Il se leva :

« Nous nous voyons donc ce soir... En attendant, je vous souhaite... »

Puis, il prononça une petite phrase en suisse allemand.

« Ah ! que c'est joli, dit-elle, émerveillée. Voulez-vous la répéter ?

— Quoi donc ?

— Ce que vous venez de dire...

— Vous êtes bien la première étrangère à apprécier, d'une manière aussi chaleureuse, cette langue. »

L'après-midi, Yolande acheta dans une boutique de mode un pantalon en soie et une tunique un peu folle. Elle avait choisi aussi des boucles d'oreilles, deux grands anneaux roses et mauves, en métal tressé.

A neuf heures, ils se retrouvèrent dans le bar de l'hôtel. Werner lui offrit un verre d'alcool blanc, à base d'herbes de montagne.

« Goûtez-le... C'est un alcool blanc suisse. »

Une flambée de saveur inonda la bouche de Yolande.

« J'aime, dit-elle, la tête légèrement penchée à droite. J'aime. »

Il prononça à mi-voix :

« Tu vas être très bien. »

Ce « tu » exquis la fit frissonner.

« Raconte-moi ton fantasme préféré, dit Werner.

— Il ne faudrait pas me tutoyer.

— Oserais-je vous contrarier ! s'exclama-t-il. Votre fantasme, madame ?

— Je ne peux pas l'inventer. Je sais que certains en parlent, de ces images. Mais je n'ai pas d'idées de ce genre. »

Il buvait ses paroles.

« Je risque de tomber amoureux de vous. Ajoutez que vous ne lisez pas d'horoscopes et je vous enlève...

— Les horoscopes ? Non, je ne les regarde pas. C'est toujours la même chose. Et les mêmes événements annoncés pour beaucoup de monde en même temps. Je ne crois pas que ça soit possible. »

Il était de plus en plus heureux.

« Combien d'hommes ?

— Je ne comprends pas.

— Dans votre vie ?

— Je vous ai dit que j'étais mariée.

— Admettons, mais avant...

— Mon mari est l'unique homme de ma vie.

— Vous l'aimez ?

— Oui.

— Pourquoi l'aimez-vous ? Quelles sont ses qualités ?

— Il est plus intelligent que moi. Avec lui, la vie est intéressante. »

« Heureusement pour le pauvre mec », hurla de rire un fantôme dans l'âme de Werner qui tentait de se cramponner à la réalité.

« Nous étions heureux jusqu'au moment...

— Où ?

— Où ?

— Jusqu'au moment où ?

— Il a rencontré une personne sans scrupule.

— Et alors...

— Je ne désire plus en parler.

— Vous êtes une très très jolie femme, dit-il. Et je vais vous aimer, ce soir. »

Elle ne savait plus ce qu'elle devait dire, comment se comporter. Comme un hamac, sa profonde sensualité méconnue la balançait d'une idée à l'autre. Elle apercevait le ciel à l'envers. Elle s'imaginait dans les bras de Jacques Werner. Elle le regardait. La first coquetterie, la prima coquetterie, la primera coquetterie de son existence. Que c'était délicieux d'être femme, jolie femme, femme désirée, de sentir son propre parfum. Il prit sa main.

« Yolande ?

— Vous me faites peur... Je ne sais pas très bien ce que je dois faire. »

Ils avançaient vers la porte tournante. Une liberté à l'odeur de jasmin les attendait. Comme un diable blanc, surgi de sa boîte, Laurence sortait de l'ascenseur, le visage barbouillé de larmes, les cheveux loqueteux, en chemise de nuit. Une mégère miniature.

« Maman, s'écria-t-elle. Ne pars pas. J'ai mal à l'oreille. Je ne veux pas rester seule. »

« L'oreille ? Il fallait y penser, se dit le docteur. Quelle sale petite bonne femme. Elle invente une otite. »

« Tu as mal, ma chérie ? »

Yolande la serrait contre elle.

« Elle a mal...

— Nous allons donner une aspirine à votre fille et ça va aller mieux ensuite...

— Je ne reste pas ce soir sans maman, crait-elle. J'ai trop mal.

— Mon bijou chéri, mon trésor, depuis quand as-tu mal ? »

Elle se tortillait en montrant son oreille gauche.

« Là... Là... Très mal. Ça a commencé après le dîner. Quand tu es partie...

— Yolande, intervint le docteur Werner. C'est du cirque...

— Non, s'exclama Laurence. J'ai vraiment mal.

— A quatorze ans, hurler comme ça, dit Werner dégoûté. Vous vous comportez comme une gosse de trois ans.

— On peut avoir mal à quatorze ans aussi, répliqua Yolande, à côté du problème.

— Maman, viens dans ma chambre. J'ai besoin de toi.

— Elle a besoin de moi », dit Yolande.

La victime se prononçait en faveur de son bourreau. Laurence défia du regard le médecin. Ils se comprenaient. La véritable action se déroulait au-dessus de la tête de Yolande. Jolie, fine, rose et bleue, mince, grande, un peu gauche et profondément triste, elle se sépara de Jacques Werner. Le médecin furieux rencontra, cette nuit-là, dans la boîte secouée par les flashes de couleur mauve, jaune et rouge, une Allemande au sourire nu.

« Vous êtes une force de la nature, n'est-ce pas ? lui dit-il en la prenant par la taille et en la conduisant sur la piste de danse.

— Ich liebe... dit-elle.

— Was liebst du ?

— Das Leben... »

Il passa une nuit tumultueuse, sauvage dans l'attaque, délicieusement lente dans les détails, avec une femme qu'il eût aimé dominer, lui. Il n'aimait pas les dresseuses. Il l'acheva de plaisir et l'abandonna.

Le lendemain matin, il revit Yolande. Elle était distante, heureuse de n'avoir pas fait un faux pas. La veille, le soir, elle avait soigneusement plié ses vêtements de soie, elle les avait glissés dans la pochette de la boutique.

« Voulez-vous un peu de café ? dit-elle.

— Non.

— Je vous écrirai, continua Yolande. Si vous le voulez. »

Werner marmonna, sans conviction :

« Bonne idée. Ecrivez donc.

« Quelle stupide femme. » Il pensa à la blonde de cette nuit, à cette machine à faire l'amour, vêtue de sa seule blancheur. « Je ne bronze pas, dit-elle, exprès. » Werner dégustait son petit déjeuner, distrait.

« Ce croissant... Le dernier... Le voulez-vous ?

— Vous voulez me nourrir coûte que coûte...

— Non... Je... Je vous offre des choses...

— Avez-vous bien dormi ? demanda-t-il. Votre charmante enfant s'est-elle calmée ?

— Ça allait mieux tard dans la nuit », dit-elle, triste.

Auprès d'elle, Laurence mangeait, silencieuse. Yolande comprit que quelque chose de précieux lui avait été volé. On lui avait subtilisé un futur souvenir. Sa fille mangeait tartine sur tartine, petit pain sur petit pain. Où donc étaient passées les douleurs de la veille ? Le docteur se leva.

« J'ai été ravi de vous connaître. »

Yolande se leva aussi.

« Je vous accompagne.

— Je viens avec toi, intervint Laurence.

— Tu restes là », s'exclama sa mère.

Elle n'en revenait pas de sa propre autorité.

« Vous pouvez donc vous détacher de votre laisse ? dit Werner. Hélas ! trop tard.

— Je vous accompagne », dit-elle.

Ils allèrent ensemble dans le hall de l'hôtel. Il prit sa raquette de tennis et sa valise qu'il fallait détacher de la montagne de bagages qui s'élevait au milieu du hall. Il lui serra la main puis lui donna une carte de visite.

« A tout hasard, prenez-la... Si vous passez un jour à Berne...

— Je regrette pour hier, dit-elle.

— Qu'importe. »

Elle regarda s'éloigner le petit autobus. Il lui fit un geste d'adieu.

Laurence avait passé sa première nuit dehors à l'âge de quinze ans. Elle revint, vers sept heures du matin, le lendemain, le visage renfrogné, le regard glacé. Elle attaqua :

« Admire ma gueule. Je me suis enfin bien amusée.

— Tu veux manger, Laurence ? »

Mère sacrée, mère victime, mère martyre, mère pour la poubelle, elle faisait encore « tic tac » avec son cœur.

« Manger ? A quoi sers-tu, maman, dans la vie ? Me donner à manger. Merci. Je n'ai pas faim. »

Elle accumulait ses absences, ne revenait que pour se changer, se laver et prendre un peu d'argent du porte-monnaie laissé disponible sur la table de la cuisine. Yolande l'observait, effrayée. Aurait-elle mis au monde une ennemie ? Quelqu'un de farouche, d'hostile et de bêtement cruel : sa fille.

« On pourrait être amies au moins, non ? »

« Amies » ? Ne fût-ce qu'une seule fois taper sa mère et crier : « Maman, réveille-toi, nous te bouffons, papa et moi... »

« Trop de violence, disait Yolande. Je sens trop de violence. Qu'est-ce que je vous ai fait ?

— Justement. Rien. Tu n'as rien fait. »

Laurence cherchait à l'écorcher. Elle découvrait, étonnée, son pouvoir sur sa mère.

Une nuit, Laurence poussa l'audace jusqu'à introduire l'un de ses copains dans l'appartement. Passés par la cuisine, ils s'y assirent pour boire du lait et bavarder. Yolande n'osa pas bouger. Elle les entendait chuchoter, rire. L'absence de pudeur de Laurence l'effrayait.

Quant à Georges, de retour de temps en temps, il se considérait prisonnier à vie. A la suite d'une phrase anodine, il avait failli vraiment faire mal à Yolande. Ça partait comme un jeu. Laurence libérait sa mère de justesse.

« Tu es très impulsif, répétait Yolande avec des compresses humides sur le cou.

— Impulsif ? Je veux me séparer légalement, dit Georges. Je te conseille de ne pas résister. »

Elle avait accepté une procédure de séparation de corps et de biens. Elle avait compris qu'au bout de trois ans, même si elle refusait, Georges pourrait se libérer. Il n'avait pourtant jamais utilisé, ultérieurement, cette possibilité. Le fait d'être marié le sauvegardait d'autres erreurs. Yolande devenait son bouclier.

Après avoir obtenu le jugement de séparation, il avait installé Yolande et Laurence dans un appartement aux charges réduites. Assez minable. Un cinquième sans ascenseur.

« Juste après la guerre, expliqua-t-il à sa fille, les Américains riches offraient des fortunes pour acheter des logements de ce genre. Ça faisait chic. »

Il payait sans rechigner les études de Laurence. Douée et travailleuse acharnée, elle collectionnait les diplômes. Toujours première en anglais grâce à des séjours répétés à Londres, elle rêvait de l'Amérique. « Je t'en supplie, dit-elle à son père, fais en sorte que je puisse passer deux ans à New York.

— Deux ans ? C'est long, fit-il. Mais renseigne-toi, établis-moi un budget. Dis-moi le montant de la somme dont tu aurais besoin. »

D'une manière assez casse-cou, il avait emprunté l'argent nécessaire et l'avait donné à Laurence.

« Si je meurs entre-temps, tu peux aller jusqu'au bout.

— Je te revaudrai ça, papa... Je ne sais pas encore quand ni comment, mais merci.

— Sois gentille avec ta mère...

— Tu me dis ça... toi ?

— Je ne peux pas vivre avec elle, mais elle est brave.

— Je n'ose pas lui dire pour l'Amérique.

— Je vais le faire.

— Vous allez vous entre-tuer... »

Il avait rendu visite à Yolande avec une boîte de fruits confits. Il la trouva placide.

« Ta fille veut aller en Amérique. »

Elle répéta :

« En Amérique ? »

Elle se tut.

« Quand ?

— Pour l'année universitaire américaine. Elle a déjà obtenu son permis d'étudiant.

— Vous avez manigancé tout cela derrière mon dos ? »

Il avait dit oui et elle avait avalé ses larmes.

Au bout de deux ans d'absence, Laurence était revenue transformée. Elle était mince, gaie, elle embrassa sa mère d'un amour non joué et elle cherchait parfois les mots en français.

« Je t'aime, maman. »

Yolande regardait, émue, cette jeune femme dont elle n'était l'aînée que de dix-sept ans. Heureuse, elle contemplait les cadeaux que Laurence lui avait apportés.

Puis, elle lui exposait les projets concernant son avenir, comme si sa mère n'avait pas existé. « Je vais faire ceci, je vais faire cela. » Elle racontait très peu sa vie américaine. Eleanor et le groupe d'amis. Quelques portraits rapides des uns et des autres. « Je n'ai pas eu de liaison qui ait duré moins de dix jours. Dans notre cercle, les couples se faisaient et se défaisaient sans trop de discussions. La vie est extraordinaire quand on ne la complique pas de principes. Elle est superbe, la vie, maman. Mais il faut oser la vivre... »

Elle ne la provoquait pas exprès. Elle avait tout simplement abandonné le langage hypocrite. Elle considérait sa mère adulte.

« Et toi, maman... Parle-moi de toi... »

A la seconde où Yolande allait entrouvrir son âme, Laurence jeta un coup d'œil sur sa montre. Yolande se rétracta. Sa fille était encore pressée. Yolande lui avait annoncé qu'elle travaillait, comme vendeuse, chez un bijoutier du quartier. Laurence fit « oui » de la tête sans l'écouter.

« Tu habiteras où ? lui demanda Yolande.

— Il faut que je trouve un copain pas trop fauché pour partager les frais d'un appartement. »

Yolande aurait aimé parler du médecin suisse à Laurence, à qui elle racontait dans ses lettres une vie rêvée. Elle s'était inventé un appartement luxueux. Le docteur Werner lui écrivait parfois : « Vous venez ? La place est libre. » Hélas ! depuis plus d'un an, les cartes postales n'arrivaient plus de Berne. S'était-il marié pour de bon ou bien l'aurait-il oubliée brutalement ? Volontairement. Il y a quatorze mois, Werner l'avait appelée, elle revenait juste de la bijouterie.

« C'est vous, Yolande ? Bonjour...

— Bonjour, docteur Werner. Jacques... »

Elle était si heureuse de l'entendre qu'elle se mit à sourire. La voix du Suisse était proche.

« Je viens à Paris pour le week-end. Cette fois-ci, pas de faux-fuyants. Libérez-vous de votre bonheur familial. Je veux vous rencontrer.

— Vous venez à Paris ? Pour moi ?

— Non, pas uniquement pour vous. Je participe à une réunion qui prendra mon vendredi après-midi jusqu'à dix-huit heures. Ensuite, je serai libre... J'espère que vous avez des tantes et des neveux complices, que vous pouvez inventer une visite urgente ou dire simplement que vous avez envie de changer d'air...

— Une vie de famille n'est pas faite de caprices de ce genre », dit-elle.

Elle défendait encore sa vertu dont personne ne voulait.

« Yolande, vous ne pouvez pas nier l'attirance que nous éprouvons l'un pour l'autre. Je viendrai en voiture et je vous enlève. Nous nous installerons dans un endroit agréable, quelque part au bord de la mer, pas très loin de Paris et nous verrons enfin si c'est pour le week-end ou pour plus longtemps. Lorsqu'on a envie l'un de l'autre, il faut passer la nuit ensemble. Et parler ensuite.

— Je suis une femme mariée...

— Oui, oui, oui, oui, dit Werner. Un mariage hypocrite. Vous vous y cramponnez. Je voudrais voir clair. Des vérités sont à dire. Voulez-vous de moi, oui ou non ? Si non, c'est fini. »

Yolande battit en retraite.

« Non, dit-elle. Je ne veux pas être comme tout le monde. Je voudrais une vie limpide, honnête. Je...

— Au revoir, Yolande. »

Aujourd'hui, tout avait changé. La rupture de Laurence l'avait bouleversée. Elle décida d'accepter l'argent que lui proposait sa fille parce qu'elle aurait pu s'en passer. Grâce à son travail chez le bijoutier où, non déclarée, elle était plutôt largement payée, elle avait mis une jolie somme de côté. Peu à peu, elle se redressait. Il fallait essayer de ressembler aux autres... Il fallait rejoindre le rang des menteurs, des casseurs de principes, des parjures, ou crever. Elle se précipita dans la chambre à coucher et s'examina dans le miroir de la porte de l'armoire. Pouvait-elle récupérer encore des morceaux de vie ? Elle chercha un papier et y marqua de son écriture soignée :

1. Institut de beauté.

Elle avait décidé d'en terminer avec son aspect de dame.

2. Se faire couper les cheveux. Les décolorer légèrement.

Elle ouvrit son armoire et ramassa ses vêtements d'un geste large. Elle regardait le tas accumulé sur le lit. Avait-elle le droit d'être futile ? Elle écrivit :

3. Regarder les vitrines.
4. Oser entrer dans les boutiques.

Heureusement, la période des soldes commençait. Elle n'aurait jamais pu payer les sommes astronomiques qu'on affichait sur certaines loques de luxe.

5. Acheter un sac jeune.

Elle en avait assez de ces vieilles carpes qui avalaient tout et ne se démodaient jamais.

Elle sortit du débarras ses deux vieilles valises. Elle emballa ses vêtements condamnés. Elle avait trop de choses bon marché, trop d'occasions ratées, trop de « frusques » qui la serraient, moralement aussi. Elle tournait autour du téléphone. Elle avait l'habitude d'appeler le docteur vers neuf heures du soir. Depuis qu'elle avait refusé pour la seconde fois le médecin, elle n'avait plus entendu sa voix. « Et même s'il ne veut pas de moi, je voudrais voir sa ville, Berne. J'irai ensuite en Italie. » Elle décida d'agir. Elle composa le numéro du docteur Werner. Au bout de deux sonneries, elle entendit en allemand une phrase qui se terminait par le nom du docteur Jacques Werner.

« Parlez-vous français ? demanda-t-elle à la secrétaire.

— Oui, madame.

— Le docteur Werner est-il là ?

— Je regrette, mais je ne peux pas le déranger. Il est avec un malade.

— Même pas une petite seconde ?

— Non. »

Yolande se hasarda sur un terrain dangereux... « Et Mme Werner ? »

La secrétaire troublée répéta :

« Mme Werner ? »

Elle se tut, puis prononça :

« Elle est décédée. »

Se serait-il marié et serait-il devenu veuf en un an ? Ce bonheur-malheur semblait un peu rapide.

« Sa femme est morte ?

— Sa mère. Le docteur Werner n'est pas marié. »

Le ciel virait au rose bonbon.

« Dites au docteur que Mme Girardin voudrait lui parler. S'il pouvait me rappeler.

— Pouvez-vous me redire votre nom ? Merci.

Attendez, madame... Le docteur vient de sortir de son cabinet, il accompagne un malade. Je vais voir si je peux vous le passer. »

Au bout de quelques instants d'attente, la voix du docteur Werner retentit.

« Allô ! Je n'en crois pas mes oreilles, le fantôme de Paris m'appelle.

— Bonjour, Jacques.

— Vous n'avez pas oublié mon prénom ?

— Du tout. Je voulais vous dire que j'arrive à Berne dans quelques jours. »

Elle n'avait jamais été aussi audacieuse.

Il répondit :

« Si vous voulez que nous nous rencontrions, il faut vous dépêcher... Je m'en vais pour quinze jours en vacances.

— Quand ?

— Le 12 juillet.

— Je viendrai avant.

— Parfait. N'hésitez pas à m'appeler quand vous serez à Berne... »

Elle entendit Werner parler à quelqu'un à mi-voix. En allemand. Elle tenta de réveiller l'intérêt du médecin.

« Je me suis séparée de mon mari.

— On m'appelle sur l'autre ligne. J'ai un problème avec l'un de mes malades... Quand vous saurez dans quel hôtel vous habiterez, prévenez ma secrétaire. A bientôt, peut-être. »

Elle s'accrocha :

« Vous m'avez promis de me faire visiter Berne.

— Oh ! là, s'exclama-t-il. C'est loin. Nous avons perdu du temps.

— Vous n'étiez pas l'homme à vieillir. Pour moi, vous serez toujours le grand jeune homme un peu voûté, savant. »

Il s'adoucit.

« Vous dites des choses agréables. »

Elle ajouta, surprise par elle-même :

« La place est libre ?

— Oui, mais plus jamais je ne recommencerai une vie commune. Les femmes sont trop difficiles. La dernière, charmante, très artiste, vient de me quitter. Elle peignait des pagodes sur des écharpes. Elle m'a laissé un paravent en soie, qu'elle avait décoré.

— Elle était chinoise ? s'enquit Yolande.

— Non. Bernoise. Elle peignait quand même des pagodes. Elle est partie pour Genève avec un étranger. Un professeur de peinture.

— Vous êtes libre, alors...

— Libre, je l'ai toujours été. Et je vous assure que je le resterai.

— Vous m'avez dit, un jour, en plaisantant, peut-être, que, si j'abandonnais tout, à Paris, vous...

— Et vous l'avez cru ? Aucune femme réaliste n'entend ce genre de balivernes. On n'a jamais réussi à me traîner devant l'officier d'état civil. Je ne peux plus vous parler. Appelez-moi si vous passez par ici. Mais comme je vous connais, vous changerez d'avis vingt-cinq fois avant d'arriver.

— C'est tout ce que vous avez à me dire ?

— Vous m'avez trop fait attendre. Beaucoup trop. »

Il ajouta d'une voix plus douce.

« Au revoir... A bientôt, peut-être. »

IL fallait me justifier devant le banquier désolé, qui m'accusait d'insouciance.

« Vous n'avez pas trouvé l'appartement. Vous n'utilisez pas votre épargne-logement et vous prenez tout l'argent que vous avez ici, en espèces ? »

Lui parler de révolte, de désir de tout brûler, de tout claquer, de l'envie de donner un coup de pied à ma raisonnabilité patentée, à quoi bon ? J'avais déjà échappé aux confesseurs, je n'avais pas de meilleure amie, j'étais douée d'une nature peu encline à la confidence. Butée mais polie, j'attendais la fin de l'orage.

« Mais qu'allez-vous faire avec tout cet argent liquide ? Vous n'avez pas le droit de payer plus de cinq mille francs en espèces, ni d'exporter de l'argent... Et si vous le mettez dans un coffre, il ne vous rapportera rien... »

Je bâillais de nervosité. Tendue, je paraissais, ou hilare ou somnolente. J'avais hérité ces défauts de papa, comme j'étais affublée du désir de rigueur de maman. De la rigueur dans le mariage, ce qu'elle n'avait jamais pu obtenir.

Je sentais le regard réprobateur du banquier.

Plus j'étais énervée, plus je paraissais insolente.

« Je dois vous mettre en garde contre toute imprudence.

— Je n'ai pas besoin de tuteur... »

Qu'il confirme son discours et j'éternuerais, sept ou huit fois de suite. Puis, je lui expliquerais mon allergie psychosomatique.

« Je vous aurai prévenue.

— Mais oui, docteur, pardon, monsieur. Vraiment merci. »

Au guichet, je demandai au caissier de séparer, dans une enveloppe à part, trente mille francs. J'observais avec attention les billets qui crissaient entre ses doigts. Les vacances de maman, ma paix. Déçue du peu de place que prenait l'argent si difficilement gagné et économisé depuis tant d'années, je sortis de la banque en serrant contre moi mon sac en bandoulière. Plus on est pauvre, plus on a l'air suspect quand on a un peu d'argent sur soi. J'appelai maman d'une cabine téléphonique. Je ne voulais pas faire le détour par la bijouterie où elle travaillait. Elle était chez elle. J'arrivai au cinquième étage, essoufflée mais heureuse.

« Regarde ce que je t'apporte ! »

Je brandis l'enveloppe marron de la banque, gonflée de trois liasses de billets serrés sous bande.

« Trente mille francs, maman. Tu peux les recompter. Voilà. Tu les as. Je pars l'âme tranquille pour l'Amérique... »

J'espérais être applaudie, adorée, adulée, bébé cajolé sur ses genoux. Maman, placide, m'avait dit un faible merci. Presque inaudible. Elle avait honte, je crois. L'argent gêne les gens qui n'en ont pas l'habitude. Elle regardait l'enveloppe.

« Où iras-tu, maman ?

— Je dois te rendre compte de mes projets ?

— Ne prends pas mal tout ce que je dis...

— J'ai tout supporté, depuis que tu es née. C'est fini. »

Je hochai la tête.

« Tu n'es pas logique.

— Peut-être... »

J'essayais de la coincer.

« Tu vas sur la Côte ?

— Non.

— A Biarritz, alors...

— Non. Je ne te le dirai pas. »

Nous avions l'habitude de connaître les lieux où maman pouvait s'installer. Sa vie était transparente. Je voulais la secouer, la vieille enfant boudeuse.

« Dis que tu es contente.

— Je suis contente. »

Elle fut irritée.

« Je suis contente. Et je me sens tout à fait capable de choisir seule l'endroit où je vais.

— Bon, bon, bon... »

Je faillis lui dire : « Enfin, tu grandis, maman... Tu deviens une mère adulte. Bravo, on ne va plus te langer dans des crises de colère, ni te donner une sucette de fausse tendresse. On te laissera aller avec ton cartable de complexes sur le dos dans l'école de la vraie vie. » Je me demandais ce qui était plus confortable, une mère patte-mouille, un délicieux souffre-baisers et porte-douleur ou bien une machiavélique bourgeoise riche de naissance, vicieuse parce qu'elle détient la force de l'héritage hameçon. Une forte femme, une femme de tête, un chef d'entreprise ou bien une vieille hippie chevelue et ivre de slogans... Ou ma mère qui est restée une adulte-martyre. Nous l'avions enfermée avec papa dans un placard.

116

« Maman, je t'aime.

— C'est vrai ? Tout va bien, ne t'en fais pas. »

En effet, elle était costaude, ma mère, paysanne vendéenne qu'aucun seigneur n'avait violée, ni de mots, ni de gestes. Elle n'était jamais malade et moi j'attrapais tout de mes élèves. J'avais eu la rougeole à vingt-six ans et les oreillons à vingt-sept. Maman m'avait soignée, pendant que Marc m'observait du couloir, n'osant même pas franchir le seuil de la chambre tant il avait peur. Les oreillons, pensez-vous, mesdames et messieurs, les oreillons qui gonflent le cou d'une manière monstrueuse et poursuivent l'homme qui court affolé. Je n'avais même pas pu rire tant j'avais mal. Quand maman partait, Marc déposait la compote devant la porte, l'eau aussi, comme si j'avais été une lépreuse.

Je regardais ma petite mère.

« Maman ? Tu ne vas pas nous désaimer ?

— Non. Mais moins aimer. »

Elle prenait des airs d'adolescente.

Je partais de chez elle, perplexe. Il fallait que je prévienne papa. Maman, notre victime, était notre bien commun. Au téléphone, je pus attraper papa au vol, à Hyères. Je lui avouai la vérité sur Marc.

« Les hommes, dit-il avec une grande grimace vocale, les hommes, c'est une science à apprendre. Il faut savoir leur pardonner.

— Mais je ne veux pas pardonner.

— Patience. Ne parle pas trop vite... Un jour, une de mes amies, une femme vraiment intelligente, m'avait dit : « Vous êtes tous insupporta- « bles, mais indispensables. Et heureusement, « nombreux aussi. Il y a du choix. » Elle avait raison. Quant à ta mère, ne t'en fais pas, je la connais. Elle ne partira même pas. Elle ne dépensera pas un centime de ton argent. Elle va rester chez elle, en pleurnichant, en se plaignant de sa solitude et te fera une couverture au crochet. Elle est gentille mais impossible à vivre. Quant à toi, attention, ne te fais pas piquer avec de l'argent, tu risques gros...

— C'est mon argent, je veux le claquer en Amérique.

— Que tu le dépenses dans un voyage fou ou à une table de jeu, d'accord. C'est ton argent, tu en fais ce que tu veux. En théorie... Mais pas en pratique. De grâce, ne fais pas la connerie de te le faire confisquer par l'Etat avec une amende en plus ! Tu ne pourrais jamais leur faire croire que tu agis sur un coup de tête. Ils sont très sévères. Tu fais peut-être aussi une bêtise. Tu reviendras dégrisée et sans un sou. Je ne risquerais pas une sottise pareille.

— Papa, j'ai bossé pendant dix ans pour avoir des sous, j'ai le droit de...

— Droit ? Tu parles de droit. On attrape vite les petits. Ce sont les gros qui surnagent. Je t'aurai prévenue. »

J'avais toujours écouté mon père donc je diminuais le risque. J'avais caché quelques liasses de billets à l'intérieur d'une enveloppe collée dans le haut de la penderie. Au-dessus de l'unique étagère, derrière les pull-overs un peu gros, un peu gras, même au retour de la teinturerie. Nous avions une odeur maison. Une émanation commune, nos pulls sentaient le lycée et le labo.

Je commençai, dès cet après-midi, à préparer mes valises. Le proviseur, un amour de type, m'avait libérée.

« Cœur ou sexe ? m'avait-il demandé.

— L'Amérique.

— Extra », dit-il.

Et sa salive avait fait une bulle sur sa lèvre. On se mit à rire, tous les deux.

Marc surveillait, sidéré, mes préparatifs.

« Tu prends le premier prétexte pour te barrer. Tu n'es pas vraiment fâchée... Tu fais semblant...

— Mais si, mais si... Je suis fâchée...

— Tu en rajoutes, Laurence. »

Je me rebiffai.

« Je n'ai pas bougé d'un pouce pendant huit ans. J'étais fidèle. C'était une fidélité toute ronde, toute lisse, sans équivoque. L'unique condition d'un vrai mariage. »

Prudente, je voulais laisser derrière moi le terrain préparé pour le retour. En tout cas, pour le début de l'année scolaire. Nous resterons ensemble jusqu'au moment où l'un de nous trouvera un autre appartement. Marc était soucieux. Il ne savait pas s'il fallait jubiler à l'idée de son été libre ou s'en plaindre. La veille de mon départ, il resta à la maison.

« Je vais t'aider à faire tes valises », dit-il en me suivant d'une pièce à l'autre.

Je me cognais contre lui.

« Je n'ai pas besoin d'aide. Si tu me distrais, je vais oublier la moitié de mes affaires. »

Il me suivit jusqu'à la salle de bain, étroite. Il s'assit sur le bord de la baignoire pour ouvrir l'armoire dite de « pharmacie », je devais me pencher en arrière. Je me trouvais plaquée contre lui.

« Tu viens sur mes genoux, dit-il.

— Ça ne va pas, non ?

— Pourquoi ne viendrais-tu pas sur mes genoux ? »

Il me prit par la taille et il m'attira contre lui.

« Laisse-moi tranquille, Marc !

— Et si je ne te laissais pas tranquille ? »

Je n'avais pas envie de me retrouver dans le lit.

La chambre manquait d'air. Dehors, le concierge de l'immeuble voisin poursuivait quelque chat impertinent. Une bordée d'injures en espagnol ôtait d'avance le charme de ce viol bourgeois que Marc mijotait.

« Pauvre Marc... »

Il se cabra comme quelqu'un qui se trompe de robinet. Et se trouve sous un jet d'eau glacée.

« Tu exagères... »

En se redressant, il me bascula en avant. Nous étions coincés entre le lavabo et la baignoire. Nous regardions dans la même direction pour apercevoir les remèdes sur les étagères de l'armoire : « Si tu as trop bu », « Si tu as trop mangé », « Si tu as mal à la tête », « Un peu de vitamine pour nous mettre en route », et, comble de prévoyance, deux brosses à dents dans leur minisarcophage en plastique. A droite, un rouleau de sparadrap et ma plaquette de pilules. J'allais l'oublier.

Je soufflai :

« Laisse-moi.

— Tu prends l'une des brosses à dents neuves ?

— L'autre vieux balai perd ses poils. »

Dans la chambre, je retrouvai mon deuxième soutien-gorge. J'en avais deux que j'utilisais d'habitude. Les autres mal achetés, parce que trop rapidement, donc sans essayage, transformaient mes seins en ovales éthiopiens, en platitudes japonaises ou en poitrines provocantes plus parfaites pour une vitrine d'Amsterdam que pour un lycée. Je lavais les deux confortables, le soir, ils séchaient sur le pare-douche, accrochés à côté des slips et des collants. Marc pouvait contempler mes accessoires. Peut-on se jeter, avec un cri sauvage, sur une femme, lui arracher un râle de plaisir, lorsqu'on s'est cogné le nez contre ses sous-vêtements mi-humides, mi-ratatinés ? Ces détails corrosifs nous disloquaient.

« Tu emportes tout ?

— Tout ? Oui. Deux soutiens-gorge, quatre slips.

— Si tu te souviens, l'appareil de photo... maman nous l'avait offert à nous deux...

— Tu veux le garder ?

— Je plaisante... »

Il aurait suffi d'un mot maladroit et nous repartions à la bagarre. J'aperçus une nouvelle veine éclatée sur l'aile gauche de son nez :

« J'en ai marre !

— Moi aussi...

— Je finirai par te détester.

— Douce chérie.

— Pauvre type.

— Si j'étais vraiment un pauvre type, tu ne serais pas dans tous tes états. Sois logique. »

Je commençais à marteler sa poitrine avec mes poings.

« Tu es sinistre, lâche... »

Puis, épuisés, nous avons bu un café et, repus de la paix inespérée de l'armistice, les accus rechargés, nous avons bavardé.

« Combien as-tu donné à ta mère ?

— Suffisamment pour un beau voyage...

— Elle a plus besoin d'amour que d'argent.

— Ne sois pas avare avec mon fric... »

Comme deux boxeurs en fin de round, nous comptions, un, deux, trois, quatre... Lequel aura la force de se relever plus vite que l'autre et d'attaquer.

« Eleanor m'a dit hier...

— Tes téléphones vont coûter les yeux de la tête...

— C'est elle qui m'a appelée.

— Pour dire quoi ?

— Au sujet des clefs. Il faut que je les aie pour entrer chez elle. L'argent que j'économise avec l'hôtel, je l'ai donné à maman. Tout le monde n'a pas autant d'argent que ta mère.

— Ma mère a toujours su mener ses affaires. » Il se gonflait de fierté. Un vrai crapaud.

Je me voyais en face d'un crapaud vêtu d'une robe de chambre. Je sifflai la réponse :

« Au moment où l'idée de la mort d'une mère vous empêche de dormir, il est temps de lui courir après, de se racheter. Je l'ai fait, ça va mieux, merci. »

Il s'asseyait devant sa table que nous appelions pompeusement le « bureau ». J'aperçus l'esquisse de sa future tonsure. L'âge le contournait, gourmand.

« Marc, tu sais ? »

Il ne se retourna pas.

« Je sais quoi ?

— Sentir passer la jeunesse, n'est pas gai.

— J'ai trente-six ans... »

Je m'assis, une pantoufle à la main.

« Il est difficile d'échapper à la panique quand on comprend que le temps passe si vite...

— Je n'ai pas de problème de ce genre, répliqua-t-il. J'ai l'impression d'avoir un avenir prometteur. J'ai des projets de grande envergure. »

Il ajouta :

« Les femmes vieillissent plus rapidement. »

Comme une grue qui lâche sa charge sur un passant innocent, il m'avait balancé cent ans. J'étais là, future ridée, ménopausée, desséchée, décalcifiée. Il m'avait broyé le corps et ne m'avait rien offert pour mon âme.

« Elles vieillissent peut-être plus vite, les femmes ; mais elles meurent plus tard. Tandis que les hommes, une crise cardiaque et clac !

— Laurence, arrête... On va se dire des choses irrémédiables. Il vaut mieux se taire. »

Je poursuivis :

« Nous sommes devenus des abcès. J'ai passé mon enfance à assister aux scènes de ménage. C'est comme de toucher à une méduse, on est brûlé. Epargnons-nous, tu as raison. Mais, je t'en supplie, n'évoquons pas éternellement les mêmes griefs. »

Il se leva. Il me prit dans ses bras et il m'embrassa le visage. Je fermai les yeux. Nous nous retrouvâmes sur le canapé du salon. L'amour avait toujours bien marché entre nous. Pourtant, cette collision d'adieux physiques me chagrinait. Mon bras était coincé entre le dossier du canapé et le flanc agité de Marc. J'aurais aimé savoir l'heure. Je songeais à une robe en coton rouge oubliée dans un carton. J'avais aussi des sandales, achetées l'été passé, où avais-je pu les cacher ? Elles étaient encore très bien. Ma valise était bourrée de papiers.

J'émis un « ah ! ah ! » poli pour encourager Marc. Pour le récompenser. Où est mon séchoir à cheveux bi-voltage ? A New York, je devrais trouver une fiche spéciale. Les prises étaient différentes là-bas. Marc, heureux de mes « ah ! ah ! », ralentissait au lieu d'accélérer. Il était persuadé que faire jouir une femme était un cadeau qu'on offrait.

« Pour son anniversaire, je l'ai fait jouir », ou bien : « Sous l'arbre de Noël, j'ai mis un écriteau : ce soir on jouit. C'est fête. »

Je ne sentais plus mon bras et, lui, demanda dans une légère agonie :

« Tu viens ? »

Je détestais cette intervention verbale. Je n'en pouvais plus d'ennui et je chuchotai d'une voix rauque.

« J'ai éclaté. Tu peux venir... »

Je voyais un agent de police dans des vêtements tricolores. Il signalait d'abord une direction avec un bras jaune puis une autre avec un bras vert. Il portait un pantalon rouge-vert-bleu. Marc poussa un cri modéré, mais cri quand même, et se laissa glisser à terre, épuisé.

« Tu t'en vas toujours ? » demanda-t-il.

La suffisance des hommes m'étonnait. Zeus m'avait aimée, donc j'aurais dû changer d'avis et rester. Amoindrie d'émotion, affaiblie de plaisir, esclave de mes sens, ravie d'être dominée, j'aurais dû susurrer : « Je te pardonne, tu es sublime. » Non. Mais je me taisais pour ne pas le blesser.

Il esquissa un sourire.

« Je t'invite à dîner sur une terrasse de la rive gauche, d'accord ?

— On va se faire très mal, Marc. »

La sueur coulait entre mes seins, il faisait chaud dehors.

« Tu es gentil, Marc... »

Je déchirai notre immobilité, je disparus dans la salle de bain, ensuite je vaquai à mes occupations. Marc me suivait du regard.

— Tu vas regretter l'été chez maman... On était si bien. »

Je ne répondis pas. Je n'expliquerai rien. J'avais détesté, là-bas, notre chambre aux draps humides. J'y vivais comme un champignon. Un champignon avec des lunettes de soleil. Ils voulaient m'habituer à boire. Je me méfiais de leur vin rosé, généreusement versé. Se contempler à trois heures de l'après-midi, repus et un peu soûls. Regarder la montre et constater que, bientôt, on peut se baigner. J'avais peur d'eux... Laurence, un petit verre, encore. Le vin, c'est même bon pour le foie qui a besoin de tanin... Ma belle-mère intervenait : « Mes enfants, j'ai un de ces bordeaux dans la cave, si vous êtes amateurs de tanin, il en regorge. » Je ne voulais pas le petit verre, je ne voulais pas être détendue, à ce prix-là... Je pensais à mes ivresses blanches avec Benjamin, à nos corps irradiés de vie, de source fraîche, de santé et d'un puritanisme vivifiant.

Je dis méchamment :

« Je n'aimais pas vos cuites maison.

— Tout le monde ne peut pas être musulman », prononça Marc, souffreteux.

Aucun champagne précieux ne valait le verre d'eau que nous levions avec Benjamin pour nous souhaiter : « Santé. » J'aurais voulu qu'il reste aux Etats-Unis. « Je ne veux pas être conditionné et dénaturé, disait-il. Je désire travailler pour mon continent, chez moi, en Afrique. Nos nouveaux missionnaires, ceux que nous avons sécrétés de nos peuples sans intervention coloniale, donc étrangère, sont les scientifiques. Mon destin est là-bas. »

Marc supportait mal mes relations supposées avec Benjamin. Sa curiosité jalouse, silencieuse, grignotait son cœur. Par ici et par là, une petite phrase, une attitude, un regard. Je dosais les éventuels renseignements. Mon passé était mon domaine réservé. Mes souvenirs m'appartenaient en bien propre. J'avais un passé copieux, heureux, malheureux, à envier. Assez unique. Mais je n'avais jamais su comment me comporter avec mon entourage. Cette maladresse, je l'attribuais à mon milieu social, à mon manque de racines, à l'absence des traditions et surtout celle des manières tantôt trop agressives, tantôt trop timides. Je donnais, je reprenais et je devais lutter contre une susceptibilité née des complexes.

« Marc, s'il te plaît, laisse-moi faire ma valise. Ne me parle pas tout le temps. »

Le 1ᵉʳ juillet, jour J, à huit heures trente, nous nous trouvâmes enfin dans la voiture puante de nicotine comme un cendrier à quatre sous. Quand Marc referma le coffre, la poignée lui resta dans la main. Il la revissa maladroitement. Il conduisait trop vite pour se montrer sûr de lui-même. Il se vengeait sur la boîte à vitesses et me soûlait de son eau de toilette que lui fourguait ma belle-mère par litres. Sur le périphérique, il me demanda :

« Où as-tu mis les clefs de la cave ?

— Elle est vide, la cave, sauf quelques caisses de paperasses.

— On a encore en bas une caisse de bordeaux. Le cadeau de Schlummer.

— Tu as la mémoire courte, la première bouteille qu'on a ouverte de ce soi-disant cadeau sentait le bouchon. Tu as couru à huit heures moins le quart chez l'épicier pour acheter un rosé.

— Je veux remonter cette caisse, dit Marc. Il me faut la clef de la cave.

— La clef est dans le placard de la cuisine. A gauche.

— Dans le « cogne-tête » ? »

La porte du premier placard en rentrant à la cuisine nous assommait dès qu'elle le pouvait. L'installateur de ces meubles avait fait faillite, plus personne ne venait nous dépanner. Nous bloquions la porte avec des morceaux de car-

126

tons meurtris, des lamelles de bouchons, elle s'ouvrait imperturbablement. Nous glissions, à chaque « merde », cinq francs dans la boîte à jurons, une tirelire posée sur la table de travail sur laquelle j'étais censée éplucher des légumes.

« Qu'est-ce qu'il me reste comme note à payer ? se renseigna Marc.

— J'ai passé ma journée d'hier à tout régler. A tout payer. Une vraie planche à chèques !

— Laurence ?

— Oui ? »

J'attendais quelques mots tendres. C'était le moment.

« Où sont les draps propres ? J'ai vu qu'il y avait du linge dans la machine à laver. J'ai essayé de l'ouvrir. Le hublot est bloqué.

— Depuis une semaine, je lutte avec la porte. Il faudrait un dépanneur qui a les mêmes horaires que nous. Je n'y peux rien, c'est le destin, ce blocage. Casse-la avec un marteau ou laisse pourrir ce qui est dedans. Je n'y peux plus rien.

— Qu'est-ce qu'il y a dans la machine ?

— Tes slips et des draps.

— Mes slips ? »

La découverte était douloureuse.

« Comment veux-tu que je fasse sans slips propres ?

— Mets des feuilles de vigne.

— Tu es un monstre. »

Je m'exclamai :

« Je ne suis pas seule responsable des appareils... Nous sommes égaux dans le travail, pourquoi veux-tu que je me sente coupable pour ces putains d'engins. D'ailleurs, tu verras le sac de l'aspirateur. Gonflé de saleté. A bloc. Indévissable. Il faut attendre qu'il éclate. »

Il emmagasinait les renseignements. Son cerveau se nourrissait de fiches perforées. Moralement. Il abandonna la lutte et m'interrogea avec une douceur feinte :

« Et les autres draps ? Où sont-ils ?

— Il y a deux grands draps à la blanchisserie.

— Où est le ticket ?

— Sur le bureau.

— Je n'ai pas de bureau. »

Je haussai les épaules.

« Sur la table !

— Sous l'oiseau égyptien ?

— Ouais ! »

L'oiseau rigide qui nous contemplait avec ses yeux globuleux était la reproduction d'un dieu égyptien. Ramené d'Egypte, un cadeau de copains. Parfois, l'oiseau basculait et plongeait la tête dans un cendrier. Il se trouvait aussi, sur ce bureau, une boîte à factures et différents autres objets. Nos points de repère qui abritaient sous leurs pattes ou sous leur socle des lambeaux de papiers. Je n'avais pas l'étoffe d'une organisatrice. J'avais trop de travail à l'extérieur.

Marc continuait :

« Où est mon imperméable ? »

Ses articulations blanchissaient tant il serrait le volant.

« Ton imper ? Regarde le ciel. Il est bleu. On crève de chaleur.

— Où est mon imperméable ?

— Chez le teinturier.

— Et le ticket ?

— Sous l'oiseau. Marqué payé. »

Notre voiture se trouvait maintenant pare-chocs contre pare-chocs avec d'autres véhicules. Le soleil énervait les autres crispés du volant. Enragés, ils se mettaient à klaxonner.

« Laurence ? »

S'il essayait de me retenir.

« Des sacs-poubelle ? En as-tu acheté ?

— Deux rouleaux.

— Tu penses à quoi, Laurence ?

— A rien... »

Nous sursautâmes, le pare-chocs de la voiture qui se trouvait derrière nous heurta.

« Tu vois ce sauvage ? s'écria Marc. Tu vois ? Quel abruti. Tout va mal. Maman se comporte bizarrement. J'ai inventé un bobard quelconque et je lui ai annoncé ton voyage.

— Elle était folle de joie ?

— Non. Du tout.

— Comment « du tout ».. Elle retrouve son fils chéri et elle n'est pas contente ?

— Non, elle va louer sa maison et elle part...

— Louer sa maison ? »

J'étais sidérée.

« Ça te scie aussi », dit-il, heureux.

Nous allions nous réconcilier délicieusement sur le dos de ma belle-mère. Le temps de la découper en lamelles, je l'aimais presque. Gourmande, je répétai :

« Ta mère ne veut pas passer l'été avec toi ? »

Marc me répondait en culotte courte et les genoux écorchés.

« Non. Une agence la supplie depuis des années pour qu'elle loue sa maison. Elle ne l'a jamais fait à cause de nous.

— Oh ! la sainte femme. »

Je transpirais, ma sueur dégringolait sous la ceinture de sécurité qui me bardait la poitrine comme une haute décoration.

« Tu m'écoutes, Laurence ?

— Je t'écoute. Je réfléchis. Ta mère nous aurait bichonné ses salades pendant huit ans, juste pour nous faire plaisir ? A nous deux ? Il y a un os. Ce n'est pas vrai. C'est même absurde. L'hypocrisie à ce degré fait mal au ventre. Pendant des années, je t'ai harcelé pour bouger un peu en été. « Il faut aller chez maman », disais-tu.

Marc souffrait. Nous étions arrivés et nous montions maintenant dans un mouvement de tire-bouchon à la recherche d'une place au cinquième étage du parking de Roissy. Nous réussissions à caser notre véhicule ringard. Marc prit ma valise et poussa un « oh ! ». Je traînais la mienne. Enfin nous avons trouvé un chariot. Sortis de l'ascenseur, en direction de l'embarquement, une vision affolante nous surprit. Allais-je donc prendre le dernier avion qui quitte le continent ? Une arche de Noé volante ? Une foule immense et énervée se pressait devant les comptoirs d'enregistrement.

« Tous ces gens ont de l'argent pour aller à New York ? s'exclama Marc. Et on parle de la crise... Payer pour être dans une cohue pareille... »

Nous nous intégrions dans une masse tumultueuse. Peu à peu, la file d'attente se formait derrière nous. Juste sur nos talons, un couple âgé piaillait. Un monsieur corpulent et rouge de tension. Sa femme l'apaisait. « Ne t'inquiète pas, ils sont là pour nous enregistrer, ils ne vont pas nous abandonner. » Juste devant nous, un couple jeune. Un peu de marche arrière et ils nous écraseraient. Leurs corps serrés dans des jeans ressemblaient à une pâte fourrée dans un tube prêt à éclater.

« Montre ton billet, dit Marc.

— Pourquoi ?

— Parce que...

— Tu n'as jamais vu de billet ? »

Je le sortais de mon sac, il l'étudiait longuement avec un air d'archiviste. Nous nous faufilions parmi les bagages posés par terre.

« D'ici que tu paies un supplément de poids », dit-il.

J'étais butée comme un âne, les quatre sabots plantés sur un chemin de terre. Un fagot de bois sur le dos, la tête baissée, les oreilles en arrière, je me braquai.

« Tu me provoques ?

— Ton front est descendu d'un cran, dit Marc. Tu as l'air mauvais. »

Ce genre de remarque me dégoûtait. J'en ai toujours souffert. Sous la pression des objets à revoir, mon sac-boudin s'entrouvrait lentement. Le premier livre apparaissait. On voyait déjà « MU... » sur une couverture. Musil. Je relisais *l'Homme sans qualités* dès que mon âme vagabondait.

« Tu me rends dingue avec ta manie des livres, dit Marc. Pourquoi tu portes tous ces livres à New York ?

— Je ne peux pas m'installer pour des semaines sans quelques-uns de mes livres. Et j'en achèterai d'autres. En anglais. »

Nous arrivions bientôt au comptoir. Pour ne pas se sentir trop sous pression, l'employé levait à peine le regard sur les voyageurs. Il prenait juste les billets, il vérifiait les passeports, s'assurait qu'il y avait bien des visas américains. Il tournait la tête vers la balance, pour contrôler le poids des bagages. Nous avions encore six personnes devant nous. Je voulais alléger l'atmosphère.

« Et ta mère, elle s'en va où ? »

Marc haussa les épaules.

« Pour que tu te moques de nous. A quoi bon te le dire... »

Je frissonnais du futur plaisir.

« Elle a dû choisir une destination chouette pour que tu sois gêné de l'avouer. Dis-moi où va ta mère...

— Tu veux le savoir ? Vraiment ?

— Si tu veux qu'on se quitte bien. »

Nous avions besoin de retrouver une complicité sur le dos de quelqu'un. Il poussa un soupir.

« Maman va à Venise. »

Sa mère à Venise ! Un grand et chaleureux bien-être m'envahit. La superwoman avec son soupirant dans une gondole. J'aurais aimé m'asseoir sur ma valise, enlever mes chaussures, allonger mes jambes, allumer une cigarette et me plonger dans une folle gaieté.

« A Venise ? »

Je mourais de curiosité. Mais je me tamisais, je disais des petites vacheries d'une voix sereine. J'ai toujours pu tromper Marc avec ma voix douce. Il réagissait davantage aux sons qu'au sens des mots. Je pouvais hurler : « Tu es gentil » et il se renfrognait. Ou alors chuchoter : « Tu es un petit salaud » et il bombait le torse. Marc n'avait pas eu assez d'expériences féminines avant de m'épouser. Je m'étais casée dans l'état civil comme un militaire qui prend jeune sa retraite, au moment où, lui, il avait envie de tout découvrir.

« Elle navigue avec un mec de quel âge, ta mère ?

— Pas un mec, un architecte de quarante-trois ans. »

Je savourais la nouvelle.

« Elle fait des progrès. Il n'a que quinze ans de moins qu'elle.

— Et alors ? Ma mère est sensationnelle. Elle ne fait pas plus de quarante-cinq ans. Mais toi, tu as toujours été jalouse de maman. Elle peut se promener en bikini sans complexe. Elle.

— Elle est oisive. Elle ne fait rien que s'occuper d'elle-même. Elle ne passe pas huit heures par jour assise. Elle n'est pas une sédentaire à la con, comme moi. Elle fait du vélo, elle nage, elle court...

— Elle a raison », prononça Marc, imprudent.

De toutes mes forces, je griffai la main de Marc.

« Tu me blesses. Tu es folle ? »

Il se mettait à sucer le dos de sa main. Nous arrivions juste devant l'employé de la compagnie aérienne qui leva la tête, intéressé.

« Vous me parliez ?

— Non, non. Tenez, mon billet... »

Marc regardait le dos de sa main, ahuri.

« Me faire ça à moi, qui hais les chats. Si je pouvais te secouer. Ça me soulagerait.

— Me battre ? »

L'employé s'amusait franchement.

« La valise sur la balance, s'il vous plaît. Et vos passeports. »

Je lui tendis le mien.

« Je pars seule. »

Il feuilletait le passeport avec une vigilance mécanique à la recherche du visa américain, puis me donna la carte d'embarquement. Marc léchait les traces de griffures.

« Vous avez dix kilos de trop.

— Des livres ! Si vous pouviez fermer les yeux. Je suis professeur. Et je m'en vais pour de bon. »

Je m'essuyais le nez avec le dos de la main. Je me sentais aussi moche qu'inutile.

« Ne pleurez pas, ma bonne dame », dit-il.

« Ma bonne dame. » Il m'achevait. Je le détestais. Marc et moi, nous étions les clochards du progrès, lui le juge avec sa balance. Il croyait que Marc m'expédiait le plus loin possible.

« Vos dix kilos, dit-il, je vous en fais cadeau. Vous êtes assez triste sans ça... Si je vous fais payer quelque chose, c'est l'ambulance... »

Je le remerciai. Nous étions touchants et ridicules. Je marchais vite, Marc me suivait, nous traversâmes la foule dense. Je devais arriver vers le satellite numéro deux.

« Je vais avec toi jusqu'au contrôle de police.

— Je préfère monter seule. »

J'avais honte de souffrir devant Marc. Je n'étais qu'une fille égarée dans cette foule pesante où chaque élément humain était ancré à sa réalité misérable par le poids qu'il transportait. Je luttais contre des impressions qui déferlaient sur moi. Je tentais de refuser ma réceptivité meurtrière qui me faisait fonctionner comme un radar. Je ne voulais pas connaître la raison des malaises cachés des autres. Je ne voulais pas prendre sur moi les problèmes de ces voyageurs qui poussaient, livides, leur chariot. L'enfant endormi sur l'épaule de son père n'avait pas le droit de m'attendrir ni la femme obèse et son chien barbu assis dans la petite cage portative celui de m'apitoyer. J'étais frôlée par une migration organisée. Un groupe de Japonais passait. Ils tiraient leur valise montée sur roues. J'attendais que les bagages aboient. De vrais chiens mécaniques.

« Horrible foule », dit Marc.

Il avait le visage bouffi, des poches sous les yeux, à cause des stress, je veux bien, mais surtout en raison du verre de trop. J'avais rongé la base même de notre mariage. Je voulais l'égalité, je lui ôtais sa chance de me dominer d'une manière ou d'une autre. J'avais scié la branche d'admiration indispensable à un amour durable. J'avais organisé des antifêtes où j'établissais le bilan de nos insuccès. Mon ironie n'était qu'un cyclone dévastateur. J'étais une briseuse de rêves et ma logique méchante décortiquait les mérites de Marc. Je me comportais désagréablement. J'éminçais le poids de ses projets jusqu'à les rendre légers et friables comme un château de cartes. Je m'immisçais dans ses travaux. Mon enfance grotesque, le comportement cruel de mon père m'avaient empêchée d'accepter sans discussion un bonheur simple. Pour ne jamais subir le sort de maman, je devenais agressive.

Ici, à Roissy, remuée par l'émotion indiscutable que réveillait en moi ce départ, je reconnaissais qu'à la place de Marc, j'aurais cherché, moi aussi, un peu d'humanité extérieure. Pourtant, j'avais eu l'impression d'avoir fait des efforts. Il m'arrivait de jouer avec lui, de me déguiser en petite femme sensible, en merveille de douceur, de poser ma main sur son front et de m'inquiéter de sa santé. Je découvrais le peu dont un homme se contentait. Il suffisait d'une passion feinte d'une dose de tendresse, de quelques silences bienfaisants pour qu'il déclare, attendri : « Je suis bien avec toi... »

Nous arrivions devant le tapis mécanique. Je devais le quitter.

« Je m'en vais, Marc... Au revoir. »

Il hocha la tête.

« Choisir le 1er juillet pour un départ... L'avion va être bondé. Tu arriveras fatiguée.

— Ne t'en fais pas...

— Si, je me fais du souci. Tu ne veux vraiment pas que je t'accompagne jusqu'au contrôle de police ? »

Je repris mon bagage en main.

Il tentait de me retenir. Juste pour le temps de quelques mots.

« Il vaudrait mieux me comprendre, Laurence. Je t'aime. Un peu affolé par ta violence, par ton intolérance, mais je t'aime.

— Tu veux me consoler ? M'apaiser avant le départ ?

— Non, dit-il. Je n'ai pas assez d'imagination pour dire n'importe quoi. »

Le remords me tenaillait. Je n'étais pas la femme qu'il lui fallait. Je me retrouvais avec un éclopé qui s'est foulé ses rêves. Sa vie boitait. Elle avait basculé aussi dans le lit d'une autre femme. Depuis le moment où je l'avais rencontré, je l'avais dressé au bonheur à ma mesure. Je lui suggérais des mots que je souhaitais entendre. S'il avait voulu maintenant me serrer contre lui, j'aurais accepté une réconciliation.

Il cherchait dans sa poche, à trente degrés, il avait besoin de se moucher. Une nurse égarée dans ce siècle avait dû lui apprendre, très jeune, qu'il fallait bien se nettoyer les narines. Au lieu de s'exclamer : « Et si je prenais avec toi l'avion. Juste pour assommer ton Américain... à l'aéroport Kennedy, avec un bon coup de poing. » Non, muet, il s'agrippait à son mouchoir.

J'étais câline, comme un papier de verre.

« Adieu, Marc...

— Laurence, dit-il. Ne prends pas cette aventure avec Jackie au sérieux.

— Il y en aura d'autres après. Des Jackie.

— Tu aurais voulu que je t'obéisse comme un automate. Avant de me connaître, tu avais des liaisons, mais je me demande parfois si tu es capable d'aimer, vraiment. »

Il toucha là un point trop sensible. Je saisis mon boudin de bagage et je montai, basculée légèrement en arrière, sur le tapis roulant. Pour me donner bonne conscience plus tard, je me retournai avec un sourire. Marc paraissait désœuvré, il me contemplait, les mains bringuebalantes le long de son corps.

« L'erreur est humaine, cria-t-il très fort. Ne l'oublie pas. Personne n'est à l'abri d'une erreur... »

Je lui envoyai du bout des doigts un petit baiser. Je me laissai drainer vers le vieux ciel mécanique du satellite numéro deux. La masse de voyageurs se rangeait par petits groupes dans des files pour passer devant le contrôle de police. Parents livides aux mains collantes de sucreries, hippies hirsutes, grand-mères en révolte, chiens miniatures, chats en cage portative, avançaient liquéfiés dans les goulots devant des policiers. Plus loin, l'autre contrôle. Et une trappe à franges en plastique noir qui happait les bagages à main. Contrôle antiterroriste.

J'aurais dû passer à la mairie pour le contrôle de l'antiterrorisme conjugal. Douce et impitoyable, j'avais fait mal à Marc. J'aperçus le contenu de mes sacs sur un écran, j'avais oublié l'argent enveloppé dans un bonnet de bain. Je récupérai mes biens dénudés et je m'engageai sur l'autre vieux serpent en caoutchouc — un vrai chemin roulant — pour atteindre le satellite numéro deux. L'épaisse queue des voyageurs embarquait. Je m'intégrai au bout, je les suivis, je donnai ce qui restait de mon billet et j'arrivai enfin dans l'avion. Le personnel de ce 747 nous accueillit avec un sourire figé. L'énorme tâche du personnel consistait à nous placer d'abord, nourrir ensuite, amuser et consoler même, s'il le fallait. Un travail de mineur de fond à dix mille mètres d'altitude.

L'avion géant était partagé en compartiments tendus de tissus de couleurs différentes. Les secteurs « fumeurs » et « non fumeurs » se succédaient. Je me traînai jusqu'à ma place. Je calai ma mallette sous mes pieds. Je saluai ma voisine, une dame rose d'inquiétude. Les rangées du milieu étaient occupées par des Japonais bavards. Enfin installée, je poussai un soupir de soulagement. Je me réfugiai dans mon silence intérieur. Ni provoquer, ni camoufler, ni heurter, se détendre.

Craquelée de souvenirs, j'évoquais le passé. Intégrée dans un noyau d'amis, j'avais été heureuse à New York. J'avais découvert Manhattan. J'y circulais tel un fauve qui explore son territoire. Notre groupe d'amis se réunissait tantôt chez l'un, tantôt chez l'autre, les restaurants étaient trop chers. Nos orgies de pizzas, de pâtes nous transcendaient, nous engraissaient. Puis, j'avais connu Benjamin. Il travaillait sur une thèse concernant les origines et le destin des Américains noirs qu'il considérait malades de civilisation. J'étais blanche et heureuse, Benjamin noir et pensif. Il m'avait choisie parmi d'autres filles à cause de ma capacité d'écoute et d'attention. Il me trouvait équilibrée et honnête. Perdu dans un monde de déracinés, ses ferveurs s'allumaient comme des signaux sur le sommet des montagnes. Je compris que mon rôle était limité dans le temps. Juste un passage. Deux étoiles filantes soudées juste pour le temps d'une courte trajectoire, nous traversions un paradis sur mesure où l'homme et la femme se complètent, sans rivalité, deux métaux en ébullition pour arriver à obtenir un alliage unique. Le côté ascète de Benjamin, son âme de prophète m'enthousiasmaient. Je

138

vivais, volontairement, dans une admiration éperdue.

De retour en Europe, j'avais dû me rééduquer pour pouvoir vivre avec un Européen dont il fallait accepter le monde de compromis, de fantasmes et la présence de l'alcool. Il n'est pas exclu que j'aurais suivi Benjamin, lumière noire de mon existence, mais nous évitions d'évoquer les possibilités ou les obstacles de l'avenir. Il se consacrait à la science et moi à mes études. Nous étions fantastiquement égoïstes, nos « moi » passaient avant notre « nous ». Chacun reconnaissait que, pour l'autre, le savoir passait avant le pouvoir que nous aurions pu exercer l'un sur l'autre. Nous étions trop pauvres pour perdre une seconde de notre séjour américain. Benjamin m'avait enseigné le Coran. Je vivais avec lui un amour d'une haute spiritualité qui me changeait des querelles sordides auxquelles j'avais assisté dans mon enfance. Je n'avais jamais cherché à vivre avec un homme qui aurait ressemblé à mon père. Avec Benjamin, nous partagions ce qui me semblait le plus précieux pour l'être humain : les rêves et les idéaux.

Les hôtesses venaient de baisser les rideaux sur les hublots, le film commençait. Les premières images apparues sur l'écran me plongèrent aussitôt dans un profond sommeil. Je ne me réveillai que deux heures plus tard, la nuque raide, hagarde. J'avais repêché ma bouteille thermos, cachée dans mon sac, et je m'abreuvais de thé.

Le commandant annonça notre prochain atterrissage à New York, Kennedy Airport. Il fallait régler ma montre sur l'heure américaine. J'hésitais à couper le cordon ombilical avec Paris.

L'après-midi new-yorkais sera ma nuit européenne décalée.

L'avion touchait le terrain et nous projetait déjà dans notre lendemain. A peine l'appareil immobilisé, nous étions déjà invités à descendre.

Le débarquement se déroula, rapide ; au bout de quelques marches descendues dans un passage étroit, je me trouvai dans l'une des queues qui se formaient devant les cabines en verre des officiers d'immigration.

« La raison de votre voyage ? me demanda le fonctionnaire.

— Tourisme.

— Combien de temps voulez-vous rester ?

— Deux mois. »

Il consultait, dans un grand livre, le répertoire des noms incriminés dans des affaires louches. J'étais aussi innocente qu'une poupée dans les bras d'un enfant. L'homme scella avec un tampon sur la feuille de contrôle son accord.

« O.K., miss, dit-il. Have a good day ! »

J'étais profondément émue. L'Amérique de nouveau !

De l'autre côté, un tapis roulant me proposait déjà ma valise. Je la hissai sur un chariot et je me dirigeai vers la douane. Je choisis la file qui se formait pour passer devant une jeune femme en uniforme. A mon tour, je m'arrêtai, elle s'enquit de la présence éventuelle, dans ma valise, de nourriture, d'alcool ou de cigarettes. Je n'avais rien de tout cela, elle me crut sur parole. Elle marqua mes bagages avec la craie blanche et, au bout de quelques étapes à franchir, de quelques tapis roulants à suivre, toujours aidée par les employés, je me retrouvai à la station de taxis de l'aéroport. Mes valises dans le coffre et moi, enfin assise sur le siège arrière brûlant. J'indiquai au chauffeur la destination puis je me laissai glisser dans une nouvelle paix. J'arrivais pour la deuxième fois de ma vie à New York. Je voulais doser les effets de ce cadeau que je m'offrais. Nous traversâmes le Triboro Bridge, il fallait payer le péage à l'avance, je tendis un dollar vingt-cinq au chauffeur. J'aperçus les premiers gratte-ciel dessinés sur le ciel brumeux. A East Side, le taxi suivit la route qui borde East River, nous étions engagés en direction de la 1re Avenue et de la 49e Rue. Je vis de loin la masse de pierre des Nations unies. Nous avons dépassé le Beeker Square et nous sommes arrivés. La rue était paisible, pas très sale, ensoleillée, d'allure plutôt snob avec ses petites maisons.

« Vous allez à quel numéro ? » demanda le chauffeur, un Noir au crâne rasé de près.

Je lui indiquai l'adresse exacte. Le taxi roulait lentement et s'immobilisa devant l'entrée d'un petit immeuble étroit de quatre étages, recouvert de l'extérieur des zigzags de l'escalier de secours.

« Je mets les valises où ? demanda le chauffeur.

— Là, sur le trottoir... Merci. »

Je lui laissai un pourboire confortable.

« Vous ne voulez pas que je les pose à l'intérieur de la maison ?

— Non, je n'ai pas la clef. »

J'aperçus Dirk. Il attendait devant une autre maison. Me serais-je trompée de numéro ? Vêtu d'un ensemble jean bleu ciel, ce géant mince ne me prêtait aucune attention. J'allai vers lui et l'interpellai :

« Hé ! »

Perdu dans ses pensées, il arpentait quelque paradis...

J'entrai de force dans son champ visuel.

« Etes-vous l'ami d'Eleanor ? Dirk ?

— Hé ! dit-il. Oui... »

Il descendit d'une échelle invisible et fixa son attention sur moi.

« C'est vous la french girl ?

— Oui... bonjour. Heureusement, vous êtes là...

— Allons-y... »

Je n'osais pas lui demander pourquoi il n'attendait pas devant le numéro indiqué. Avec le « french girl » doux à mes oreilles, il m'avait ôté dix ans d'âge. Je voulus soulever seule ma valise. Une douleur agressive me rappela à l'ordre.

« Don't worry about it... »

J'étais une femme, donc c'est lui qui allait être estropié.

« Je vous la monte », dit-il, déprimé.

Il allait tomber en morceaux, Dirk, comme un jeu de mikado. En fines baguettes.

« Horrible », s'exclama-t-il avec un grand sourire.

Ployé sous le poids de mes livres, il ouvrit la porte de l'immeuble. Nous traversâmes une minuscule entrée, le mur brodé de boîtes aux lettres en métal gondolé, comme chez maman... Les locataires devaient les forcer pour en extirper le courrier. J'aperçus une affiche qui promettait l'arrivée de l'Exterminateur.

« Dirk ?

— Oui ?

— Qu'est-ce qu'on extermine dans cette maison ? »

Il jeta un coup d'œil de myope sur le mur.

« Tout ce qui bouge. Sur le mur d'entrée ici, on voit parfois courir des cafards. »

Ma répulsion envers les insectes frôlait le ridicule. « Ils sont plus petits que toi », répétait

Marc. J'avais répondu, indignée : « Le scorpion est plus petit que moi... L'araignée aussi. Les mille-pattes... »

Dirk cherchait, dans la poche de son jean plaquée à ses hanches, une clef sans doute plate.

« La voici », dit-il, tout heureux.

Et il lança l'objet précieux en l'air pour le rattraper. Un geste comme celui-ci ne réussit qu'au cinéma. La clef tomba au sol.

« I'm sorry ! »

Et nous dûmes chercher, à quatre pattes, la petite clef sournoise. Je la découvris enfin sous une lamelle arachnéenne de crasse constituée de flocons de saletés, d'épluchures très fines, d'un peu de plâtre presque transparent, et d'ailes d'insectes. A ce délicat musée de la poussière grasse, je trouvais même de beaux aspects. Les cheveux blond suédois de Dirk étaient ramassés en queue de cheval serrée dans la nuque avec un élastique. Il réussit à ouvrir la deuxième porte.

« Allez-y. On va au troisième étage. Vous connaissez Eleanor depuis longtemps, je crois, dit-il. Une chic fille. Accueillante. Elle ne refuse jamais personne. Il arrive qu'on soit cinq ou six ici pour la nuit. »

Sur le palier du troisième étage se trouvaient trois portes. Deux appartenaient à Eleanor et la troisième à une locataire voisine, m'expliqua Dirk. Nous entrions chez Eleanor, tout de suite dans son living-room, d'un côté rouge, de l'autre côté gris clair, ici et là des affiches, des posters sur les murs. Un mobilier usé et surtout l'atmosphère suffocante.

« L'air conditionné est en panne ?

— Elle n'en a pas. Elle loue cet appartement depuis un an... Elle a eu déjà assez de frais pour le repeindre. »

Je m'approchai de la fenêtre. Je l'ouvris, la chaleur extérieure pénétra aussitôt. La fenêtre s'ouvrait sur de minuscules jardins intérieurs et des murs crasseux.

« Vous voyez l'immeuble tout noir, là-bas ? fit Dirk. Il a brûlé, il y a quelques mois. Des squatters y habitent et des clochards. Il y a quinze jours, un type est tombé. C'est ce qu'on raconte. Ce n'est pas sûr. »

Je regardai autour de moi. Il fallait que je creuse mon trou. Que je m'installe. Que je profite de cet hébergement sans frais. Je devais surmonter l'envie irrésistible de m'enfuir d'ici. Le grand canapé était gras, les fauteuils usés, les coussins des sièges aplatis, de vraies crêpes farcies de poussière.

« Vous pouvez utiliser la machine à écrire d'Eleanor... Vous travaillez sur une thèse, non ? »

Aurais-je dit ce mensonge à Eleanor ? Je ne savais plus.

« Je compte bien m'amuser un peu aussi...

— Ah ! bon ? s'étonna Dirk. Vous avez choisi la pire des périodes. A partir de demain après-midi, Manhattan se dépeuple de ses habitants. C'est le plus long week-end de l'année. Dimanche 4 juillet est l'Independence Day. Vous n'avez pas une copine à la campagne ?

— Non. Personne. »

Il émit un petit sifflement.

« Ça ne va pas être drôle. Venez voir le reste de l'appartement. »

Il ouvrait les portes, j'avançais sur ses talons. Je jetai un coup d'œil sur l'une des chambres. La fenêtre était fermée, les rideaux tirés, le lit défait.

« En face, l'autre chambre est peut-être en ordre, expliqua Dirk. Mais ce n'est pas sûr. Eleanor n'a pas eu beaucoup de temps pour s'en

144

occuper. D'habitude, chaque invité porte son linge sale à la blanchisserie avant de partir, paie et laisse le ticket sur la table du salon. Il y a de quoi changer une fois. »

J'étais mal à mon aise.

« Dirk, vous habitez là encore ?

— Non, je m'en vais. Je suis parti. »

Il riait.

« Vous avez mal choisi vos dates...

— Je voyage quand mon lycée ferme. Je suis professeur d'anglais. »

Il continua, imperturbable.

« C'est dommage, à New York, l'été est dur. Avec du fric, beaucoup de fric, ça s'arrange. Vous connaissez bien New York, m'a dit Eleanor... Vous le savez bien... Ici l'argent fait le bonheur. »

Il me montra ensuite la salle de bain peinte en bleu violent. La cuisine était grise.

Je m'étonnai.

« Tout est gris...

— Ça épate, dit-il, heureux. Eleanor a voulu peindre l'appartement avec ses amis. Ils sont tous plus ou moins intellectuels. Alors, ils aiment se montrer adroits et s'improviser manuels. Histoire de se rassurer. Tout le monde peignait. Mais, par distraction, Eleanor avait acheté de la peinture grise. Elle s'était trompée de pots. Elle n'avait pas le temps, ni le courage de les rapporter. »

L'environnement était à la fois accueillant et repoussant.

« Le réfrigérateur est rempli. La télé marche. Je vous montre l'endroit où se trouvent les disjoncteurs. Fermez toujours bien la porte. Mettez les chaînes. Si vous appelez l'Europe, ajoutez de l'argent à la cagnotte. Une avance sur la note. Eleanor reçoit ensuite les décomptes. Pas d'erreur possible, tout est marqué sur les fiches.

Le numéro que vous avez demandé, l'heure, le jour et le prix. Vous pouvez payer à la fin de votre séjour la somme exacte de vos dépenses. J'espère que vous n'allez pas trop vous ennuyer. »

J'aurais aimé le retenir.

« J'espère que je ne vous chasse pas, Dirk. Si vous vouliez rèster... Je vois qu'il y a autant de place qu'on veut.

— Non, dit-il. Ce serait avec plaisir, vous êtes agréable, mais je devais déjà partir aujourd'hui. Avez-vous d'autres amis qu'Eleanor ? »

Je mentis :

« Quelques-uns.

— Vous avez de la chance. New York est moche quand on est seul. L'immeuble est presque vide. A cause du week-end. Sur chaque étage, il y a plusieurs studios ou deux-pièces. Vous avez dû voir. L'appartement d'Eleanor a deux portes, celle de l'entrée et l'autre condamnée de l'intérieur par une armoire. Dans cet immeuble les gens ne se connaissent que vaguement. Les locataires changent souvent. Il y a un coffee-shop en descendant vers la 1re Avenue, le premier coin. Si vous avez faim, le matin et pas envie de faire le café, allez-y. A cause de ses gâteaux somptueux, Eleanor a baptisé l'endroit le Sweet Hell. Ils ont un cheese-cake à vous faire damner. J'ai de la chance de pouvoir tout manger, sans grossir. Je brûle très vite... Ma glande thyroïde bosse. Alors, la bouffe est un plaisir... »

Il me regardait, pensif :

« Vous n'avez pas très envie de rester ici, n'est-ce pas ? »

Je décelai, chez lui, un air de compassion.

« Mais si... Je suis très contente... »

Il valait mieux qu'il parte. Il devinait mon désarroi, mes vrais sentiments. J'avais l'habitude de jouer la comédie pour ne pas me dévoiler. Me faire reconnaître triste me dégradait. Personne ne me connaissait vraiment. Ma soif d'exceptionnel, mon envie dévorante de découvrir quelque chose de féerique, de merveilleux, mon besoin impératif de beauté, de pureté, d'oxygène moral, je les camouflais. Je n'aurais pas voulu être considérée ridicule lorsque je courais vers l'Absolu.

Avant de partir, Dirk m'avait généreusement distribué des accolades. La porte refermée sur lui, je restai désemparée. Ma vilaine nature à surprises pouvait me jouer des tours pendables. M'inciter à me lancer dans des activités fébriles. Abattre un travail en un temps record ou bien m'arrêter d'un seul coup et m'enliser dans l'immobilité. Si je n'avais pas manqué d'argent depuis que j'existais, ici, je n'aurais même pas déballé més valises. Je me serais installée dans un hôtel pour voir des gens. Pouvoir donner et reprendre une clef. Mais je me raisonnai. J'ouvris ma valise. Je fouillai dans mes vêtements truffés de liasses de papiers et je pris mon carnet d'adresses que j'avais constitué il y a dix ans. Je feuilletai le carnet, inquiète. Je tentai d'ouvrir les portes condamnées du passé. Je commençai à appeler.

« A », Abraham, Sarah Abraham. Elle était petite, elle se défendait avec une agressivité feinte et fondait en larmes facilement. J'étais arrivée chez eux dans un moment dramatique. Sa mère était décédée subitement, la veille, et ils avaient oublié ma visite. J'arrivai dans une maison sonore de deuil d'où je m'éclipsai dès que je le pus.

Je composai le numéro qui commençait par 683, la suite de quatre chiffres suivait.

« Allô, allô, I'd like to speak to Mrs. Sarah Abraham... »

Une femme volubile me répondit en espagnol, je fus aussitôt aspergée de puedo, de tener, d'informaciones et de pleurs d'enfants. Je raccrochai doucement. En tournant les feuilles de mon cahier, je pêchai le numéro d'un Newman James.

D'après mes vagues souvenirs, c'était un type assez snob. Je l'avais cru anglais d'origine, il n'était qu'encombré de végétations. Je me souvenais de son long nez. Il était égaré dans notre groupe, comme dans sa vie, il sc disait volontiers athée. J'étais allée chez lui, un vendredi, il habitait Soho, il se calfeutrait dans une maison vidée comme un poulet. Il avait peint les volets en rose. Quelque part vers Prince Street. Le téléphone de Mr. James Newman ne répondait pas. Puis, « the real american type » de notre groupe. Le futur soldat avec sa tête de héros, Bryan Shelton. Il m'avait fait la cour mais j'étais désespérément fidèle à Benjamin. Bryan habitait avec ses parents la 29th Street and 7th Avenue. J'appelai timidement. Un disque enregistré ne me renseigna que sur les heures où je pourrais trouver un inconnu.

Au bout d'une heure et demie d'appels inutiles, la solitude m'emmurait. Il était dix-sept heures à New York, donc vingt-trois heures à Paris. Si j'appelais maman ou Marc, ou le proviseur, ou n'importe qui... Je m'affolais de me voir vulnérable. Je me trouvais aliénée par l'habitude d'être avec quelqu'un. Marc me manquait. Je m'apprêtais à me rééduquer mais sans béquilles. Je représentais peu dans ce monde. Presque rien. Je pourrais disparaître — j'étais partie d'une manière si sauvage — que personne n'oserait me chercher avant la rentrée des classes. J'avais si bien fermé les portes derrière moi, mes mensonges improvisés étaient si plausibles que j'aurais pu mourir ici sans susciter pour autant la moindre inquiétude en Europe. Me pencher sur mon destin médiocre et sur mon bilan désastreux, j'aurais pu le faire sans frais dans les Landes. Je songeai vaguement à chercher un bureau de voyage et à déguerpir de New York. Me déplacer dans la liberté irréelle que je m'étais accordée. Les Caraïbes ? Il fallait peut-être m'orienter vers un endroit plus clément que cet appartement étouffant.

Je m'approchai de la fenêtre du living-room, le carcan noir de l'immeuble brûlé me hérissait. L'une des cours, en bas, était un parking. Si j'avais pu retrouver au moins l'une des filles aux rires aigus et au regard vif. Quelqu'un du groupe. J'aurais voulu comparer un morceau de l'American way of life à mon destin et me sentir heureuse par comparaison. Plonger dans d'autres vies. Me déplacer dans un train décrépit aux sièges tachés de graisse. Sur le quai de la gare d'une petite ville, être attendue par un mari, un peu hermaphrodite, qui m'aurait annoncé, d'une voix traînante, que Charlotte avait préparé des crêpes. Pour moi. Et qu'il était content, lui, de me connaître. J'aurais rencontré l'une de mes anciennes camarades, elle aurait essuyé ses mains légèrement collantes à un tablier dont l'inscription aurait trahi son amour pour sa ville : « I love Milwaukee ». En me comparant à elle, je me serais sentie libre, jolie, audacieuse, vagabonde. On m'aurait présentée aux voisins et j'aurais ri en me prélassant dans une complicité neuve avec des mères de famille qui n'avaient réussi qu'à faire avorter leurs rêves.

Mais de tout cela rien ne s'annonçait. C'est moi qui étais à secourir. Une poupée de chiffon, les jambes entrenouées, me dévisageait. L'Empire State Building était-il encore à sa place et la Statue de la Liberté ? Celle-là, je ne la connaissais que d'un film de Hitchcock. J'entrouvris la porte de l'une des chambres. J'aperçus un écriteau épinglé au-dessus du lit : « Les objets fatiguent plus que les pensées ! » Une odeur de sueur. Je devais me préparer un lit pour la nuit. Autant m'y mettre tout de suite. J'entrouvris les volets pour aérer, la chaleur coulait à l'intérieur. Sur l'oreiller, j'aperçus un message : « Sorry, darling, pas eu le temps de mieux t'accueillir. Draps propres dans le placard, à gauche dans l'entrée. »

Je confectionnai une grande boule du linge sale. J'introduisis le balluchon en bas d'une armoire entre un appareil à épiler rempli de cire en vrac et deux volumes de L'Histoire scientifique du monde depuis l'âge de pierre. Je posai l'oreiller sur le rebord de la fenêtre, il restait encore quelques rayons de soleil pour le désinfecter. Je refis le lit, le deuxième drap négligemment jeté sur le premier remplaçait une vieille couverture rance. Les derniers rayons jaunes transperçaient le vieux sac de plume sur lequel je poserais ma tête. La fatigue du décalage horaire m'affaiblissait, et tendait, entre l'endroit où je me trouvais et moi, un rideau de tulle.

Peu à peu, la chambre prit une allure plus accueillante. J'ai passé aussi l'aspirateur, une vieille bête, les poumons encrassés de poussière. Je me suis ensuite attaquée à la cuisine que je nettoyai grâce au contenu de diverses boîtes et de leur poudre pétrifiée. J'ai vidé ma valise, suspendu mes robes chiffonnées dans le placard de l'entrée. J'ai collé l'enveloppe avec l'argent français dans ce même placard. Je me sentais évoluer sous une loupe, sur un écran ; avec la sotte impression d'être épiée. Cette atmosphère pesante était aggravée par les sirènes des voitures de police. Je m'aventurai dans la salle de bain, j'entrouvris une petite fenêtre pour chasser l'odeur de moisi, j'aperçus, avec dégoût, un cafard qui courait, les pattes aériennes à peine posées sur le sol, le long du mur. Je devais prendre un bain. J'ouvris les robinets, je regardai sans trop y penser l'eau rouge crachotante que déversait cette installation poitrinaire. Puis l'eau se mit à blanchir, une puissante odeur de désinfectant s'en dégageait. Avant de m'y plonger, je m'affrontai, dans le miroir. Je tirais ma peau sur mes tempes, je devenais orientale, je lissais mes cheveux sur mon crâne et j'étais morte. Je me secouai, je n'acceptais plus de me transformer en un vieux photomaton glissé dans un cadre minable. Il valait mieux rompre avec ces maléfices, source sûre de troubles psychiques. Je me promenai dans l'appartement, juste une serviette de bain nouée autour de ma taille. Je mis un jean puis une tunique en tissu indien. Avec un peu de chance, je trouverais encore une place solitaire pour une comédie musicale. Je ne commencerais à maigrir que demain ; ce soir j'irais manger un plat de cannellonis chez Sardi's.

Je réaménageai mon sac à main. Puis j'y glissai mes papiers d'identité et quatre-vingts dollars que j'avais pu acheter à Paris, à prix d'or. Le taxi en avait déjà englouti vingt-cinq. Il fallait donc que j'aille changer des francs avant le long week-end. Je repêchai des ténèbres loqueteuses de ma valise un rouge à lèvres, même un rimmel. Ayant découvert aussi dans une trousse improvisée en plastique, reçue comme cadeau publicitaire, un pinceau, je me dessinai des yeux de chouette. Je m'observai. Je n'étais pas laide, loin de là, juste un peu bizarre, pour mon goût. Je refermai la porte de l'appartement, je glissai la clef numéro un dans la pochette intérieure de mon sac tandis que je tenais dans ma main celle de la porte d'entrée. Je devais me procurer un porte-clefs volumineux et y accrocher ces deux objets uniques ; si j'en perdais un, je ne pourrais plus rentrer.

Sortie de chez Eleanor, j'espérais rencontrer quelqu'un, engager une conversation, personne à l'horizon. J'ai descendu lentement les marches, me suis arrêtée sur le palier du deuxième, des bruits familiers me rassuraient, une porte venait de se refermer à l'intérieur d'un logement. J'entendis aussi le débit rapide d'un speaker. Au premier étage, je traversai une odeur d'oignons frits et un cri me parvint, une seule fois et en espagnol. L'escalier était aussi raide que chez maman. Maman...

Elle ne me faisait pas mal, j'avais bien pris mes précautions, elle me raidissait l'âme. Elle m'amidonnait la conscience de quelques reproches. Je m'agrippai à la rampe. La durée, un élastique tendu, prêt à rebondir dans ma direction et à m'estourbir, m'effrayait. Au rez-de-chaussée, je me suis évertuée à ouvrir la porte vers la rue. La serrure résistait. Je connaissais la malveillance des clefs, dès que j'y touchais, elles renâclaient, elles cassaient, se tordaient. Des spécialistes appelés en urgence, des dépanneurs miracle, toujours hilares, constataient alors ma maladresse. Intimidée par la résistance de la porte, j'avais peur de la forcer ici...

Le dos en sueur, le tissu indien y collait, je bricolais l'inviolable. Puis, soulagée, je sentis une présence, je me retournai, un type venait d'arriver du fond du couloir, il était grand et assez pâle, avec des yeux clairs. Un jeune Gary Cooper avec de belles lèvres. Je pensais qu'on devrait utiliser les femmes pour ouvrir les archives constituées de visages d'hommes. Il ne me fallut pas plus d'un coup d'œil pour savoir qu'il était « possible ». Avec Eleanor, nous avions partagé le monde masculin entre les « évidemment sans hésitation », les « possibles » même « recommandables » et les « inexistants ». Nous n'avions pas besoin de plus de deux secondes pour savoir si un type pouvait s'immiscer aussi bien dans notre âme que dans notre lit. Eux, les pauvres, ils n'avaient pas l'ombre d'un soupçon. Comment auraient-ils pu comprendre qu'ils étaient élus ou rejetés à peine leur « bonjour » prononcé ?

« Vous permettez ? » dit l'homme.

Il souriait, une publicité pour un produit pour gencives sensibles.

« Si vous pouviez m'aider ? J'aimerais sortir de cette boîte.

— Vous n'êtes pas américaine ?

— Non. Mais vous non plus.

— Non. »

Il se pencha sur la serrure.

« On ne doit pas les brusquer, dit-il. Il faut les manipuler avec douceur. »

Depuis que je luttais avec les clefs, j'avais découvert que les « dépanneurs » professionnels ou amateurs se lançaient dans des explications, genre sermon. « Avec une serrure, soyez douce, il faut lui parler, etc. » Je savais, moi, que, pour vaincre une serrure récalcitrante, il fallait une bonne clef ou de la dynamite, mais pas d'explications.

« Regardez, dit-il. Vous tournez sans vous précipiter, d'abord à droite, et encore une fois à droite. Il y a deux crans à dépasser. Il faut connaître le truc. Je ne serai pas toujours là pour ouvrir. »

Mon tissu indien se transformait en une deuxième peau mouillée.

« Merci. »

Il me contemplait avec convoitise.

« Je ne vous connais pas... Vous venez de louer ici un studio ?

— Non. Une amie m'a prêté son appartement au troisième. J'arrive de Paris. »

Il eut un choc :

« Paris », répéta-t-il.

Ses lèvres se resserraient et ses narines, comme s'il avait reniflé l'odeur d'une drogue particulière, s'écartaient et formaient deux petits cercles au bord clair.

« Vous êtes quoi d'origine ?

— Belge.

— Et vous aimez Paris à ce degré ?

— Ah ! oui... »

J'attendais le démarrage du disque *Oh ! les petites femmes de Paris*. Il me regardait du haut de son mètre quatre-vingt-deux au moins. Ce jour-là, je ne rencontrai que des géants effilés. J'étais plus dans un récit de Swift qu'à New York.

« Vous êtes française, dit-il avec la gourmandise de quelqu'un qui plantera sa cuillère, sans attendre, dans un chou à la crème. Je m'appelle Bernard.

— Moi, Laurence. »

Enfin dehors, j'avais l'impression que nos chaussures laisseraient leurs empreintes sur le trottoir, l'asphalte semblait mou.

« Vous connaissez New York ? demanda-t-il.

— J'ai vécu deux ans ici. »

Il prit un ton doctoral.

154

« Quand ?

— Il y a dix ans.

— Et depuis ?

— Jamais. »

J'attendais la phrase suivante : « Dites 33. » Il prononça :

« Vous ne reconnaîtrez que peu de chose. New York est une ville qui change sans cesse. »

Je m'énervais.

« Je le sais. Je ne suis pas une novice. Ni une touriste.

— Avez-vous des amis ici ? m'interrogea-t-il.

— Quelques-uns...

— Heureusement pour vous...

— Et vous ? Que faites-vous là ?

— Un long stage technique. Bien payé par ma firme. Et mieux payé encore lorsque je serai de retour en Europe. Avez-vous un programme pour ce soir ?

— Vous me draguez ?

— Je me renseigne.

— Pourquoi ?

— Un réflexe. Quand je suis seul et que je vois une jolie fille seule aussi, je me renseigne. C'est tout. »

Je descendais de mes grands chevaux.

« Je vais peut-être voir un « musical », sinon un film. Merci de votre aide.

— J'habite au rez-de-chaussée, dit-il. Venez, je vous montre l'endroit. Si, si... Un jour, si vous ne pouvez pas ouvrir la porte et si, par hasard, je suis chez moi... Je peux vous dépanner. Venez voir. Je ne vais pas vous manger... Par ici. »

Je le suivis. Nous avons dépassé l'immeuble qui était séparé de la maison voisine par une étroite impasse. Il pointait l'index.

« Regardez. Vous allez jusqu'au bout. Vous

tournez à gauche et vous verrez une fenêtre qui s'ouvre sur la petite cour. Vous y frappez. Et je viendrai vous ouvrir.

— Ça peut être utile. Vous êtes aimable. »

Il était plutôt bien, ce type, dans le style « agent secret » pour vidéo-cassette.

« Vous avez rendez-vous avec quelqu'un ?

— Pas tout à fait...

— Je suis libre, moi... J'allais flâner... Où allez-vous ? »

J'hésitai.

« Vers Times Square. »

Il se renseignait pour mieux s'installer dans ma vie.

« C'est le tordu avec la queue de cheval dans le dos qui vous a ouvert la porte ?

— Comment le savez-vous ?

— Je l'ai vu errer dans la rue.

— Il n'est pas tordu. Il est très agréable.

— Et souvent malade. J'ai dû monter deux fois pour le soigner. Son estomac est en loques. Je suis un peu la nounou de la maison. Les gens m'aiment bien.

— Vous semblez gentil.

— Très, dit-il. Je vous accompagne, alors ? »

Troublée, je devenais maladroite.

« Je ne veux pas vous déranger.

— Vous ne me dérangez pas, dit-il, en s'amusant franchement. Je vous invite à dîner. Je peux vous faire manger chez moi aussi. J'ai tout à la maison. On ferait mieux connaissance. »

J'avais trop envie de me caser pour que tout ceci ne se termine pas au lit. Je ne voulais pas courir de risque. Il pouvait être malade, ou sadique, n'importe quoi...

« Vous pouvez avoir confiance en moi », dit-il.

Je répliquai :

156

« C'est ce que Landru devait expliquer aux dames... »

Il haussa les épaules.

« Les Français ont l'humour bizarre. Ai-je l'air d'un tueur ?

— Je plaisantais, Bernard, mais je préfère être seule pour le moment. Je reste ici deux mois. On aura l'occasion de se voir.

— Mais moi, je ne reste pas si longtemps. »

Je fuyais.

« Au revoir et merci... »

Je m'éloignai d'un pas rapide et me précipitai vers Times Square. Je remontai la 49ᵉ Rue en direction de Broadway. A un croisement, je faillis me faire écraser parce que je n'avais pas respecté le « don't walk » inscrit sur le feu rouge. Je courais presque. Une aventure avec le Belge me semblait trop rapide. J'aurais préféré vivre un événement somptueux, insolite. Tout mon être appelait le merveilleux. Un milliardaire dans une Rolls ou bien moi, super-courtisane, vêtue de plumes et de vices, je voulais un sultan.

New York me devait plus qu'une histoire avec un Européen. A chaque bloc, la rue changeait d'aspect. Ici et là, je voyais les restaurants très chers certainement, et des clubs réservés aux adultes accompagnés.

Je devais retrouver Broadway, et acheter le programme des spectacles de New York, l'ancien C.U.E. J'avais de l'argent, je pouvais me permettre un bon restaurant et m'offrir une excellente place au théâtre. Mais ma fausse assurance n'était qu'un vernis, ma cheville droite se déboîtait. Je ressentais la fatigue de l'année. Je croisai un clochard à moitié nu, les bras noirs de crasse comme s'il avait touillé la suie. Il faillit me bousculer et me lança un mot ordurier. Je m'appuyai, affolée, contre un mur. Cet échantillon de violence m'intimidait. J'atteignis la 7ᵉ Avenue, j'aperçus de l'autre côté du trottoir l'affiche de *Deap Throat* et de *The Devil in Miss Jones*, deux films porno joués depuis plus de dix ans, des classiques.

Benjamin avait refusé d'aller voir Linda Lovelace dans le rôle d'une femme qui avait le clitoris collé sur les amygdales et qui ne pouvait jouir que grâce à un sexe enfoncé dans sa bouche. Benjamin détestait la pornographie et avait trouvé très mal de ma part d'être allée voir ce film avec les copains. Nous l'avions vu en groupe, nous riions, nous étions plutôt nerveux, les plaisanteries, plus bêtes les unes que les autres, fusaient.

Notre groupe d'amis composé d'Américains et de quelques étrangers me permettait d'avoir un regard sur le monde. J'appris à connaître la chaude tristesse sud-américaine, la gaieté glacée des Français, l'humour juif, la précision allemande. Plongée dans une multitude de petites vies colorées, j'apprenais les autres. Maintenant, passant devant une boîte de « swingers », je me sentais dépaysée. Je suis arrivée à Duffy Square ; devant un bâtiment préfabriqué, une longue queue attendait patiemment devant les guichets où on vendait les billets à moitié prix pour certains spectacles. J'avais le choix entre aller voir le nouveau Spielberg, *E.T. l'Extra-Terrestre*, au cinéma Movicland, juste devant moi, mais la file d'attente s'étendait jusqu'à Times Square et se repliait dans la 46ᵉ West. J'aurais dû attendre au moins quatre heures avant d'entrer dans le cinéma. Il était six heures, ici, donc minuit à Paris. Ce jeudi 1ᵉʳ juillet me rendait ivre de fatigue et apeurée à cause d'une curieuse excitation. J'aperçus une immense affiche de l'autre côté :

The Woman of the Year, avec Raquel Welch. Je trouverais peut-être une place encore dans ce théâtre. Déjà, je luttais avec New York. Je devais gagner contre une stupide panique de la solitude, ou repartir.

Times Square dégoulinait d'une crasse épaisse et me flanquait en pleine poitrine son overdose de pittoresque. Ce quartier des théâtres me soûlait. J'en prenais à plein tube. Dans cette foule lente où les passants, badauds, marchands de hot dogs d'un rouge vif, installés au bord des trottoirs, se déplaçaient, j'aperçus un vieux type aux longs cheveux blancs dans le dos, en train de rôtir, sur un réchaud de charbon de bois, des petites brochettes minables faites d'une viande d'origine douteuse. De ses mains grises de saleté, il les tournait et les retournait, ces broches. Qui allait en acheter ? En manger... J'aurais pu aller me promener ailleurs, regarder le ballet des bateaux téléguidés sur l'un des lacs de Central Park ou me précipiter à une visite nocturne du Metropolitan Museum. Mais j'étais fascinée par le flot humain. Je m'arrêtai, en serrant bien mon sac, devant l'un de ces fameux manipulateurs qui traquaient les passants pour leur extorquer vingt dollars. « Which one ? » Il fallait désigner l'une des trois cartes exposées et sans cesse interchangées sur un comptoir improvisé, composé de vieux cartons superposés. Tomber sur la carte rouge pour gagner. « Which one ? » Il venait de piquer vingt dollars des mains hésitantes d'une grosse fille. Gagnante, elle aurait dû empocher quarante dollars. Elle désigna la carte à droite. Noire. Elle avait perdu ses vingt dollars et poussé un grand cri. Elle aurait tapé sur l'escroc si elle avait osé.

Le soleil brûlait encore. Les boîtes hurlantes

des transistors balancés à bout de bras par des Noirs m'aspergeaient de sons. Quelle idée absurde de vouloir me mesurer à cette créature impossible, à ce monstre immonde et sublime : New York. Quel défi imbécile... Dans un magasin de bric-à-brac coûteux, je réussis à dégotter un chapeau de paille pas trop ridicule, je m'apercevais dans une vitre, il m'allait même bien, ce chapeau. Dans la rue, quelqu'un m'interpella.

« Hé ! attendez donc ! »

Je me retournai, c'était Bernard.

« Je vous suivais, dit-il. On passe son temps comme on peut, pas fâchée ? Vous avancez toujours la tête baissée ? Vous ne regardez ni à droite ni à gauche. Encore moins derrière vous. »

Pourtant, j'avais l'impression de flâner, disponible. Vue de l'extérieur, ma performance ne paraissait guère brillante. Je l'observais avec attention. Il était vraiment bien, cet homme. Et surtout, il était là.

Une très grosse femme faillit nous renverser, elle avançait comme un char d'assaut. A quelques pas, des adeptes de Krishna vêtus de jaune citrouille chantaient. La foule s'ouvrait devant eux.

« Venez prendre un café. Il fait trop chaud. »

Il me proposa un Brew Burger. Je préférais un coffee-shop aux vitrines réfrigérées et chargées de gâteaux de taille impressionnante.

Il faisait frais et obscur à l'intérieur. Nous nous installâmes devant le comptoir, ramassés sur les tabourets, de vrais nœuds humains.

« Coffee ? demanda la serveuse.

— Deux », répondit Bernard.

Elle déposa devant nous les tasses et y versa du café. Puis elle poussa vers nous le pot à lait et le sucrier en aluminium. Je voulus de la saccharine. Elle sortit de sa poche un minuscule sachet rose et me le donna.

Je sirotai ce liquide baptisé « café ». J'avais l'habitude du café américain mais celui-ci battait les records en niaiserie. De l'eau marron.

Bernard qui s'installait dans mon existence précaire constata :

« Vous êtes mariée... »

Je regardai mon alliance, comme si j'avais voulu vérifier l'exactitude des faits.

« Mais oui...

— Ça ne me dérange pas du tout. Vous non plus apparemment, ou je me trompe ? »

Je ne répondis pas.

« Vous avez appelé chez vous, pour dire que vous étiez bien arrivée ? »

Je haussai les épaules.

« Nous, les Français, on n'est pas des grands sentimentaux. On est des gens raisonnables. Pas de nouvelles, bonnes nouvelles. Et ceci est sans frais... »

Il effleurait d'un coup d'œil un échantillonnage de gâteaux enfermés sous un globe de plastique à peine transparent, tout maculé d'empreintes digitales.

« Voulez-vous un gâteau ?

— Non merci. »

Il valait mieux nourrir notre conversation.

« Vous avez des mains intelligentes, Bernard. »

Il les regardait avec satisfaction.

« Je les soigne aussi...

— Et vous, êtes-vous marié ?

— Ai-je une alliance ? demanda-t-il.

— Non.

— Vous verrez, dit-il. Je suis quelqu'un d'attachant. Celles qui s'habituent à moi ne peuvent plus se passer de moi. »

Paresseuse, je n'avais même pas envie de me fâcher de tant de suffisance.

« Vous n'êtes pas trop féminine, continua-t-il.

— Pourquoi donc ?

— Pas souriante. Vous pourriez être jolie, même belle si vous étiez un peu plus tendre.

— Tendre ? »

Il réussit à me faire mal. Je savais bien que je manquais de tendresse. Mais je n'aurais pas voulu l'entendre. Entre la tendresse et moi, c'était une longue histoire. Tendre, je me faisais exploiter.

« On dîne ensemble ? demanda-t-il. Vous n'êtes pas en état de circuler seule. Vous allez pleurer tout de suite...

— Non, je ne vais pas pleurer. »

Mécano habile, il me démontait puis il se proposait pour la réparation. Il était futé, habile en paroles. Je m'endormais presque sur mon tabouret. Il était une heure à Paris. Je bâillai derrière un mouchoir en papier.

« Je voulais voir un spectacle. Une comédie musicale. A côté, là : *The Woman of the Year*... Si je trouve un billet.

— Pas la peine d'essayer. Pour avoir quelque chose de bien, il faut retenir les places au moins une semaine à l'avance. Au marché noir, les revendeurs gagnent parfois vingt dollars par billet. »

Une mouche bancale traversa le comptoir ; d'un geste machinal, je voulus la chasser. La mouche ne volait plus. Elle marchait clopin-clopant.

« Je connais un restaurant oriental, dit-il. Par une chaleur pareille, il faut manger épicé. Il faut du sel à l'organisme quand on transpire. »

Je tentai de protester. Pour la forme.

« Si nous ne nous étions pas rencontrés dans l'entrée ? Hein ?

— Le hasard est un dieu à respecter. »

Ma cheville me faisait mal et mon rimmel avait dû couler car mes yeux me piquaient. Je n'avais même pas un poudrier dans mon sac.

« Je dois être moche, non ?

— Du tout. Désemparée et tentante. Je suis sûr que vous avez des moments où vous êtes superbe. Mais il faut bien tomber. »

Il me vivifiait. Je levai mon regard sur lui.

« Voulez-vous m'accompagner au cinéma ? Je suis en manque de spectacles. »

Nous sortions du coffee-shop. New York, humide et chaud comme une étuve, s'illuminait. Des enseignes en néon ponctuaient le bleu indigo du ciel. Les écriteaux en traits de lumière éclataient sur le fond foncé. Sur les façades noires des immeubles recouverts d'annonces, des silhouettes lumineuses se composaient, se déliaient, apparaissaient et disparaissaient.

Bernard me prit par le bras. Broadway nous submergeait par son atmosphère de sirop grenadine renforcé d'arsenic. Nous évoluions parmi les humains qui semblaient échappés des asiles. Nous venions de croiser un Hindou dont le turban impeccable était blanc. Sa longue barbe couvrait la moitié de sa poitrine nue. Il était vêtu d'un slip de bain et marchait pieds nus. Assise sur le trottoir, une femme vendait des étoiles en métal multicolore, fixées sur des tiges flexibles qu'on piquait dans les cheveux. Tous ceux qui les portaient devenaient des extra-terrestres. Nous étions innombrables, êtres éperdus d'admiration et de dégoût devant ce spectacle permanent. Un cheval vidait son tube digestif près du trottoir, une odeur d'écurie nauséabonde me soulevait l'estomac, le policeman, en selle, regardait ailleurs. Fascinés par la crasse, larbins du snobisme new-yorkais, nous déambulions, fiers de nous trouver dans cette poubelle. Les touristes hagards se droguaient d'images à bon compte. Les détritus sur le trottoir se mélangeaient aux confettis d'une fête manquée. La chaleur s'incrustait sous la peau. La foule frissonnante ondoyait, chatouillée, énervée par le son aigu des sirènes des voitures de police. Un Noir, avec son transistor hurlant, m'effleura. Ce New York — cinéma pour étrangers avides d'impressions — m'ensorcelait. Je me confondais aux affiches, je m'identifiais à la publicité. La fille en jean serré dessinée en néon sur une façade, c'était moi. Ni déphasée, ni habituée, ni hautaine, bouleversée par le bonheur d'absorber l'insolite, gosse des favelas qui cherche sa possibilité de survie dans les détritus laissés par les riches, je disais, repue d'une douce panique : « Je suis à New York. »

« Les femmes m'aiment bien, dit Bernard. Je crois à la réciprocité dans le bien-être... »

Plantée au milieu de Duffy Square, je regardais défiler en lettres lumineuses, sur le fameux immeuble du *Times*, l'annonce du degré d'humidité suivie des nouvelles les plus récentes.

« Venez », dit Bernard.

Il m'entraîna vers l'entrée d'un cinéma tout vibrant des hurlements poussés par le public qui se trouvait à l'intérieur, et transmis par les haut-parleurs pour inciter les badauds à acheter le billet à cinq dollars et à entrer.

« C'est tout nouveau », commenta Bernard.

Je tenais à payer ma place. Il protesta. Quant à moi, je voulais m'affranchir pour de bon et regarder un film de terreur. Nous avons pénétré dans la salle noire. Comme nous prenions place un peu à l'aveuglette, mon fauteuil se révéla cassé et celui de Bernard humide. Nous avons changé de rang et marché sur des détritus qui s'accumulaient par terre, récipients de pop-corns abandonnés et papiers gras. Sur l'écran, un mort venait d'arracher le couvercle de son cercueil et, le visage boursouflé d'argile, il nous fixait de ses orbites creuses. Il se redressa et, le pas lourd, avança vers une maison solitaire où dormait, dans une chambre à la fenêtre entrebâillée, une femme seule. Mon voisin de droite mangeait, vorace, ses maïs. Pour remplir sa bouche, il levait chaque fois le bras. Je chuchotai :

« Il m'embête.

— Il aura bientôt tout bouffé. Patience... »

Bernard me prit la main.

Quelqu'un d'autre que Marc me tenait par la main. Ma main se mettait à grandir. Au bout d'un certain temps, j'avais une très grande main. Pendant presque deux heures de terreur, je m'habituais aux images atroces. A la gorge palpitante, parcourue de filaments rouges d'un esprit de l'Au-Delà qui voulait avaler en attirant, comme vers un gouffre, une petite fille que sa mère, aveuglée par une lumière surnaturelle, retenait. Pour la sauver de cette diabolique absorption. Je vis la terre éclater sous les pavillons bâtis sur un ancien cimetière, une piscine révulsée et l'eau boueuse chargée, comme un vilain bouillon, de squelettes.

La famille américaine moyenne était sauvée enfin des mauvais esprits et nous sommes sortis du cinéma. Nous sommes revenus vers Times Square. Demain, la ville, comme un vrai sablier, se videra de ses habitués, déversés vers les campagnes. Elle se remplira de foules diverses qui afflueront des banlieues.

« Vous êtes fatiguée, dit Bernard. Je vous ramène à la maison en taxi. Mais allons manger quelque chose. »

Nous avons atterri dans le Brew Burger au coin de la 47e Rue et de Broadway. J'étais ravie de mon chicken pané et de mes pickels. J'aurais dévoré toutes les rondelles de concombre du récipient posé sur la table. Je précisai :

« Je paie mon poulet. J'espère que vous avez compris aussi que je ne coucherai pas avec vous. »

Son visage s'assombrit.

« Non ? Pourquoi non ?

— Parce que je ne suis pas une femme aussi rapidement expédiable.

— Je ne vous ai jamais prise pour une conquête facile », dit Bernard.

Je m'apaisais, je le trouvais sympathique. Il était bien agréable de passer cette soirée avec un être aimable et plutôt réservé. Il me restait trois grosses frites de couleur jaune sur l'assiette.

« Depuis huit ans, je suis fidèle à mon mari. »

Je ne pouvais pas laisser les quatre rondelles de concombre tapies dans la cupule.

« Mais je me suis fâchée avec lui, je suis partie de Paris.

— Vous avez de l'argent si, sur un coup de tête, vous pouvez prendre l'avion et partir. »

Je précisai :

« L'occasion était unique pour ne plus avoir d'économies. »

Puis, je commandai un cheese-cake.

« Vous avez un appétit ! » fit-il, admiratif.

Le gâteau de fromage blanc, métissé de sucre, de crème, de jaune d'œuf et de diable sait quelle tentation encore fondait dans ma bouche. Je

166

jetai un coup d'œil sur l'addition que la serveuse venait de poser sur la table. Je pris les devants :

« Dix-sept dollars dont dix sont largement dans mon estomac...

— Non, dit-il. On partage. Fifty-fifty. »

Dehors, je voulus m'attarder encore, le spectacle se renouvelait à chaque instant :

« Il faudrait vous mettre au lit », déclara Bernard, paternel.

Il héla un taxi, je me laissai transbahuter. A l'arrivée devant la maison, il paya.

« Venez voir l'endroit où j'habite. J'ai du whisky, du jus de fruits et de l'eau glacée. Nous sommes des gens civilisés. Si vous refusez le plaisir physique, c'est votre affaire, mais un verre de jus d'orange n'a jamais fait perdre le salut à quiconque... Alors ? »

Je le suivis. Nous entrâmes chez lui. J'aperçus dans son living-room quelques livres sur un rayonnage plutôt fragile. Dès qu'il toucha à son lampadaire, l'abat-jour, posé de guingois, bascula et découvrit les ampoules nues. Bernard se déplaçait, plutôt content. Il m'apporta de l'eau minérale glacée. Le poulet pesait des tonnes sur mon estomac. Je trouvais Bernard sympathique et peu insistant.

« J'ai tout mon temps, dit-il, avec un doux sourire. C'est vous qui perdez le vôtre. Moi, je n'ai qu'à décrocher le téléphone, si je m'ennuie. Mais vous ? »

Il ouvrit le canapé-lit, il ramena de quelque part des oreillers habillés de taies toutes fraîches.

« Je me prépare pour la nuit. Vous verrez, si vous voulez rester là... Même en dormant à côté de moi, comme une petite sœur. Si vous voulez prendre une douche... Ce qui est le mieux chez moi, c'est ma salle de bain. »

Il me la montra.

« Je l'ai refaite à neuf quand j'ai loué ici. Vous avez mon peignoir à votre droite. Plié. »

Je me réfugiai dans la salle de bain, engageai la lutte avec un robinet.

« Je ne sais pas l'ouvrir. Il est trop serré...

— Je vous aide ?

— Les yeux fermés, oui... »

Il riait.

« Ces femmes... J'entre ?

— Oui. »

Il entra dans la salle de bain, il se pencha vers la robinetterie en frôlant mes seins de sa tête. Il ouvrit le robinet, il m'embrassa sur le haut du dos et ressortit. Je devais juste basculer un levier pour me trouver sous une robuste pluie tropicale qui me fouettait, me contournait, me purifiait. J'étais étourdie d'admiration.

Je criai :

« Vous avez un écoulement suffisant pour tant d'eau ? »

Il répondit :

« Ne vous en faites pas. Ma douche est unique. Prenez votre temps. »

Ah ! que c'était bon. Puis, au bout de très longtemps, j'arrêtai l'eau et je mis son peignoir. Je sortis, fraîche et heureuse.

« Bernard ? »

Assis dans un fauteuil, il lisait.

« Si ça ne vous ennuie pas vraiment, je vais rester dormir ici... A cause de votre air conditionné... »

Imperturbable, il acquiesça.

« C'est un grand avantage. Vous n'avez plus peur de moi ?

— Non.

— Je me douche et je me couche, d'accord ?

— Allez-y.

— Mais je ne suis pas pressé, dit Bernard. Vous pouvez vous endormir. »

Installée au lit, je le regardais, perplexe. Il était très habile. Il voulait que j'engage, moi, la conversation déterminante.

« Il y a plus d'une semaine, j'ai découvert que mon mari me trompait. »

Il baissa le journal et me regarda.

« Il y a tellement de femmes qui trompent leur mari. Il faut bien une revanche de temps en temps. Qu'est-ce que je vois, moi, comme maris crédules. Ne fût-ce que dans mon entourage. Ils vous disent bonjour, ils vous tapent sur l'épaule, ils vous invitent pour les fêtes de famille, c'est fou.

— Quelle expérience !

— Oui, dit-il. Je n'ai que des femmes mariées dans ma vie... C'est avec elles qu'on a le moins de risques d'attraper la crève... Vous pleurez ? Pourquoi ? »

Je ne savais pas, mes larmes coulaient, mes yeux brûlaient. Il m'apporta une boîte de mouchoirs en papier.

« Si votre mari vous trompe, qu'est-ce qui vous empêche d'en faire autant ?

— Rien. Mais la théorie est différente de la pratique.

— Etes-vous religieuse ?

— Comment cela ?

— Avez-vous des principes religieux ?

— Du tout. Je souffre d'un blocage très simple. Je suis rouillée de fidélité.

— Dommage », dit-il, en s'asseyant dans son fauteuil.

Je lui parlais, à moitié endormie.

« Vous en avez connu beaucoup de ces femmes... qui se vengent ?

— Un nombre considérable. Se venger, pour elles, c'est aussi un prétexte pour se libérer des contraintes. Se donner des justifications. Je trompe mon mari parce qu'il me trompe. C'est lui qui a commencé. Elles cherchent des prétextes.

— Des prétextes ?

— Mais oui...

— Dites, vous êtes toujours aussi calme ? »

Il baissa le journal.

« J'ai une très bonne nature. Je suis passionné mais alors, terrible au bon moment.

— Pourquoi n'avez-vous pas d'accent belge ?

— Peut-être parce que je suis à moitié flamand.

— Vous devriez avoir un double accent. Vous avez à peine les « r » de Brel.

— Malheureusement, je n'ai que ça de lui...

— Vous avez envie de moi ? Bernard ?

— Plutôt oui. Mais je me comporte en parfait gentilhomme. »

Je voulais l'énerver un peu. Le faire souffrir, légèrement. Lorsque j'étais étudiante à New York, un psychiatre qui préparait une thèse s'était incrusté dans notre groupe. Il nous prenait pour des volages. Il avait voulu broder un texte de nos confessions. Nous avions décidé de nous payer sa tête. J'étais la plus apte à le faire marcher. Je m'étais plainte de mes « troubles ». Il se délectait à l'idée de me consommer et de se nourrir avec mes problèmes. Il habitait, avec sa mère, la 66ᵉ Rue et Madison. Il m'avait reçue avec un air glouton. Allongée sur son canapé, je lui avais parlé, jusqu'au moment où il s'était trouvé mal tant je l'avais excité avec mes fantasmes inventés. Je débitais, les yeux fermés, des histoires troublantes. J'inventais, je me promenais dans mon domaine d'imagination. Au moment crucial d'une description plus qu'osée, j'avais entendu un bruit sourd, il avait glissé de sa chaise. Tombé à terre, il m'avait dit d'une voix rauque :

« Un peu d'eau, s'il vous plaît. Apportez-moi un verre d'eau. »

Hilare, j'avais quitté le canapé et lui avais apporté son eau. Il était malade de mes histoires. Il avait dû avoir une érection qui le gênait. On ne l'avait plus revu.

Bernard était un sujet plus costaud, plus expérimenté et j'avais tellement sommeil que je ne pouvais plus parler.

Je devais dormir profondément lorsque Bernard me rejoignit au lit. Je me découvris, au petit matin, à côté d'un inconnu. Je le regardais pour m'en souvenir. Heureuse de ma nuit chaste et fraternelle, je quittai le lit doucement et je repris une longue douche. Dans la cuisine confortable et étincelante de propreté, je me préparai un café et le savourai en silence. J'avais plus besoin de tendresse que d'amour physique, j'appréciais cette nuit amicale. Je n'ai jamais été, en aucun moment de ma vie, frustrée. Je vivais dans le plaisir physique comme un poisson dans l'eau pure. Mon corps était conçu pour l'amour. Rien n'altérait mon bonheur d'être dans les bras d'un type agréable. J'avais presque honte d'être si contente dans ma peau. Les réjouissances de mon corps compensaient le manque de sentimentalité. L'orgasme me secouait de la tête aux pieds et de la manière la plus vivifiante, tandis que les sentiments ne faisaient que m'effleurer. Marc, je l'aimais d'une manière traditionnelle, classique et honnête. Mais je jouissais quand même. Que faire ?

Bernard remua, je l'entendis bouger. Il passa la tête dans l'embrasure de la porte, lança un « hello » et disparut sous la douche. Ensuite, sans palabre, muets et gourmands, nous nous sommes retrouvés au lit, le corps encore humide. Ses lèvres sentaient la vanille. Aucun film pornographique ne me fait autant d'effet qu'un corps soigné et saturé d'hygiène. Je flambais. Il me regardait, étonné.

« Tu as un tempérament !

— Mais oui...

— Un vrai rêve. »

Je m'étirais.

« Je déteste encore plus le fait que mon mari me trompe.

— Avec une autre femme, il va se décarcasser si tu l'as habitué à un tel confort...

— C'est peut-être ça qui lui manquait. C'est de se décarcasser. »

Il m'embrassait et nous repartions dans le plaisir. Je n'avais pas besoin d'un bolide sur la route, je tournais ma propre clef de contact pour foncer. Une merveille.

« N'empêche, dit-il plus tard, nous avons fait l'amour pendant une demi-heure pour la première fois et quarante-sept minutes pour la deuxième. »

Paresseuse et comblée, je souriais.

« Nous sommes bien assortis. Qu'est-ce que tu fais pendant ce fameux week-end ? »

Il fixait le drap.

« On est vendredi 2 juillet. Il faut que tu t'en ailles. »

J'eus le souffle coupé.

« Pourquoi ?

— Parce que ma femme va arriver. »

Pour me ranimer, il m'apporta de l'eau glacée et m'embrassa sur les lèvres.

« Ce n'est pas un crime. Ne fais pas une tête pareille. »

J'étais tellement furieuse que je ne trouvais plus de mots. Je m'emballai dans le drap.

« Tu osais dire que tu couchais avec les femmes mariées, tu te vantais de tes aventures. Quel malhonnête homme !

— Ma femme est une femme mariée, avec moi. Elle revient de chez sa mère, cet après-midi, et nous partons aussitôt. »

Je criai... un peu.

« Tu es un drôle de salaud de la tromper, dans votre lit.

— Elle ne le sait pas. C'est le plus important. Elle est très heureuse avec moi, je la respecte, je lui ouvre la porte et la laisse passer devant moi, j'attache même sa ceinture dans la voiture.

— Mais pourquoi un coureur pareil se marie-t-il ?

— Pour me défendre.

— Pourquoi ?

— Elle est brave, elle entretient bien mes affaires, elle est très propre, gentille aussi... »

Je continuai :

« Une idiote, elle ne voit rien.

— Elle n'est pas bête, c'est moi qui suis habile. Elle n'a que de vagues suppositions, des suspicions, mais elle n'a jamais pu savoir que je la trompais. »

Je remettais mon jean en maugréant contre ces femmes crédules, ces pauvres bêtes à qui on raconte n'importe quoi. Je les trouvais complaisantes.

« Il faudrait tous vous balancer par la fenêtre... »

Il riait, il riait sans pouvoir s'arrêter tout en nettoyant, rangeant, comme dans les films où l'on veut faire croire au crime parfait.

« Elles rouspètent toutes de la même manière, disait-il en hochant la tête. Aucune d'elles n'a une attitude vraiment originale... Assieds-toi sur cette chaise. »

Fulminante, je le regardais, il était méticuleux, il venait de laver ma tasse, laissait couler l'eau sur le plateau, essuyait le verre qu'il avait inspecté en transparence.

« Tu as peur des empreintes digitales ?

— Presque. »

Il fredonnait, il venait de ramasser les draps, il les fourrait dans la machine. Je songeai à notre machine, à cette horrible hystérique qu'il fallait manier avec précaution. Pas trop de poudre, sinon la pauvre garce s'immobilisait. Bien fermer son hublot, autrement elle émettait un son vibrant et grognait. Le produit de rinçage, je devais l'introduire dans une fente, dont la trappe basculait souvent sous le poids du liquide et revomissait le tout sur mes chaussures. Ici, nouveau monde, nouvelles machines. Il tourna le bouton comme on voit dévisser l'oreille des mauvais élèves sur les vieilles lithos, en un tournemain. Et ça ronronnait. Il replia le lit et lui donna un léger coup de pied, celui d'un habitué, il rétablissait l'équilibre. Restait l'aspirateur, un obus sur pied, rondelet, trapu, bruyant. Bernard tira un tuyau des entrailles de la bête et y attacha un objet plat et allongé comme un harmonica.

« Le suceur, dit-il. Pour les cheveux éventuels. Je ne le fais pas quand c'est la même couleur de cheveux que ceux de ma femme. Mais toi, tu es blonde et tu perds un peu tes cheveux. »

Si j'avais eu la possibilité de le tuer, je l'aurais fait. Au fur et à mesure qu'il passait l'aspirateur, le cercle maudit se resserrait, j'étais perchée sur

174

une chaise au milieu. Insistante. Il déposa mes chaussures à côté de moi. Ma tunique indienne, il l'accrocha sur le dossier. Il se concentrait.

« Qu'est-ce que j'ai pu oublier ? Le savon dans la douche... J'en ai ouvert un neuf pour toi, il faut que je jette le vieux, Betsy ne supporte pas le gaspillage. »

Elle s'appelait Betsy, l'inconnue sacrifiée.

« Tu veux la voir ? Elle est mignonne... »

Le sagouin venait de sortir une grande photo encadrée qu'il avait cachée dans la penderie.

« Il y a comme un petit air de famille entre vous deux. Sauf les cheveux... »

Je pensais : « un petit air de femme trompée... ». Me voilà, l'intérieur encore ondoyant du souvenir d'un plaisir à n'en pas finir, tenant dans ma main la photo d'une autre victime. Elle sourit, pauvre hère, dans sa robe de mariage. Elle a un bouquet de fleurs dans les mains et Bernard, à côté d'elle, respire la respectabilité. Le visage honnête, le regard droit dans l'objectif, il est pur, grave, responsable...

« Si tu voulais t'habiller, dit-il. Je pourrais passer le suceur... »

Je lui lançai :

« Tu n'as jamais découpé personne en morceaux ?

— Pas encore, dit-il. Mais ça ne saurait tarder si tu ne t'habilles pas. »

Et il ajouta :

« Je plaisante, tu sais. »

Me voilà, toute douce, habillée, les cheveux ramenés dans cette maudite queue de cheval, astiquée, lavée, lissée, un vrai sou neuf. Je pense à ma mère qui a l'habitude de dire : « Nous sommes venues, nous, femmes, sur cette terre pour souffrir et les hommes pour nous faire

souffrir. Que veux-tu, ma chérie, c'est le destin. »
N'avais-je pas presque hurlé un jour lorsqu'elle
lavait longuement, et à la main, une chemise de
papa pour en ôter une trace de rouge à lèvres ?

Betsy avait retrouvé sa place sur une table
basse, une autre photo apparut sur la petite
commode. Deux personnes âgées, adorables, se
faisant photographier, la tête légèrement penchée, un monsieur au sourire d'ange et une dame
aux cheveux légèrement blancs avec sa petite
chemisette juste suffisamment ouverte pour laisser apercevoir une médaille autour de son
cou.

« Mes parents, dit Bernard. Ils vivent maintenant à Etterbeek. Un quartier de Bruxelles.
Joli. Ils aiment bien Betsy, ils regrettent de ne
pas avoir de petits-enfants... »

Je regardais l'adorable monsieur sur la photo.
Combien de fois il avait dû courir, lui aussi, la
prétentaine à Bruxelles et avec quelle adresse
il avait dû se camoufler pour que le sourire béat
de sa femme soit aussi resplendissant.

« Tout est prêt », dit Bernard.

Puis, avec un effort méritoire :

« Veux-tu que je t'accompagne, jusqu'en haut ?

— Non.

— Tu m'en veux ?

— Je ne sais pas...

— Tu es mariée aussi... Alors... Pourquoi te
mettre dans ces états-là ?

— Ça me dégoûte, un autre homme marié...

— Tu vois comme j'ai bien fait de ne pas
te le dire... On était bien, non ? »

Je haussai les épaules.

« Vante-toi.

— Mais oui, je me vante.

— Ciao », ai-je dit pour montrer que j'étais

jeune, insouciante, j'ajoutai un « salut » aussi, ça allait mieux avec moi, ex-marginale repentie pour rien.

« Tu as un corps parfait », me dit-il en guise d'adieu.

Un capitaine laisserait partir de la sorte un canot de sauvetage.

« C'est vrai ?

— Tu ne te mets pas en valeur. Tu t'habilles en femme enceinte. Il faut montrer ta taille, prendre un tee-shirt et le mettre légèrement mouillé, il va mouler tes seins, si tu le laisses sécher sur toi. On fait ce traitement parfois aussi aux chaussures qui serrent. Les enfiler mouillées.

— Tu n'as rien d'autre à me dire ?

— Nous partons avec Betsy pour une semaine dans un superbe Club Méditerranée à la Guadeloupe. Si j'étais célibataire, je t'y aurais emmenée. Au bout d'une semaine, on devient une fleur épanouie. »

Je regardai avec amertume ma fleur belge. Epanouie. Puis je montai chez moi. Sur le palier du deuxième étage, l'une des portes s'ouvrit, une dame avec des lunettes accrochées sur une chaîne autour du cou m'attrapa presque au passage. Elle devait guetter mon arrivée.

« C'est vous qui habitez au troisième chez Eleanor ?

— Oui, pourquoi ?

— Il y a une fuite chez vous... Nous avons frappé. Vous ne répondiez pas... L'eau a coulé toute la nuit. Si on avait appelé les pompiers, la porte d'Eleanor aurait été enfoncée. D'où revenez-vous ? »

Je bredouillai.

Nous sommes montées ensemble. J'ai ouvert la porte, je suis entrée. La salle de bain regorgeait d'eau. Nous y pataugions jusqu'aux chevilles. Avec énergie, ma voisine ferma le robinet. L'eau s'apaisait dans la baignoire.

« Il faut, tout de suite, annoncer ces dégâts à l'assurance.

— Prévenez dès maintenant, sinon il faudra attendre lundi », dit-elle.

Puis elle me tapa sur l'épaule.

« Ne vous affolez pas. Grâce à cette fuite, nous allons pouvoir refaire toute la peinture aux frais de votre assurance. Mais il valait mieux que vous arriviez... Encore une journée d'eau et l'étage s'effondrait.

— Vous prenez ça encore très gentiment, merci...

— Oh ! dit-elle, et son visage se ridait en éventail à demi ouvert. Ce n'est pas nouveau. Eleanor est étourdie et la robinetterie est crevée. Mais c'est la première fois que nous avons le plafond entier trempé. Je vous dis au revoir, darling, nous partons maintenant à la campagne. Vous savez, c'est le week-end de l'Independence Day. »

Même si je n'avais pas voulu le comprendre, depuis le temps qu'on me le répétait, la notion de cette fête aurait creusé son chemin dans mon esprit.

La dame m'embrassa sur les deux joues.

« Surtout n'oubliez pas de les prévenir. Eleanor a inscrit, sur un carton, tous les numéros importants : pompiers, assurance, ambulance, police... C'est dans le tiroir du meuble de téléphone... Eleanor est bohème mais prévoyante... »

Elle se dirigea vers le petit meuble et prit le carton du tiroir.

« Le voici... Même le numéro de la police d'assurances de l'appartement. »

Elle me lança un « bon week-end, quand

même » et elle me quitta. Je m'assis bêtement sur une chaise. Il était midi et j'avais à passer le plus long week-end de l'année. Je décidai d'appeler maman. Je laissai retentir dix fois la sonnerie chez elle. Elle n'était plus là. Je raccrochai. Je décidai d'aller manger un hamburger et ensuite de m'installer dans un cinéma, puis dans un autre. Je m'arrangeais avec les événements. J'étais en état d'apesanteur: Je me déplaçais en flottant, dans cet univers.

Yolande était souvent passée devant un petit bureau de voyage, étroit comme un tiroir, situé dans son quartier. Dès qu'elle eut pris sa décision d'aller à Berne, elle se rendit à cette adresse. Elle avait besoin de renseignements.

L'employé lui expliqua d'un ton doctoral :

« Combien de temps resterez-vous ? Et où ? Il y a tellement de solutions quand on utilise le chemin de fer. Vous avez le choix. Vous pouvez prendre un billet d'excursion ou bien un forfait pour un circuit aux kilomètres illimités. Plus vous irez loin, moins ça vous reviendra cher. Le plus avantageux, même si l'on n'a plus vingt ans, c'est le tour d'Europe. Je vous signale une occasion à ne pas rater. Nous avons des places libres pour un séjour en Sicile. Voyage, chambre à deux et petit déjeuner compris.

— Je passerai mes vacances à Berne.

— A Berne ? répéta l'employé. A Berne ? Vos vacances ? « On aura tout vu dans ce métier », pensa-t-il.

— Vous pouvez me recommander un hôtel à Berne, s'il vous plaît ?

— C'est cher, en Suisse, l'hôtel.

— Connaissez-vous un pays où l'hôtel est bon marché ? »

Il leva sur elle un regard perplexe : « Etait-elle perfide ou innocente ? »

« Quel genre d'hôtel voulez-vous ?

— Quatre ou cinq étoiles ou plus, quel est le maximum d'étoiles ? (elle avait prononcé : « moum »).

— Attendez, je vais vous le dire. »

Il consulta, en sifflotant, son anthologie des hôtels classiques.

« Quel est le prix d'une chambre ? reprit-elle.

— Vous en avez pour environ 160 francs suisses, la nuit, dans un palace...

— C'est combien en francs français ?

— Au moins le triple...

— Et combien coûte la même catégorie d'hôtel à Paris ?

— Sept ou huit cents francs la nuit.

— Alors, c'est moins cher là-bas, dit Yolande.

— Mais on n'est pas forcé d'habiter dans un hôtel coûteux, répliqua l'homme.

— Moi, je le veux... Vous comprenez, je ne voyage jamais. Depuis dix ans, je n'ai pas bougé. »

Sa logique imperturbable martelait l'employé. Yolande l'épuisait. Ses questions pertinentes dérangeaient. Elle réfléchissait à haute voix. Au bout de quarante minutes de tour d'horizon, pendant lesquelles il tenta d'expédier cette femme en Grèce, il abandonna la partie et demanda, hagard :

« Alors, qu'est-ce que vous voulez vraiment ?

— Un billet de première classe pour Berne. Y a-t-il beaucoup de monde dans l'hôtel dont vous m'avez parlé ?

— Pourquoi ?

— Je n'aimerais réserver que pour deux nuits, mais y rester si j'en ai envie.

— Il faudrait que je leur demande par téléphone. Vous aurez des frais.

— Je comprends, dit-elle. Appelez ! »

Le cuir chevelu de l'employé s'irritait, il avait l'impression qu'on épilait son crâne.

Une file se formait déjà derrière Yolande et l'homme nicotiné, qui aurait voulu être, à l'âge de quinze ans, homme volant, se voyait confronté aux simples problèmes des petites gens. Qu'il passe son temps avec Yolande ou avec un autre client, qu'importe... Il fallait passer la journée ici. Et le lendemain aussi.

« Je vous préparerai tout pour vendredi », dit-il. Yolande précisa :

« Prenez juste un billet simple pour Berne. Parce que j'improvise. »

Il commença à transpirer.

« Vous voulez y rester ?

— Je ne sais pas. J'irai peut-être en Italie aussi mais je ne peux pas vous le dire encore. Tout dépend des circonstances. »

L'homme serrait les dents. Sa cliente appartenait à la race de ceux qui expliquaient longuement leur vie aux autres. Ce genre de femmes demandaient des conseils, les écoutaient et n'en tenaient pas compte. Celles qui n'avaient personne faisaient allusion aux neveux et aux nièces et les femmes seules aux maris fantômes.

Quarante-huit heures plus tard, l'employé remit son dossier complet à Yolande.

« Tout est là. Votre billet, votre réservation. Vous prolongerez donc votre séjour sur place. Vous pourrez toujours filer ailleurs, si vous vous ennuyez. »

Il avait la certitude qu'il se dégageait de lui

une forte odeur de nicotine, un regard sur ses doigts tachetés de jaune le plongea dans l'angoisse. Elle paya longuement, en espèces.

« Vous auriez pu me faire un chèque.

— Je n'ai pas de compte en banque, dit-elle.

— Allons-y maintenant, explosa l'homme, au suivant...

— Vous êtes bizarre, commenta Yolande. Un peu brusque. Fatigué, n'est-ce pas ? Vous ne partez pas en vacances ? »

Se transformant en grenouille à disséquer, l'employé imaginait Yolande avec un scalpel. S'il continuait à s'exciter à ce rythme-là, il sauterait à la gorge de quelqu'un en fin de journée. Il fallait qu'il se calme.

« Bon voyage, madame », dit-il.

Il souriait, les lèvres anesthésiées. Comme chez un dentiste.

Yolande partit à la recherche d'un guide de la Suisse qu'elle trouva dans une librairie proche de la bijouterie. Elle avait gardé une impression amère de l'attitude protectrice du docteur Werner. Il n'avait pas hésité à lui faire sentir qu'il la trouvait ignare. Elle se souvint de leur échange concernant *Madame Bovary*. Elle avait aperçu, à l'époque, dans les yeux de Werner, une telle dose d'ironie qu'elle en était encore humiliée aujourd'hui. Elle avait acheté le roman aussitôt après son retour à Paris. Elle l'avait lu attentivement. Werner ne la piégerait plus. Aussitôt arrivée à la maison, elle commença à apprendre la ville. Elle tentait de se familiariser avec les noms allemands. En imaginant l'effet que ferait sur Jacques Werner l'étalement de ses connaissances. Elle découvrit le vieux Berne, les noms et les dates qu'elle voulait retenir se cognaient dans sa mémoire. Elle ratissait les descriptions avec un soin de jardinier et elle se mit à sourire en découvrant le nom de Bärenplatz, place des Ours. Werner, à Ibiza, avait dû parler d'ours... des ours de Berne.

La veille du départ, agitée, elle tourna à droite, à gauche, à droite, à gauche dans son lit. Tout se confondait dans son esprit, la Marktgasse et la tour de l'Horloge qu'on appelait Zytglogge. Zyt... yt... ensuite glogge... Elle se voyait camper sur le cadran de l'horloge entre les deux aiguilles. Entre la petite et la grande, sur un chiffre romain, sous une tente.

Personne ne l'accompagna au train. Depuis longtemps, elle avait perdu jusqu'au souvenir des images où les gens agitaient leur mouchoir pour dire adieu. Peut-être quand elle était enfant ? Loin, loin, loin dans le passé. Aucun visage souriant tourné vers la vitre à moitié baissée de son compartiment. Qu'elle parte ou qu'elle meure, quelle importance. Elle continua à étudier le guide dans le train, elle apprit le nom de l'architecte principal de la cathédrale. Mathaüs Ensinger. Prononcé à la française. Mathaüs en prenait un coup, elle ne savait pas que le « g » se prononçait « gu » et le tréma lui évoquait un signe chinois. Prononcé à la française, l'homme de la cathédrale devenait Matus Ansinger. Yolande préparait aussi des petites phrases qu'elle désirait, sinon brillantes, du moins conformes à l'esprit ouvert d'une femme que le docteur devrait enfin trouver intelligente et surtout au courant des événements qui secouaient le monde.

« En me promenant, j'ai admiré la Kramgasse, cher Jacques », s'entendit-elle dire. Puis elle claironna d'une voix qu'elle croyait mondaine : « Déjà Goethe a dit, n'est-ce pas, que c'était la plus belle rue de la ville ? » Il lui semblait avoir entendu parler de Goethe, un savant allemand ou quelque chose dans ce genre. Selon le guide, il avait fait, lui aussi, Goethe, « un voyage en Suisse ». Elle avait découvert qu'Einstein, le bien connu, avait élaboré de 1903 à 1950 sa première étude sur la théorie de la relativité, du mardi au samedi de dix heures à dix-sept heures. Elle s'étonna de ce détail précis. Lorsqu'elle relut la phrase, elle comprit que l'on pouvait visiter la maison où Einstein avait vécu, du mardi au samedi.

Le train s'immobilisa vers midi à la Gare centrale de Berne, dans un grand bruit de métal choqué. Yolande descendit du wagon en traînant sa valise et attendit patiemment qu'un porteur la découvrît sur le quai.

« Bonjour, dit-elle. J'aimerais trouver un taxi, je vais à l'hôtel... »

Elle prononça difficilement.

« Schweizerhof.

— Pas besoin de taxi, dit le porteur. L'hôtel est très près. Je porterai votre valise. On y va à pied. »

Yolande écoutait avec l'habituel regard des sourds qu'ont les Français quand un étranger leur parle. Ils traversèrent la place de la gare, attendirent ici et là à un feu rouge et se retrouvèrent, après avoir longé une rue à arcades, dans le hall de l'hôtel. Elle paya le porteur et s'approcha de la réception.

« Une agence de Paris m'a réservé une chambre, je suis Mme Girardin. »

La jeune femme derrière le comptoir vérifia une fiche :

« Bienvenue, madame. Votre passeport, s'il vous plaît ? Et si vous voulez remplir cette fiche...

« — Voulez-vous le faire pour moi ? Je ne comprends pas l'allemand. »

Elle tendit son passeport à l'employée. Elle y jeta un coup d'œil furtif.

« Périmé, dit-elle.

— Périmé ?

— Ce n'est pas grave. Vous habitez toujours au même endroit à Paris ?

— Oui. Et j'ai aussi sur moi une carte d'identité.

— Merci, ne vous dérangez pas. »

Elle tendit la fiche remplie à Yolande.

« Vous restez combien de temps ?

— Je ne sais pas...

— Si vous voulez nous prévenir dès que vous aurez pris une décision... On va vous conduire à votre chambre. »

Enfin, elle osait regarder le hall élégant, bouillant de vie.

Accompagnée d'un bagagiste, elle pénétra dans l'ascenseur. Elle en sortit au deuxième étage. Une moquette rouge vif éclairait la pénombre. Des meubles anciens dignes d'un musée, savamment éclairés, ici et là des portraits de personnages historiques.

Yolande n'était jamais descendue dans un hôtel de cette classe et n'avait jamais connu un tel cadre. Des coins et des recoins d'une élégance tamisée découvraient leur intimité.

Le bagagiste s'arrêta devant une chambre. Il en ouvrit la porte et fit entrer Yolande dans une grande pièce dorée de soleil. Invitée dans un château, elle n'aurait pas été mieux accueillie.

« Votre salle de bain, madame. Par ici... Le mini-bar est là... »

Elle ne connaissait pas le système des mini-bars.

« Merci, je n'en aurai pas besoin », dit-elle.

L'employé déposa la valise et montra les boutons de la télévision.

« Vous avez neuf chaînes. Y compris les trois françaises. »

Avant même qu'elle ait pu lui glisser un pourboire dans la main, il s'esquiva. Elle restait seule et étudiait chaque détail.

Un lit double fait pour les couples heureux. Voyager avec l'homme qu'on aimait, elle ne connaissait guère cette félicité. Sur l'une des tables de chevet, une radio, le téléphone aussi et, face au lit, un bureau ancien. Une lampe à l'abat-jour en forme de crinoline devait servir à éclairer le papier de ceux qui allaient écrire des lettres d'amour, pensa-t-elle. Un miroir au cadre de bois sculpté doré et, devant la fenêtre, une table ronde, pour y déposer des babioles, de petits achats, des fleurs, songeait-elle avec nostalgie. A travers la fenêtre, elle aperçut une cour paisible entourée de quelques petites maisons moyenâgeuses. Provinciales et fleuries, des fenêtres chapeautées de toits pointus contemplaient le ciel métallisé et la silhouette gris foncé d'une église dont le clocher sonnait les quarts d'heure. Combien de temps va-t-elle tenir ici, sans être trop tourmentée par le remords de s'offrir tant de luxe ?

Elle déballa ses vêtements et les rangea dans la penderie.

Elle s'aventura dans la salle de bain au marbre veiné de filets roses et aux murs bardés d'une robinetterie digne d'un vaisseau spatial. Pour se remettre de sa nuit agitée, elle décida de se détendre dans un long bain. Elle se déshabilla en fredonnant. Elle découvrit les sachets remplis d'un produit moussant et les petits savons. Comme un enfant, elle joua. Dans le miroir d'eau, elle constata que son corps était harmonieux. Elle se blottit ensuite dans un doux peignoir de bain. Ce tissu éponge caressant la fit frissonner. Pieds nus sur le carrelage, elle se regarda dans la glace. Elle se méfiait pourtant de cet affrontement. Elle décida d'aller à la rencontre de la ville et du docteur Werner.

Ses cheveux châtain clair, illuminés ici et là par des reflets dorés, lui prêtaient une allure jeune. Vêtue d'un léger tailleur bleu marine, elle se sentait légère et heureuse. Elle quitta sa chambre, admira au passage, dans le couloir, une vitrine chargée d'étains. Elle reprit l'ascenseur, une vraie pièce fleurie, un salon mouvant. Posé sur une étroite console, un bouquet de fleurs aérait les allées et venues des clients.

A la réception, une jeune femme, d'une patience exemplaire, lui avait expliqué, en l'accompagnant d'un trait de crayon sur une carte, l'itinéraire qu'elle devait suivre pour retrouver Junkerngasse.

« En sortant de l'hôtel, en tournant à gauche, vous arriverez dans le haut de la rue Centrale, de ce côté-là, elle s'appelle Spitalgasse... Descendez cette rue Centrale, ne vous trompez pas, la même artère change de nom. Tout à fait en bas, juste avant le pont qui mène à la fosse aux ours, vous trouverez Junkerngasse. »

Sortie de l'hôtel, Yolande longea Bahnhofstrasse, une rue bordée d'arcades. Elle contempla des magasins et des vitrines éclatant d'opulence. Elle arriva à Spitalgasse. Le soleil s'y infiltrait et hachait des tranches de lumière dans les rues cachées ici aussi sous les arcades. Yolande n'avait jamais eu vraiment d'argent. Elle ne dépensait qu'après mûre réflexion. De sa vie, elle n'avait vu autant de luxe ni autant de raffinement qu'ici. Elle découvrait le sophistiqué voisinant avec le quotidien, entre deux bijoutiers une boucherie déversait ses odeurs réveille-appétit à côté d'une boulangerie et ses innombrables petits et grands pains odorants.

L'atmosphère était gaie grâce à la musique. Des flopées de sons d'harmonica brodaient l'air, le côté extérieur des arcades était occupé par de petits stands de fleuristes. Des plantes posées à terre laissaient juste la place au déploiement des portes en bois des trappes. Des marches presque verticales descendaient dans des buvettes. Au milieu de la chaussée, les trams verts allaient et venaient. Une grande chenille rouge arrivait aussi, le trolleybus, et, de l'autre côté, son frère vert rampait en sens inverse.

Or, brun, gris, casquée d'un ciel bleu étincelant, comme les pétales d'une fleur avide de lumière, la ville médiévale découvrait ses trésors. Le soleil zébrait les murs centenaires de son gros pinceau trempé dans le jaune épais.

Elle arriva à un premier carrefour et elle découvrit : Bärenplatz, la place des Ours. Plus loin, la rue Centrale passait sous une tour de conte de fées... Au milieu de Bärenplatz, s'étalait un marché de fleurs et de légumes. D'un côté, une terrasse de restaurant, situé au premier étage, surplombait l'esplanade ; de l'autre côté, plusieurs cafés envahissaient l'espace.

Yolande regardait le marché. Elle désigna des prunes, bleues et mauves, elle en demanda une livre. On la servit en souriant. Avec son cornet de fruits, elle s'installa, en rejoignant quelques personnes déjà assises, le visage tourné vers le soleil, sur l'étroit rebord d'une fontaine. Elle dégustait ses prunes et essayait de comprendre où elle était. Un palais majestueux séparait ce côté de la ville de l'Aar... Juste à droite, une voûte romantique laissait apercevoir une brassée de verdure. Bärenplatz éclatait de vie, un groupe venait d'y arriver ; trois jeunes garçons dont l'un jouait de la flûte, l'autre de la guitare et le troisième de la clarinette. Autour d'eux, une petite foule battait la mesure. Certains accompagnaient les musiciens en fredonnant.

« Si je parlais allemand, pensa Yolande, je pourrais bavarder. » Elle restait là, regarder, avec d'autres, un jeu de dames. Les joueurs portaient leur pion pour les faire avancer. Quelques pas plus loin, se déroulait une partie d'échecs avec des pièces grandes comme des enfants de quatre ans. Les joueurs prenaient leurs figurines, les portaient aussi et les posaient dans des cases dessinées sur le béton. Les spectateurs n'intervenaient pas, ne prodiguaient aucun conseil. L'air était confit de sons étranges, de rires tamisés, d'exclamations diffuses.

Yolande s'abandonnait à cette douceur insolite. Les habitants de cette ville à la beauté dorée et sereine connaissaient-ils leur bonheur de vivre ici ? Elle s'y serait bien vue, circulant à Bärenplatz pour acheter ses légumes et préparer le repas à la famille dont le destin l'avait si rapidement privée.

Elle découvrit la prochaine étape, la Käfigturm, et continua sous les arcades, la foule, légère et moussante de vivacité, l'effleurait comme l'écume des vagues. Yolande admira une vitrine d'orchidées en cascades aux couleurs rétro. Elle dérivait avec la foule. Elle s'approcha d'une fontaine surmontée de la statue dorée d'un ours au milieu de la chaussée. Ici aussi, les trappes dans les trottoirs ressemblaient, avec leurs volets en bois, fermés, à de grands livres clos. Elle découvrit le Zytglogge. Elle tentait d'articuler : Zytgloggelaube. Elle avança dans l'artère baptisée ici

Kramgasse. Arrivée en bas de la rue, elle aperçut un magasin d'antiquités. Un ours en bois sculpté attendait devant la porte. A sa demande, la vendeuse lui expliqua que l'ours servait de porteparapluies, puis l'informa aussi — parce qu'elle s'en était inquiétée — que Junkerngasse se trouvait juste à gauche du magasin.

Yolande avait envie de cet ours. Elle aurait aimé l'acheter mais quel être sensé ramènerait de Berne un ours, un porte-parapluies dans une maison où les visiteurs étaient si rares, qu'il ait plu ou non.

Elle se retrouva enfin dans Junkerngasse. Dans cette rue également aux arcades, elle marchait au ralenti, le cœur battant. Elle aurait pu faire demitour et se sauver. Elle regardait attentivement ces vieilles maisons patriciennes quand elle vit, sur une plaque discrète, le nom du docteur Jacques Werner. Le jeune homme séduisant, légèrement arrogant, parfois doux, insistant aussi et indifférent, le dernier jour à Ibiza, habitait donc ici... Il était encore temps de rebrousser chemin et de partir vers l'Italie par le premier train attrapé au vol.

Elle franchit le seuil de la maison, elle pénétra dans une entrée étroite et avança vers un escalier aux marches raides. Elle monta au deuxième étage, vit une porte à double battant et tenta de déchiffrer la plaque en allemand. Elle sonna, attendit un peu, puis, parce que la porte était ouverte, s'aventura dans un vestibule obscur. Une jeune fille vint à sa rencontre. Elle lui dit quelque chose qu'elle ne comprit pas.

Yolande l'interrompit.

« Bonjour. J'arrive de Paris. C'est moi qui ai appelé, il y a quelques jours.

— Voulez-vous vous donner la peine d'entrer,

madame », dit-elle dans un français balisé d'un accent chantant.

Yolande la suivit, pénétra dans un petit bureau meublé moderne et s'assit. La jeune fille prit une fiche.

« Votre nom ?

— Mme Girardin.

— Le prénom de votre mari ?

— Georges.

— Votre âge ? »

Yolande refusa d'emblée l'interrogatoire.

« Je ne crois pas que vous ayez besoin de tous ces renseignements. Je viens voir le docteur Werner en tant qu'amie. »

La secrétaire insistait.

« Je dois lui donner votre fiche avant que vous entriez chez lui.

— Je ne suis pas malade », dit Yolande.

Désorientée, la secrétaire répéta :

« Vous n'êtes pas malade ?

— Non. Je suis venue de Paris pour le voir. »

Yolande croyait, naïve, que le mot Paris allait impressionner.

« Il a beaucoup de travail, le docteur. »

Yolande se sentait gênée.

« Je lui ai annoncé ma visite. Au téléphone. »

La secrétaire refusait l'inhabituel.

« Le docteur Werner a pris un gros retard à cause d'une urgence. Et ici, deux personnes l'attendent déjà. Et l'hôpital le réclame. »

Yolande se sentait aussi inutile qu'une moitié de paire de gants. A jeter.

« Il faudrait pourtant m'annoncer, mademoiselle. Il sera content. »

En était-elle vraiment sûre ?

« Je ne peux pas le déranger pendant la consultation.

« — Que faire alors ? demanda Yolande.

— J'ose vous demander votre adresse, madame ?

— Pourquoi ?

— Il vous appellera...

— Mademoiselle. Je suis de passage. Je vais quitter Berne, sans doute après-demain. Je ne reste pas à l'hôtel pour attendre un appel... Je préfère rester ici. »

La secrétaire l'accompagna jusqu'à la salle d'attente.

Cet entretien priva Yolande d'inutiles émotions romantiques et d'énervements délicieux. Elle salua un vieux monsieur installé sur le canapé. L'homme pliait et dépliait son journal. Les pages craquaient comme des biscottes.

Une femme aux cheveux grisonnants, calée dans un fauteuil, ouvrait et fermait son sac. Elle en extirpait un mouchoir. Elle se moucha et rangea le petit chiffon boule. Yolande devait s'installer dans une attente sans fin. Elle poussa un soupir et prit, du haut d'une pile de publications posées sur une table basse, une revue médicale. La première image était celle d'un pied rongé par une mycose spectaculaire, suivie par un article largement illustré sur les lépreux. Les photos d'une autre publication révélaient l'état désastreux des enfants du tiers monde.

Elle entendit un léger bruit de pas et de conversation en allemand. Le docteur Werner ouvrit la porte de la salle d'attente, en gardant un regard exclusif pour le prochain client. Sans avoir jeté un coup d'œil sur Yolande, il invita le vieux monsieur à entrer chez lui.

La secrétaire revint et tendit à la dame au mouchoir une enveloppe. Celle-ci interrogea longuement la jeune fille en allemand puis ouvrit son sac pour y glisser l'ordonnance. Elle partit.

Yolande se croyait oubliée. Le temps s'étirait. Elle décida de briser l'attente sacrée. Elle rejoignit la secrétaire.

« Avez-vous dit au docteur que j'étais là ?

— Oui, madame.

— Et alors ?

— Il a dit : « Ah ! bon. »

— C'est tout ?

— Oui.

— Ça va être long ?

— Je ne sais pas. »

Yolande décida d'attendre encore un quart d'heure. Pas plus. Elle allait partir au moment où Jacques Werner ouvrit enfin sa porte, leva le regard sur elle et esquissa un sourire.

« Entrez, madame. »

Elle se leva et s'approcha de lui.

« Bonjour. »

Elle lui tendit la main et le suivit. Il traversa son cabinet, reprit sa place derrière son bureau.

« Asseyez-vous, dit le médecin. Je vous prie d'avoir quelques secondes de patience. »

Il se mit à écrire.

« Je termine juste la fiche du malade qui vient de partir. »

Yolande portait un intérêt diffus aux bibliothèques qui recouvraient les murs. Tout était calfeutré, isolé, silencieux. Elle devinait à peine le bleu du ciel, censuré par un voilage épais encadré de doubles rideaux épais. Le docteur leva la tête.

« Alors, pas trop dépaysée ? La Parisienne brillante ? »

Des petites veines rouges striaient le blanc de ses yeux. Ce monsieur costaud, bronzé aussi, aux cheveux grisonnants, ne rappelait que vaguement le jeune homme d'Ibiza.

« Je suis heureuse de vous revoir », dit-elle.

Il l'écoutait à peine.

« Vous fumez ? »

Il poussa vers elle une boîte en argent placée sur le bureau. Elle avait envie d'une cigarette mais elle refusa. Pour lui plaire.

— Comment allez-vous ?

— Bien, merci, dit-elle. Mais je suis affolée.

— Pourquoi ? Affolée ?

— Je viens de comprendre que nous avons l'air d'être nos propres parents. »

Il haussa les épaules.

« Que voulez-vous ? C'est normal. En vous croisant dans la rue, je ne vous aurais pas reconnue. »

Elle accusa mal le choc. Jacques Werner déplaçait des objets sur son bureau. Il repoussa le sous-main et posa plus loin une statuette.

« Nous avons vieilli, chère madame, dit-il. Il faut s'habituer à l'idée que tout a une fin. »

Yolande leva la tête.

« Je veux recommencer ma vie. Je suis moins pessimiste que vous. J'ai appris par votre secrétaire que vous aviez perdu votre mère. Vous avez dû souffrir... »

Il baissa légèrement les paupières.

« Je suis un vieil orphelin. J'ai trop aimé ma mère. Moins nous en parlerons, mieux ça vaudra.

— C'est bien, d'aimer sa mère », dit-elle.

Frustrée dans son amour maternel, elle était toujours remuée lorsqu'elle entendait évoquer des relations chaleureuses entre parents et enfants.

« Je crois que je vais m'en aller maintenant. »

Il la regardait, presque indifférent.

« Où habitez-vous ?

— Au Schweizerhof.

— Si vous pouvez attendre quelques minutes.

Je vous y déposerai. Je passe devant pour aller à l'hôpital.

— J'ai peur de vous déranger...

— Je vais dans la même direction. »

Puis :

« Comment va votre gentil monstre ?

— Quel monstre ?

— Votre fille.

— Ma fille n'est pas un monstre. Elle va bien. Elle est à New York.

— A New York ? »

Il fallait réhabiliter Laurence, lui prêter une personnalité attirante. Faire croire que sa fille l'aimait. Prouver qu'elle n'était pas une mère rejetée.

« Elle suit un cours à Columbia University. Elle participe à une session d'été. »

L'université faisait chic et savant. En tout cas, mieux que la fuite de Laurence à cause de son mariage cassé.

« Je me souviens très bien d'elle, dit Werner. J'ai gardé quelques rancunes. Avec le temps qui passe, elle est peut-être devenue plus humaine.

— Certainement, dit Yolande. C'est une très bonne fille.

— Tant mieux pour vous deux. Et vous ? Toujours fidèle ? Toujours attachée à vos principes ? Vertueuse et timorée ? »

Rose d'émotion, elle se défendit.

« Vous ne mâchez pas vos mots. Vous n'avez pas changé. Moi non plus.

— Alors, pourquoi êtes-vous venue ? »

Des pensées tremblantes l'envahissaient. Elle ressentait l'atmosphère touffue du confessionnal de jadis où elle avait dû s'accuser de péchés inventés faute d'en avoir commis de vrais. Ce tête-à-tête lui rappela de pénibles confrontations dans ces cages où elle devait avouer ses frustrations à un profil irréel dessiné derrière une grille en bois.

« J'ai cinquante-cinq ans, chère madame, et un bureau en chêne massif nous sépare. Aucune agression morale ou physique n'est en vue. N'ayez pas si peur...

— Je crains, dit-elle, d'avoir commis une très grande erreur en venant ici. »

Le téléphone articula quelques sonneries. Werner décrocha le combiné et parla en allemand. Puis, se tournant vers Yolande :

« Je dois aller à l'hôpital. Je vous amène à l'hôtel.

— Demain, je partirai pour l'Italie. »

L'homme préoccupé en face d'elle avait l'esprit ailleurs. Elle avait perdu. Elle se leva.

« Quant à Ibiza, je ne vois pas comment m'accuser. J'étais tout simplement une femme fidèle. Je croyais avoir raison. »

Werner rangeait ses papiers dans une serviette.

« Vous m'ennuyez avec votre vertu. Vous faites un trop grand cas de vous-même, de vos principes. Vous n'avez pas tellement de mérite. Vous aimez, alors vous êtes vertueuse, si vous ne l'étiez que par principe, permettez-moi de vous dire que je sourirais.

— Je vais m'en aller, dit Yolande. Je sens que je vous ai vraiment dérangé mais, grâce à vous, indirectement, j'ai connu un peu Berne. Une ville merveilleuse.

— Connaître Berne, en ayant juste fait une promenade ? Vous exagérez vos capacités d'assimilation.

— Il n'est pas exclu que je reste quelques jours. Pour voir la fosse aux ours, les musées, la vieille ville en bas au bord de... »

Le téléphone sonna. Il saisit le combiné et

parla à quelqu'un d'une voix dont la douceur surprenait. Oiseau, elle se serait envolée avec de lourds battements d'ailes. Werner raccrocha, elle saisit l'occasion pour s'échapper.

« Maintenant, je m'en vais... »

Elle se dirigeait vers la porte.

« Je vous accompagne. Vous permettez ? dit-il. Je voudrais juste vérifier le bleu de vos yeux...

— Vérifier ?

— Oui, je me souviens d'un bleu myosotis rare.

— L'âge change la couleur des yeux ? »

Elle se fit joliment mal.

« Oh ! je vous prie, pas trop d'émotion. La femme aux larmes faciles se console vite. J'en ai eu quelques-unes dans ma vie. Elles pleuraient un bon coup sur mon épaule et, le lendemain, elles partaient en laissant derrière elles juste une lettre, un message, un pull-over, tricoté main pour que je n'attrape pas froid. Et des pelotes de laine. »

L'atmosphère de culpabilité était pénible. Elle s'en étranglait.

« Je vis seule depuis des années, dit-elle. Je ne suis ni riche, ni mondaine. Mon mari habite ailleurs. Tout le reste n'était que mensonge. »

Il s'exclama :

« Voilà, j'ai raison. Toutes les femmes sont des comédiennes nées. Pourquoi faire tant de cinéma avec moi ?

— Je voulais garder ma conscience tranquille.

— Ma chère Yolande, le temps passe, le temps a passé. Il vous reste votre conscience tranquille. Croyez-vous que ce soit suffisant pour une femme ?

— Je comprends bien les femmes qui vous quittent, dit-elle.

— Pourquoi ?

— Vous n'êtes pas très aimable.

— Je ne veux plus faire de concessions. Les courbettes, les mensonges, non. Ne soyez pas si choquée, je ne veux pas vous laisser partir dans cet état. Je vous invite à souper.

— A souper ? »

Elle réfléchit.

« On irait voir une pièce au théâtre avant ?

— Non. Souper à dix-neuf heures.

— En France, le souper est souvent après un spectacle. »

Il se mit franchement à sourire.

« Comme vous êtes française. Les habitudes françaises, le vocabulaire français. En Suisse, on dit souper pour désigner le dîner français.

— Je n'ai jamais voyagé, dit-elle, sauf à Ibiza. Je ne pouvais pas le savoir. »

Il hocha la tête.

« Allez, ne soyez pas si apeurée, tout cela n'a aucune importance. Je ne vous laisse pas sortir d'ici, bouleversée. On croirait que je vous ai annoncé une nouvelle brutale. Venez, je vais vous présenter mon meilleur ami.

— Votre meilleur ami ? Il habite avec vous ? »

Il haussa les épaules et partit vers l'autre bout de l'appartement. Elle le suivit. Des meubles anciens, à nettoyer certainement avec un pinceau tant la poussière pouvait s'incruster dans les sillons des sculptures. Un tableau médiéval, une Vierge dont l'âme endolorie imprégnait son visage pointu de résignation. Dans une chambre à coucher, Werner montra à Yolande un miroir vénitien. Elle n'aimait pas son visage flou et elle se détourna. Elle s'approcha de la fenêtre, elle aperçut au-dessus des toits rouges, de loin, le vert violent d'un fleuve.

« L'Aar, dit le docteur. Belle vue, n'est-ce pas ?

— Il faudrait ouvrir les fenêtres. Il fait beau dehors...

— Regardez-vous dans la glace, Yolande. »

Elle s'esquiva.

« Non. Je préfère le paysage. »

Il lui tendit la main.

« Venez, c'est le miroir des indulgences. »

Elle se dégagea.

« Non. »

Il insista.

« Nous n'avons plus d'âge dans ce miroir, dit Werner.

— Je m'en vais et je ne sortirai avec vous qu'à condition que vous ne me racontiez pas des choses tristes.

— Je vais être très gentil », promit-il, en la prenant par le bras.

En passant par le bureau, il donna des instructions à sa secrétaire. Ils descendirent l'escalier.

« Venez... Nous allons prendre ma voiture. Le garage est à côté. »

Il prit sa voiture dans une cour voisine. Elle se retrouva dans un bolide. Elle n'en avait vu de tel qu'au cinéma. Il glissa une cassette dans l'autoradio et, au son de Vivaldi, il ramena Yolande à l'hôtel.

Dans sa chambre, elle récapitula les événements et tenta de s'apaiser. Elle regarda un peu la télévision, flâna et se prépara pour la soirée. Elle s'assoupit même sur le lit et se réveilla en sursaut tant elle avait peur d'être en retard. Elle se maquilla et mit une robe de couleur lavande. Elle imaginait son départ pour l'Italie. Son installation dans un hôtel élégant. Un autre Werner arrivera peut-être mais, cette fois-ci, elle ne le découragera pas. Elle devinait les armes de la séduction. Le regard, les battements de cils, la vraie et la fausse hésitation. En théorie, elle était au courant. Mais l'application ?

Elle attendait Werner dans le hall, le médecin arriva, détendu.

« Je vais être agréable, aimable, doux... Ça vous va ? »

Le crépuscule voilait les rues. Les zones d'ombre et de lumière accentuaient les mystères de Berne. Il marchait rapidement comme font souvent les hommes qui vivent seuls. Elle devait précipiter le pas pour le suivre.

« Je vais trop vite ?

— Oui.

— Bon, je ralentis.

— Oh ! regardez la ville, dit-elle, tout est mauve. Comme dans une église à Pâques. »

Ses pensées à lui étaient encore attardées sur l'un de ses malades. Un mourant. Il y a quelques minutes encore, il était auprès de lui. L'homme ne voulait pas lâcher la main du médecin. « Si vous restez avec moi, la mort n'osera pas entrer dans la chambre. » « Il aurait fallu rester à côté de chacun. Tout le temps. Ne jamais les abandonner au seuil d'un autre monde. »

« Vous vivez seul ? » demanda Yolande.

Et il répondit comme à lui-même.

« Je n'ai besoin de personne. J'ai mon travail, l'hôpital, mes malades. Une indépendance mentale acquise. Oui. »

Yolande, petite étoile paumée, tombée de l'univers, l'excitait. Il avait envie de résumer sa propre vie. Se justifier. Se défendre.

« La solitude n'est pas un poids. Je ne ressens plus le besoin que j'ai éprouvé jadis à convaincre, partager une existence, retrouver une compagne à la maison. Venez, le restaurant est là... »

Ils y entrèrent. La salle baignait dans une lumière rose. Posées sur les nappes rouges les petites lampes créaient une ambiance de campagne.

« Ça vous va, là ? » demanda le docteur Werner. Et sans trop la consulter vraiment, il l'invita à s'asseoir.

« Vous semblez pressé, dit-elle.

— Du tout. »

Il lui tendit une carte et parcourut la sienne d'un regard distrait.

« Dans nos tranches d'âge, on ne mange plus tellement le soir...

— Quel mot détestable, s'exclama-t-elle. J'ai six ans de moins que vous... Et j'ai encore faim. Même le soir.

— Je plaisantais.

— Ça fait mal parfois... Quand vous plaisantez.

— Je côtoie la mort tous les jours. La vie est d'une fragilité. Dans mon métier, on se déshabitue rapidement des mots doux.

— Pourtant, dit-elle, c'est vous qui devriez ne dire que des mots doux. Aux malades. »

Il la regardait avec l'intérêt d'un ethnologue.

Ils choisirent leur menu. Après avoir enregistré leur commande, le garçon apporta une carafe de vin. Yolande adopta un comportement d'adieu.

Bientôt le serveur revint avec des steaks épais et de la salade mélangée. Yolande gardait le silence. Werner hocha la tête.

« Vous êtes susceptible...

— J'ai de l'entraînement. La vie m'a habituée à supporter un homme dur. Mon mari. Il avait beaucoup de cœur pour les autres et très peu pour moi. »

Il l'écoulait. Elle observait avec attention une feuille de salade.

« A Ibiza, continua-t-elle, j'étais innocente. Je ne savais rien. Je manquais d'expérience et j'en étais fière. Aujourd'hui, je serais différente. »

Il lui tapotait la main avec condescendance.

« Mariage, vertu, religion... Il y a cinquante ans, peut-être. Mais pas à notre époque.

— Vous avez certainement raison. »

Il prononça quelques mots en suisse allemand.

« Vous souvenez-vous ? »

Elle se mit à sourire.

— Si je me souviens ? Oh ! oui. »

Elle prit son sac, elle l'ouvrit, chercha son portefeuille et, lentement, avec précaution, elle en sortit un lambeau de papier.

« Ça m'a tellement plu... Je vous ai demandé de l'écrire. Sur ce papier. Je l'ai gardé. »

Il regardait, amusé, et peut-être un peu bousculé moralement, ce chiffon de papier sur lequel la phrase allemande était griffonnée : « Grüezi Mitenand. »

« Je vous trouve touchante. Sensible. Trop sensible. Comment survivez-vous dans un monde qui n'a plus l'habitude d'épargner des âmes rêveuses ? Comme vous... »

Elle fit délicatement une petite boule du papier. Elle la posa dans le cendrier.

« Vous le jetez ?

— Oui. »

Elle but une gorgée de vin.

« Maintenant, je voudrais rentrer. Je suis fatiguée. J'ai voyagé la nuit. Je vous ai revu, j'ai deviné Berne. Il est temps que je me repose. Je voudrais m'apaiser et réfléchir.

— Vous ne prenez pas de dessert ?

— A mon âge ? dit-elle.

— Vous avez mal pris mes paroles... Que faites-vous de l'humour ?

— C'était de l'humour ? »

Werner demanda l'addition. Par politesse, ils s'attardèrent un peu pour bavarder. Il parla discrètement de sa dernière amie. Celle qui peignait des pagodes sur la soie.

« Vous êtes arrivée dans ma vie, juste au moment où j'ai décidé de ne plus m'embarquer dans une liaison. »

Elle se sentait mal à l'aise.

« Je vous ai rendu visite. C'est tout.

— Si j'ai bien compris, vous voulez aller en Italie. Au nord ou au sud ?

— Je ne connais rien de l'Italie, dit-elle. J'aimerais aussi voir Venise avant que la ville ne s'enfonce dans l'eau. »

Werner retrouva avec délice la candeur de Yolande.

« Vous avez encore du temps.

— Tout a une fin. »

Il souriait.

« Je pense à une histoire drôle, dit-il parce qu'il fallait justifier sa gaieté. Un de mes amis...

— Vous avez des amis ? »

La douche froide. Elle le toucha à un point sensible.

« Oui, j'ai des amis. »

Il se leva.

« Partons... »

Et dans la rue :

« Parce que je n'ai pas l'air de quelqu'un qui a des amis ? »

Elle marchait lentement.

« Je ne sais pas. »

Il affirma de nouveau.

« J'ai même beaucoup d'amis.

— Egoïste comme vous êtes ?

— Egoïste ? Moi. Egoïste ? Ma vie est consacrée entièrement aux autres.

— Ça vous plaît, dit-elle. Donc, ce n'est pas un sacrifice.

— Selon vous, assister des gens qui meurent me plaît ?

— Mais enfin, s'exclama-t-elle. Vous devez aussi guérir des gens ? Vous ne parlez que de la mort. »

Elle tremblait de son audace mais elle voulait aller jusqu'au bout de son raisonnement.

« Il vaut mieux ne plus nous revoir. Vous êtes trop triste. Juste au moment où j'ai envie de recommencer l'existence, vous m'expliquez que la vie est finie. »

Ne pas toujours acquiescer, encaisser, sourire, oser parler. C'était nouveau.

Il lui dit adieu devant la porte de l'hôtel. Elle le quitta sans se retourner. Remuée d'émotion, déçue, elle hésitait à monter dans sa chambre. Une poussière de musique flottait dans l'air. Elle découvrit le petit bar de l'hôtel à gauche dans le hall. Timide, elle jeta un coup d'œil à l'endroit interdit et aperçut des tables rondes, des fauteuils en cuir, des petites lampes à la lumière douce ; une légère odeur de fumée y planait. Quelques hommes seuls. Elle repéra une table dans un coin auprès de laquelle elle pouvait s'installer comme dans une tour de guet.

« Que désirez-vous ? lui demanda un serveur, quelques minutes plus tard.

— Qu'est-ce que je peux boire ?

— Nous avons tout ce que vous désirez. »

Elle pensa au médecin qui parlait de l'âge d'une manière cruelle. Les années se précipitaient vers une fin proche. Elle se sentait pressée.

« Un peu de champagne. Je voudrais juste un verre.

— Nous avons des demi-bouteilles, dit le garçon.

— Oui, dit-elle.

— Sec ? Vous voulez du champagne sec ?

— Oui. »

Personne ne lui avait organisé de fêtes à Paris. Laurence lui souhaitait bon anniversaire par téléphone. Georges, quand il y pensait, lui envoyait un télégramme, mais ni l'un ni l'autre ne venaient pour boire avec elle du champagne. Elle alluma avec précaution la première cigarette de la journée. Le serveur revint. Une douce détonation, le liquide couronné d'une mousse cristalline coulait dans le verre, la petite bouteille fut posée sur la table et le ticket glissé sous le cendrier. Elle prit délicatement le verre. Pour la première fois de sa vie, seule dans un bar, elle allait boire du champagne. Seule dans une ville étrangère.

« J'aimerais vous offrir ce verre. Et peut-être un autre aussi. Ne me chassez pas, je ne veux rien de mal. »

Un homme d'une quarantaine d'années, assez grand, souriant, se pencha vers elle. Il semblait sympathique et plutôt rassurant. Elle l'observait et ne savait pas ce qu'elle devait répondre. Elle était interpellée, accostée, draguée. Elle en fut immédiatement heureuse. La décence aurait voulu qu'elle donne l'impression de se défendre.

« Je devrais dire non, n'est-ce pas ?

— Vous n'avez pas envie de dire non », dit-il.

Il avait des yeux noirs, des cheveux noirs. Il se dégageait de lui un charme certain.

« Je m'assois ? »

Elle s'entendit répondre de loin :

« Si vous voulez. Mais je ne vais pas rester longtemps. »

Il s'assit et fit aussitôt signe au garçon.

Yolande tentait de s'expliquer.

« Je vous ai dit oui. J'avais peur qu'on ne nous regarde et qu'on n'imagine des choses. »

Pour lui, il y a encore quelques minutes, la soirée s'annonçait éteinte. Mais tout à fait ranimée quand il découvrit Yolande. Il l'observait avec intérêt. Cette très jolie femme distinguée et troublée était aussi gênée que radieuse. Elle s'offrait sur un plateau d'argent.

« Vous êtes seule à Berne ?

— Oui, répondit-elle. Mon mari est très occupé... Il est resté à Paris. Nous sommes un couple heureux.

— Je vous félicite pour tant de bonheur, dit-il. Je suis moins privilégié que vous... »

Elle devait se débattre dans une crise de solitude pour se vanter d'un bonheur prétexte, pensa-t-il. Certaines femmes s'affirment heureuses, proclament leur réussite conjugale, racontent des félicités pour mieux se leurrer. Et se défendre de ce qu'elles désirent tant. L'autre homme.

« Je n'aime pas les demi-bouteilles de champagne, ni les jolies femmes seules. »

Yolande le trouvait délicat et attirant. Il avait de belles mains et ne portait pas d'alliance.

« Je peux savoir votre nom ?

— Appelez-moi Vincent. Restons-en aux prénoms. Et vous ?

— Yolande.

— Que faites-vous à Berne ?

— Du tourisme.

— Vous êtes française ?

— Oui. Et vous, suisse ?

— Valaisan.

— Valaisan ? C'est quand même suisse ?

— Oui. Mais d'une manière différente.

— Je ne vous comprends pas très bien. »

Il se mit à sourire.

« Vous comprendrez plus tard ce qu'est un Valaisan. »

Vincent commanda au garçon une bouteille de champagne d'une grande marque. Yolande l'écoutait, le regardait. Vincent était élégant, sa chemise blanche impeccable soulignait le ton foncé de son costume.

« Apportez-le dans un seau à glace, nous attendrons qu'il refroidisse. »

Pouvait-on imaginer d'avoir cette femme, ce soir même ? L'emporter, l'aimer, la combler, l'oublier. Pouvait-elle être, avec ses réticences extrêmes, avec ses afflux d'émotions qui coloraient son visage, une aventure ? Elle était tout, sauf une aventure.

Le garçon apporta le champagne comme on présente un bébé sur les fonts baptismaux.

Yolande réfléchit. Selon sa connaissance théorique de la géographie humaine, celui qui accostait, interpellait, agressait, embarquait ne pouvait être qu'italien.

« Vous avez dit Valaisan ?

— Il y a un canton en Suisse : le Valais.

— Un canton ?

— Vous ne connaissez pas la Suisse ?

— Non.

— Du tout ? »

Il s'accouda sur la table.

« Vous avez des merveilles à découvrir. Canton par canton, région par région, ville par ville. Ne me dites pas que vous allez rester toute seule pendant vos vacances... »

Le garçon revint, éplucha délicatement le goulot de la bouteille et la déboucha en s'autorisant juste une petite détonation. Il versa dans de nouvelles coupes puis reposa la bouteille dans le seau rempli de glace pilée. Vincent leva son verre.

« Santé, dit-il.

— A votre santé, fit-elle.

— Chez nous, on dit : santé. »

Elle but de ce champagne complice. Elle captait les signaux de Vincent. Elle se laissait diluer dans l'attente.

« Vous habitez Berne ?

— Je ne serais pas à l'hôtel, dit-il. J'avais des affaires à régler. Je passe juste une nuit ici. »

L'aventure se vidait d'air comme un ballon crevé. Une nuit.

« Vous êtes marié ?

— Ce n'est pas notre problème, ce soir, dit l'homme. Nous devons nous éloigner de ces considérations terre à terre. Vous êtes très séduisante, très distante... Pourtant...

— Je me trouve agréablement bien en votre présence », répondit-elle.

Habile, l'ours attrapait la figue. Sans trop de fatigue. Juste en suivant la trajectoire de son regard doré. Vincent goûta au compliment qui devenait une invitation. Il n'était pas sûr qu'elle en fût consciente. Elle était novice dans ce genre de rencontre. Il émanait d'elle une prodigieuse maladresse, elle faillit renverser son verre lorsqu'elle alluma une cigarette, tant elle avait peur de ses propres mouvements. Elle savait qu'elle était à un carrefour de sa vie, qu'elle devait se décider à se défaire de ses angoisses, de ses scrupules. Vincent faisait partie des hommes que l'on espère forts, de ceux qui n'ont jamais de petits bobos, ni de grands drames psychologiques. Ce Valaisan, insidieux, s'installait dans la soirée de Yolande. Elle constatait, étonnée, comme il était simple de faire connaissance. De parler à un inconnu. De bavarder. De dire et d'entendre des choses insolites. Il racontait des histoires drôles. Il parlait de lui-même avec adresse. Personne n'aurait pu le situer dans son contexte familial ou professionnel. Elle plongeait dans une vie qu'elle ne connaîtrait jamais. Elle participait à la rétrospective d'un passé que Vincent présentait pour l'amuser. Elle avait envie de lui. Etait-elle donc, comme tout le monde, la proie des démons qui ne cessaient de vouloir piéger les femmes à principes ? Le bar ouaté se remplissait, se vidait, des bribes de conversations les effleuraient. En déplaçant le cendrier, Vincent toucha la main de Yolande. Elle ressentit ce contact dans tout son corps.

« Et vous ? l'interrogea-t-il. Je ne sais rien de vous... De vos états d'âme... »

Elle était rassurée. Il ne pouvait pas avoir de mauvaises intentions s'il parlait d'âme. Elle fut attendrie aussi. Vincent rencontré par hasard s'intéressait plus à ses tourments que Jacques Werner.

« Je me méfie de vous, dit-elle.

— Pourquoi ?

— Je me sens bien avec vous. Je ne devrais pas le dire. »

Il était presque désorienté par tant de franchise. Il voulut même battre en retraite. Pour faciliter un adieu, il ressortit l'une de ces phrases classiques dont il avait l'habitude.

« Vous devez être passionnée et réservée.

— J'ai besoin de tendresse », dit-elle.

Vincent signa l'addition.

« Vous êtes émotive, aussi. »

Il se méfiait. Elle pouvait devenir fatigante. Il

210

regarda sa montre, il n'était pas tard, il avait du temps devant lui. Mais fallait-il courir le risque de la voir pleurer ? Vincent ne supportait pas les larmes et fuyait les sentiments encombrants. Il ne désirait qu'une femme consciente et librement consentante. Pas victime, mais complice.

« Vous devez décider vous-même si vous voulez passer la nuit avec moi.

— La nuit avec vous ? » répéta-t-elle.

Ces mots proscrits, ces mots que l'on n'adressait qu'aux autres, aux privilégiées de l'inconscience, aux futures dévorées de remords, aux immorales, aux infidèles. Aux êtres forts. A celles qu'on appelle « femmes libres », elle les entendait.

« Je n'ai jamais eu d'aventure. »

Elle était juvénile et transparente. Ni désaxée, ni amateur de suicide, ni frustrée, tout simplement une femme seule. Une femme.

« Rien ne nous empêche de nous aimer un jour », dit-il pour l'amadouer.

Prince du baratin, il sortait et rangeait les mots comme un représentant en douceurs.

Elle avait besoin d'un joli mensonge.

« M'aimer ? La France est loin, dit-elle.

— La France est près. »

Elle se leva avec une certaine difficulté, sa chaise était serrée dans le coin.

« Je vous souhaite une bonne nuit, Vincent. »

Elle se cogna contre la table.

« Vous me quittez ?

— Je suis obligée. J'ai trop peur de vous et aussi d'avoir mauvaise conscience. J'aurais tellement aimé...

— Quoi ?

— Franchir le pas. Je n'y arriverais pas.

— Je vous aurais aimée, dit-il. Très fort.

— Bonne nuit, Vincent. »

Elle quitta le bar pour monter dans sa chambre. Juste avant que la porte de l'ascenseur se referme, Vincent la rejoignit. Il repéra le bouton de commande allumé. Il regarda Yolande. Elle contemplait une affiche reproduisant une mer bleue. Corfou.

L'ascenseur s'arrêta, la porte s'ouvrit, Vincent prit Yolande par le bras. Ils longèrent le couloir désert. Yolande arriva devant la porte et tenta de l'ouvrir. Il dut l'aider.

« On se sépare ici ? » demanda-t-il.

Il était légèrement plus grand qu'elle.

« Oui. Je crois. Il le faut. Vous devez le comprendre. »

Il la tira contre lui et l'embrassa. Le premier baiser d'un autre homme que Georges. L'impossible allait se produire, pensa-t-elle. Elle se dégagea et entra dans sa chambre. Il la suivit, l'embrassa encore et, sans la lâcher, avec l'adresse due à une habitude ancestrale de conquête, il tira la porte tout en l'anesthésiant d'un baiser interminable. Elle percevait les événements de loin. Dédoublée, elle se voyait : une grande femme mince, aux hanches étroites, qui se dirigeait vers le lit. Se couchait et tirait la couverture sur la tête, comme faisait l'enfant de jadis qui avait peur dans le noir. Elle entendit les pas de Vincent. Il ôta lentement la couverture, ensuite le drap, puis les peurs. Il lui laissa sa pudeur. Dans cette obscurité à peine traversée par un rayon lumineux venant de l'extérieur, elle recevait sur elle un éboulement d'homme. Des mots, des silences. L'heure qu'on ne sait plus. Plusieurs départs pour un somptueux voyage organisé. Quelques mots tendres. La porte qui se referme. Une nuit d'excursion dans des tunnels doublés de velours. Des rêves tâtonnants. Et plus tard, de très loin, l'insistance de la sonnerie du téléphone. Revenir vers le jour. Il faisait déjà clair dehors, même à travers les rideaux, elle sentait le jour. Elle décrocha :

« Allô ?

— Yolande ?

— C'est vous, Yolande ? »

Quelqu'un voulait cruellement la ramener vers le monde de tous les jours.

« Oui, c'est moi.

— Jacques Werner à l'appareil... »

Elle bâilla discrètement.

« Oui.

— Vous dormez encore ?

— Oui.

— Voulez-vous que je vous appelle plus tard ?

— Oui.

— Que vous arrive-t-il ? Vous n'êtes pas malade ?

— Malade ? Oh ! non.

— Avez-vous une idée de l'heure ?

— Non.

— Il est dix heures.

— Oui.

— Vous partez quand ?

— Où ?

— Pour l'Italie.

— Pour l'Italie ? »

Qui parlait d'Italie... Quel intérêt d'aller en Italie ? L'idée même de se lever lui était totalement étrangère.

« Je ne sais pas.

— Voulez-vous que je vous appelle dans une heure ?

— Peut-être. Appelez-moi dans une heure.

— Vous êtes bizarre.

— Bizarre ?

— J'ai été désagréable, hier, dit Werner. Je le reconnais. Il faut me pardonner. Votre visite m'a bouleversé et m'a rappelé ma jeunesse.

— Ah ! oui ? dit-elle. Merci alors. A tout à l'heure. »

Elle raccrocha et se replongea mentalement dans les bras de Vincent.

Elle gardait, dans tout son corps, le souvenir de cette nuit. Elle essayait de susciter quelques remords, sans succès. Elle examina avec une attention extrême le cadran du téléphone, elle découvrit le chiffre qui correspondait au service d'étage. Elle appela et commanda son petit déjeuner. Elle avait une faim d'ogre. Elle découvrit une carte de visite sur la table de chevet. Celle de Vincent avec deux numéros de téléphone, dont l'un souligné. Il y avait une adresse de bureau et une de domicile. Et le nom d'une ville.

On frappa à la porte. C'était le garçon avec le plateau du petit déjeuner. On devait croire qu'il y avait deux personnes dans cette chambre, on lui avait envoyé tout en double, même les tasses. Des croissants tièdes, des petits pains moelleux, une grande cafetière, du lait brûlant. Elle s'installa au lit avec ce repas gargantuesque. Elle avait déjà mangé deux croissants, avalé deux tasses de café au lait lorsqu'elle entendit frapper.

« Entrez. »

Une clef tourna dans la serrure et la femme de chambre arriva avec un volumineux bouquet de fleurs emballées dans un papier transparent. Des roses jaunes.

« Bonjour, madame. Je vous apporte des fleurs. Elles sont magnifiques. Voulez-vous que je les installe ? J'ai amené aussi un grand vase.

— Des roses, répéta Yolande. Des roses. »

214

La femme de chambre installa les fleurs dans un vase volumineux et partit.

Yolande savoura son quatrième croissant en contemplant le bouquet.

Puis, elle sortit du lit et prit l'enveloppe jointe à l'envoi. Elle l'ouvrit et découvrit la petite carte : « C'est pour vous souhaiter une bonne journée. J'aimerais vous revoir. Appelez quand vous voudrez. Je n'ose pas vous réveiller. Vincent. »

Heureuse de vivre, elle se recoucha et s'attaqua alors aux brioches. Il restait aussi des petits pains.

Du lit, elle comptait et recomptait les roses. Dix-sept. Elle aimait ces dix-sept roses jaunes. Elle se tâtait la conscience, celle-ci n'émettait aucun écho, pas de cris de douleur morale, ni de spectres de punitions raffinées, un beau silence dans un beau bonheur et le corps d'une légèreté de plume. Une femme flocon détachée de son passé stérile.

Sa tasse à la main, elle se remémorait chaque détail de sa rencontre avec Vincent. Le film recommençait, elle réentendait la phrase : « Etes-vous seule ? Permettez-vous que je m'assoie ? »

Plus tard, dans cette matinée lascive, elle s'installa sous la douche. L'eau la caressait, la picotait, l'attaquait, la câlinait, elle se contemplait sous cette pluie tiède et chaude. Quelque temps plus tard, on frappa de nouveau. Elle venait de sortir de la salle de bain, emballée dans son peignoir.

« Oui, entrez. »

La femme de chambre lui apportait un deuxième bouquet.

« Encore des roses, madame. On dirait une maternité ! A l'étage, je n'ai plus de vase assez grand. Le temps d'aller en chercher un aux réserves, je pourrais poser les fleurs dans le lavabo ?

— Naturellement », répondit Yolande.

Cette fois-ci, les roses étaient roses. Yolande prenait déjà des habitudes, elle tendit la main.

« Voulez-vous me donner la carte, s'il vous plaît ? »

La femme de chambre défit précautionneusement l'enveloppe attachée au papier cellophane.

« La voici... »

Yolande reconnut l'écriture de Jacques Werner : « Chère Yolande, pourquoi m'accueillir si fraîchement au téléphone ? Comprenez-moi... Je ne sais pas ce que je ressens vraiment... Vous avez tant de qualités, mais aussi parfois, sans le vouloir, vous m'agacez... Je vous demande de ne pas partir avant de me revoir. Vous avez le don de m'enchanter ou de me faire exploser... Appelez-moi. Voici le numéro de ma ligne directe. A tout à l'heure. »

Yolande comptait les roses. « Onze », dit-elle, pensive. Elle flânait et passait d'un bouquet à l'autre. Elle appela la réception.

« J'aimerais garder ma chambre encore quelques jours. Est-ce possible ?

— Pas de problème, madame.

— Merci, dit-elle. Merci. »

Elle appellera Werner pour lui annoncer qu'elle reste. Et peut-être, dans l'après-midi, parlera-t-elle à Vincent.

Depuis hier soir, pour elle, l'homme a cessé d'être l'Interdit.

COMME une rengaine difficile à chasser, une phrase me hantait : « Laurence, l'erreur est colossale. » Parfois j'articulais : « co-los-sa-le ». Je me trouvais à New York, isolée et muette. Mes théories concernant l'intellectuelle qui pense, recueillie, en l'occurrence moi, se brisaient. Comme tout le monde, j'avais besoin de quelqu'un, une compagnie. Un héros ou un cochon d'Inde, qu'importe. Lors de mes pérégrinations, je passais devant un chenil, je me collais le visage contre la vitrine et je faisais des signes débiles à des bébés-chiens aux poils broussailleux, au regard mouillé d'émotion qui trépignaient d'impatience. Ils voulaient être aimés. Mais je gardais ma lucidité. Aucune de mes vies n'aurait supporté un boulet d'amour à quatre pattes.

Ayant égaré ma mère quelque part en Europe, mon père dans les vignes du Midi et mon mari dans les bras d'une fille, je me sentais oubliée. Je ne jouais plus la comédie à moi-même, je m'étais découverte vulnérable et follement désireuse de faire un potage de légumes au premier séducteur venu. J'aurais pardonné pantoufles et pipe, journaux lus au lit et copains inattendus arrivés pour un repas improvisé un samedi soir. Toute seule, dans une ville de dix millions d'habitants, j'attendais.

L'Independence Day était suivi par une vague de chaleur. La canicule asphyxiante avait vidé l'immeuble où je me baladais. Plus de Portoricains volubiles au deuxième étage, plus de trace de la dame dont j'avais inondé l'appartement. Mon séduisant braconnier belge disparu. Il devait s'offrir de beaux jours aux Caraïbes en compagnie de sa femme. J'espérais une rencontre foudroyante avec l'agent d'assurances qui devait constater les dégâts des eaux chez les voisins qui m'avaient laissé leur clef pour l'expertise. Je rêvais d'un super-type qui me tendrait avec un sourire railleur des feuilles imprimées : « V'la ma petite... Vous n'avez qu'à signer ici... » et puis dans un grand roulement d'épaules, il aurait ajouté : « Que faites-vous ce soir ? »

A la place de l'assureur bien baraqué, je reçus un dossier. Je devais décrire les dégâts et faire mea culpa au nom d'Eleanor. Ma seule communication à New York, depuis le départ de mon Belge conquérant, était l'envoi d'une missive recommandée à une compagnie d'assurances.

J'avais de mauvaises perspectives de santé pour la rentrée scolaire. Je manquais de calcium et de sommeil. La mâchoire crispée, la nuque raide, de plus en plus asphyxiée, le regard parsemé de taches noires dues à une anémie quelconque, je me sentais grignotée par l'angoisse. Il m'arrivait de taper sur une mouche virevoltante et inexistante pendant que les vraies m'échappaient, guillerettes. En proie à des maux de tête cuisants dus aux heures passées devant la télévision, je me fatiguais à ne rien faire.

Chaque matin, je portais sur un plateau mon café au lit et je me traitais de pri-vi-lé-giée.. A peine la tasse effleurée, mon estomac chavirait. Il fallait que je sorte pour respirer la confiture épaisse des gaz carboniques qu'on appelait pompeusement l'air. Je me précipitais au Sweet Hell. Le coffee-shop me soûlait de désirs de m'empiffrer de délices. De pancakes, de ces crêpes dodues de blinis dégénérés grâce à leur opulence frite. Qu'ils étaient grassouillets ! Ils m'overdosaient de calories. Il m'arrivait de bouffer en surplus un ham and eggs que je dévorais, rageuse, confondue en mille promesses de ne plus rien manger dans la journée.

Pour expier ma gourmandise, je marchais des kilomètres. J'abattais des distances olympiques et, titubante de fatigue, j'échouais au comptoir d'autres coffee-shops. Le jour où j'eus les premières vraies difficultés à me mouler dans un jean, je décidai de me désintoxiquer. Adieu, lardons superbes, saucisses frétillantes, « french » frites gonflées, pommes de terre aux tranches dorées trempées dans le jaune d'œuf liquide ! Adieu, toasts chauds, imbibés de beurre et cheese-cakes repus d'hydrates de carbone. J'achetai, dans un magasin spécialisé, une boîte de poudres aux goûts variés. Le mode d'emploi me promettait de me débarrasser de trois kilos en cinq jours. J'en avais six à balancer. Je décidai de maigrir et aussi de faire des économies. Un jour, mon sens pratique me fera crever. Je me nourrissais dès le soir du contenu de ces sachets. La poudre diluée se muait selon l'heure en jus jaunâtre, en flan au ventre blanc, en gâteau hybride, en soupe au goût de champignons, en bouillie verdâtre. J'avais même découvert la moutarde en poudre qui accompagnait une bio-pâte qui devait se faire passer pour un steak. Une faim sournoise, plus mentale que physique, me tenaillait. J'avais la fringale des frustrés.

New York, gigantesque mère maquerelle, nourrissait les isolés, elle les bourrait d'aliments pour leur ôter l'angoisse. L'odeur des amandes grillées et sucrées me plongeait dans un état de manque. Sans distinction de quartier, chic ou pas, les marchands ambulants encombraient les trottoirs. Certains offraient des hot dogs rougeâtres qu'on tartinait de moutarde devant les saliveurs. Le jus d'orange fraîchement pressé était à la portée des plus innocents et on prouvait la vérité de la théorie de Darwin en se bourrant de cacahuètes.

Je me dirigeais tous les jours vers Broadway, je m'arrangeais pour la rejoindre déjà à la hauteur de la 50ᵉ Rue. A New York, la rue était un cinéma gratuit. Il fallait juste échapper aux vraies rixes et ne pas être abattu. Ni avoir un fou rire avec un couteau dans le dos. Mon aventure amère me rendait avare. Je ne m'accordais plus de faveur. Je voulais ramener le reste de mon argent en France. Je me consolais à l'idée que, le prix du billet d'avion mis à part, je dépensais, ici, moins qu'à Paris. J'avais des jours « sans » et des jours « avec ». Culture, je veux dire. Parfois je me condamnais aux délices du Metropolitan Museum où j'errais des journées entières parmi les chefs-d'œuvre. Je m'attardais devant les sarcophages égyptiens en espérant des pensées universelles qui auraient dû me remplir de beauté métaphysique. Et, à moitié assommée dans le petit musée des instruments de musique, je regardais avec l'attention d'un veau studieux. Je lisais la bibliothèque d'Eleanor, spécialisée dans les variantes des psychoterreurs. Je maigrissais à vue d'œil, je devenais transcendante, les élèves de Krishna étaient, comparés à moi, de joyeux lurons. Esthète blasée, sursaturée de renseignements culturels, intello malade de précision, mon cerveau partagé en secteurs étiquetés, je ne cessais de justifier ma présence à New York. Je ne perdais pas mon temps, j'apprenais, je m'archivais. Je cumulais les impressions, je profitais de mon séjour. Tout était à emmagasiner, à transformer en document vécu. Pourtant l'idée de m'échapper vers une mer chaude me tentait. Partir pour le Club Méditerranée à Saint-Domingue, aux Antilles, quelque part. A la Guadeloupe ? Ce n'est pas le choix qui me manquait. Je restais pour mon orgueil personnel. Je n'aurais pas refusé une psychothérapie avec le frère jumeau de Woody Allen. Je ne voulais pas m'avouer vaincue par la solitude. L'absence rend magique le personnage le plus usé par la vie quotidienne. La preuve : Marc me manquait.

La déprime n'était pas mon style. Mais affamée, comme j'étais, le danger me guettait. Je composais souvent le numéro de notre appartement parisien. Je ne savais pas ce que j'avais à dire à Marc. J'aurais improvisé, j'aurais été « camarade ». « Affranchie. »

Je me lançais aussi dans des tentatives d'appeler mon père. Je m'installais près du téléphone vers une heure dans la nuit, l'œil rivé à la télévision rendue muette. Si jamais quelqu'un répondait, il ne fallait pas que je sois gênée par le son. Au bout de dix-sept jours de liberté épuisante, mon père répondit enfin. J'entendis un allô faible.

« Papa ? C'est moi, Laurence. Je t'appelle de New York. »

Il émit un grognement. Il dit, englué de sommeil :

« Laurence ? Mais il est quelle heure ? Attends. Il est sept heures ici... Tu te rends compte, sept heures du matin...

— Je te réveille, d'accord, ne m'engueule pas. Il fallait que je te parle.

— C'est vrai, admit-il, un peu plus alerte. Je me fais rare chez moi. Je suis rentré hier soir d'une tournée. Ton voyage se passe bien ?

— Pas tout à fait comme je l'aurais voulu.

— Reviens alors ! Qu'est-ce que tu attends là-bas... »

C'est vrai... Qu'est-ce que j'attendais ici ? Papa avait le don de ramener les biggest problèmes à un niveau d'échantillon. « Qu'est-ce que je fous là ? » me suis-je demandé aussitôt. Il fallait rapidement parler d'autre chose avant qu'il réduise ma vie en tête de Jivaro.

« Que sais-tu de maman ?

— Quarante-neuf ans, 1,72 m. Bonne chrétienne.

— Papa, tu me tues ! Où est-elle ? »

Il riait.

« Papa, le téléphone coûte cher.

— L'unique, la fidèle, l'irréprochable, la sainte femme est en Suisse.

— En Suisse ?

— Oui. Elle m'a dit qu'elle avait retrouvé là-bas des amis. Des dames d'œuvre avec de gros tricots à crocheter...

— Maman a des amis en Suisse ? »

Le médecin d'Ibiza traversa, en courant, ma mémoire. Etait-ce possible ?

« Ne te moque pas tout le temps de maman. Tu es odieux.

— Je sais, ma chérie, je dois me défouler dès que je parle d'elle.

— Tu connais son adresse ?

— Non. Elle ne savait pas encore si elle allait

habiter chez des amis ou si elle restait à l'hôtel. Elle pensait aussi partir pour l'Italie.

— Maman, seule ? En Italie ? Tu connais maman.

— Mais oui. Elle semblait dynamique.

— Dynamique ?

— A propos de ta mère... Juste un mot... Il n'est pas exclu que je la reprenne.

— Qui ?

— Ta mère. »

Je m'exclamai.

« Tu parles d'elle comme d'une chienne. « Que je la reprenne. » Qu'est-ce que ça veut dire ?

— Laurie, ne joue pas à la grande délicate. Tu l'as fait baver aussi, ta mère... Le temps passe. A partir de cinquante-cinq ans, quand on veut sortir avec des filles, jeunes, il faut être riche et résistant. Je ne tiens plus le coup. Ni les oreilles, ni les genoux. La disco me tue, et elles, elles veulent tout. A la fois l'argent et la puissance physique. L'âge coûte de plus en plus cher. »

Je l'interrompis. Maman méritait davantage que la retraite forcée d'un coureur.

« Maman est jolie encore... Une belle femme...

— Mais oui », dit mon père d'un ton gourmand. Je le haïssais.

« Je n'habiterais pas avec la fée Carabosse.

— Tu l'as fait souffrir terriblement.

— Elle n'en sera que plus heureuse à mon retour. »

Je ne voulais pas aussi me brouiller avec papa. Il fallait que je me domine mais ma sale nature était plus forte que ma raison.

« Je trouve ton comportement inadmissible, papa. Tu es le pire individu qu'on ait jamais vu. Tu oses parler de vivre avec maman, sans la consulter, sans faire amende honorable.

— Du calme ! Du calme ! Tu n'étais pas un enfant de chœur non plus. Tu lui as fait les pires ennuis.

— Mais j'ai changé, moi ! »

Je criais presque.

« Vous m'avez donné un exemple détestable. A cause de toi, j'ai toujours vu les défauts de Marc énormes... Je n'aurais pas fait une histoire pareille à cause de la fille blonde si je ne t'avais pas vu courir depuis toujours. Plutôt crever que d'avoir la vie de maman. Tu te crois tout permis. Et si elle n'avait plus envie de toi...

— Plus envie, elle ? De moi ? »

Il émit un rire d'ogre.

« Elle m'aime, elle a toujours envie de moi... Ecoute... Tu ne vas pas semer la pagaille maintenant ? Je pense juste chercher un appartement plus grand que ce deux-pièces. Peut-être à Cannes. »

Je protestai :

« Je, je, je, je... Tu n'as que du « je » dans la bouche ! A Cannes, elle n'aura même plus sa bijouterie où aller travailler. Elle ne me verra plus du tout.

— Nous parlerons de tout cela à ton retour. Elle attend depuis vingt ans. Ce n'est pas un mois de plus qui changera quelque chose. Tu oublies nos complicités ? »

Je ne supportais plus nos complicités. Je me découvrais solidaire de ma mère. Je l'avais empêchée de sortir avec le médecin suisse à Ibiza. Elle n'avait, à l'époque, que trente et un ans. Je me souvenais du Bernois. Nous nous comprenions au-dessus de la tête de maman. Bourgeon vénéneux, j'aurais aimé le tenter et en faire le premier homme de ma vie. Il n'avait d'yeux que pour maman. Et ma mère, la pauvre, elle me tenait par la main toute la nuit où je me tordais de fausses douleurs. J'espérais sa révolte et deux bonnes gifles.

Cette nuit, à New York, la soirée volée à ma mère me faisait mal. Très mal. Je me couchai, tourmentée. Mon père solide comme un roc devait déjà dormir. Il dormait partout. Il récupérait en vingt minutes. Même dans un autocar, assis entre deux types à cigares.

Le lendemain matin, ayant consommé le sachet de poudre diluée, je décidai de me promener à Central Park, histoire de m'aérer. Mais dans le parc, transformé en cuvette de chaleur, mes ambitions bucoliques s'éteignirent. Même à l'ombre, je transpirais.

J'avais mal à la tête, j'avais soif, je cherchai un marchand de boissons. Je longeais l'allée des joggeurs qui virevoltaient. Sur leur chaussée réservée, quelques super-phénomènes. Parmi eux, un athlète noir, vêtu d'une chemise rouge et d'un short vert épinard, décrivait des cercles. Il traçait peut-être des mots sur le béton, il peaufinait ses mouvements. Plus loin, je m'assis à côté d'une vieille dame, sur un banc râpé, je lui dis : « Hello. » Elle se leva et partit. L'atmosphère cotonneuse m'anesthésiait. Je m'isolais, malgré moi. J'avais l'impresion que les femmes et les hommes se promenaient, enfermés individuellement, dans leur bulle de solitude. Je m'aventurais sur les petits chemins peuplés d'enfants accrochés aux ficelles de leurs ballons. J'éprouvais une envie dérisoire de m'acheter, chez un marchand ambulant, un lapin en peluche aux oreilles doublées de velours jaune.

Plus tard, épuisée par la chaleur, je rebroussai

chemin. Je marchais bêtement, les mollets serrés par les crampes. Un orage se préparait et
teignait le ciel en jaune pâle. J'arrivai pénible-
ment chez moi. Je m'imaginais surveillée. Je me
souvenais d'un poster, exposé dans une vitrine
d'un magasin fourre-tout de la 10ᵉ Rue. L'affiche
représentait un immense œil rivé sur la forêt
de pierre de New York. Un rayon de lumière
descendait de cet œil vers un point précis et se
fixait sur une fourmi humaine. Je m'identifiai aussitôt à cette fourmi. Il fallait me défendre contre
une psychose, je livrais un duel contre quelqu'un.
Ou quelque chose. Il devait être minuit à Paris.
Je décidai d'appeler Marc. J'entendis retentir la
sonnerie.

« Allô ? »
Marc était là.
« Marc ?
— Laurence ?
— Je te réveille ?
— Non. Un peu. Aucune importance.
— Tu es seul, Marc ?
— Oui. »
Puis, lui, il demanda :
« Et toi ?
— Moi aussi... Ça te rassure ?
— Je ne sais pas. Tu es gentille de m'appeler.
Très gentille. »
Nous allions nous attendrir. Je me précipitai
pour lui dire :
« Je me sens beaucoup plus indulgente qu'au
départ. J'ai eu le temps de réfléchir. Cette fille...
— Ne dis pas « cette fille »...
Il m'agaçait de nouveau.
« Tu la vois souvent ?
— Elle est partie avec ses parents en Sardaigne.
— Et toi ? Seul à Paris ? »

— J'ai accepté un remplacement.

— Pas de vacances ?

— Non. Plus tard. Ou en hiver. Je ne sais pas. J'ai l'impression d'être ailleurs parce que je suis seul. C'est tellement bizarre... On prend des habitudes... »

Je souriais. La fille partie, il vivait une expérience semblable à la mienne. Je m'en trouvais presque réconfortée.

« On pourrait tenter de repartir de zéro.

— Oui, dit-il, très doux. Si on pouvait être amis. »

Le ciel venait d'émettre, bébé géant, un rot cataclysmique.

« Veux-tu que je t'appelle de temps en temps ? demanda-t-il.

— Non. Mais je pense à toi. Toi aussi ? »

J'avais besoin, comme un phoque de cirque de son poisson, d'un compliment.

« Je pense à toi, répéta-t-il. Souvent. »

Je tournai ce « souvent » dans mon esprit et le soir, je m'endormis plutôt mieux que d'habitude.

Le lendemain matin, New York était gonflé comme un abcès mûr. Que faire de ma journée ?

Depuis mon arrivée, je ne cessais de nettoyer. L'appartement d'Eleanor brillait. J'avais réussi à réparer le store à moitié fermé. Je pus le baisser et plonger le living-room dans une pénombre bienfaisante. En transportant des seaux d'eau, je lavai la moquette tachetée ou brûlée. Je rangeai la cuisine. Je jetai des boîtes entamées. Que de pochettes en plastique remplies de charcuterie pétrifiée, de saucisses viennoises sans âge, quelques plaquettes de beurre dures comme des glaçons dans le congélateur. Pourquoi Eleanor avait-elle acheté tant de beurre ? J'avais découvert aussi des paquets de croissants à réchauffer marqués d'une date limite dépassée. Je touillais, je far-fouillais ce musée de fast-food. Je me méfiais des paquets. J'avais vu tellement de films de ter-reur que je n'aurais pas été étonnée de découvrir un doigt humain congelé ou des yeux qui me regarderaient du liquide d'un bocal. J'étais satu-rée d'images repoussantes. Je ne pouvais plus supporter les rues où pullulaient des scènes inso-lites. Sursaturée de fantasmes, du bonheur, du malheur, du clinquant, du pauvre, du hippie, du marginal, du touriste japonais, du savant chinois, du vendeur de cacahuètes, de l'homme d'affaires, de l'acheteur et du vendeur de photos porno, je voulais être ailleurs.

Je regardais le ciel. Si l'orage libérateur pou-vait éclater. Avant de m'enfuir d'ici, je décidai d'aller voir au cinéma *E.T. l'Extra-Terrestre* de Spielberg. J'étais prête à faire la queue pendant des heures.

Dans un New York pétrifié, j'avais peut-être une chance de me transformer en héroïne. Le vertige dû à l'oxyde de carbone, ajouté à ma faim, me trempait dans un état hystériforme d'attente. Ayant maigri de cinq kilos en dix jours, psychiquement perturbée, perméable aux sensa-tions diverses, aux tentations folles, aux images absurdes, je tremblais de fatigue. New York crè-vera et moi dans ses décombres.

Je me traînais dans les rues vêtues de lambeaux de lumière, le soleil pourrissait derrière des cou-ches de nuages. Je me fourguais jusqu'à Times Square. Il était douze heures quinze. La première projection de *E.T...* allait commencer à qua-torze heures. Des spectateurs s'accumulaient en grappes autour du cinéma. Je m'installai au bout de la file d'attente et j'avais une seule peur, celle de me trouver mal. Je me fondis dans la foule résignée. Enfin, j'achetai mon ticket et me réfugiai assise dans la salle fraîche. Et la récompense intervint : le film.

Tout au long, je pleurais, je jubilais, je m'enthousiasmais, je délirais de tendresse, j'exultais d'amour, je m'apaisais. Lorsque E.T. prononça : « Home, I want to go home... Home... » je me comprenais. Il fallait rentrer à Paris. Ne plus faire la guerre au monde, ni à mon entourage. La lumière revenue, je restai encore assise puis je sortis avec les derniers spectateurs. Nous émergions du cinéma, l'âme ailée, nobles, beaux, invités transcendants se promenant dans les couloirs du paradis de l'enfance.

Sur le trottoir, nous étions des anges. Crasseux mais anges. Je me trouvais à Duffy Square, j'allais traverser. En une seconde, comme par une trappe brusquement ouverte d'un seul coup, la pluie se déversa sur la ville. Une pluie jaune, dévastatrice, un rideau liquide, aux franges mousseuses. Le déluge. Mouillée jusqu'à l'os en quelques secondes, je n'éprouvais pas le besoin de m'abriter. Je ne voulais plus souffrir seule. Il fallait faire ma valise et « home, go home... »

L'averse tenace transformait l'après-midi en crépuscule. De véritables rafales. Des coups de machettes. Des lames de pluie. L'eau chauffée sur le béton déferlait du haut de Broadway et dégringolait sur la chaussée, transformée en rivière furieuse. Inondées, jusqu'aux parce-chocs, les voitures klaxonnaient. Les filets de lumière des phares imprimaient le rideau humide de cercles et de points brillants. Les gaz mouillés des pots d'échappement épaississaient l'air. Le déluge éboulait et compressait les gens agglutinés, ahuris, dans des embrasures de portes, se plaquant contre les vitrines, pénétrant jusque dans l'entrée des magasins.

Les vêtements collés sur moi par la pluie dictatoriale, me sentant presque nue, je décidai de continuer mon chemin. A travers les verres foncés de mes lunettes, j'apercevais le monde plongé dans la brume. Je devais me faufiler parmi les voitures amassées dans un embouteillage de science-fiction.

Martelée par la douche tropicale, juste en arrivant au petit îlot qui délimite la chaussée large et la départage, quelqu'un m'avait saisie par le bras. Surprise, je dus pousser un léger cri. Je regardai et je vis à côté de moi un homme, le visage caché derrière des lunettes sombres, les vêtements dégoulinant de pluie. Il m'entraîna vers l'autre côté du square et me parla.

« N'ayez pas peur. Je ne vous ferai pas de mal. Je vous demande juste de m'aider à traverser. Je dois aller dans l'hôtel en face. Dans la rue. Il faut que j'entre à l'hôtel avec vous. Ne craignez rien. Venez... Venez... Merci... »

Il n'avait pas de canne blanche, ni cette hésitation particulière aux incertains d'eux-mêmes. Un profil régulier et le menton transformé en gouttière. L'eau s'accumulait et coulait sur nous. J'étais raisonnablement affolée. J'essayais d'avoir peur. Je n'y arrivais pas. J'étais presque contente de l'incident. Avec ma sale nature en acier inoxydable, je supportais tout. L'homme qui avait besoin de ma présence ne me lâchait plus. Le cataclysme liquide et jaune nous peignait en chinois. Mon type n'était pas un clochard, ni un drogué. Pas un ivrogne non plus. Lorsque nous avons atteint le trottoir, il me prit par la main et se mit à courir. Plutôt un trot qu'un galop.

« Regardez à droite dans la rue. Vous voyez ? L'hôtel... C'est là-bas que nous devons arriver. »

Je voyais le mot « hôtel » dessiné en néon éteint sur une façade noire. Un hôtel plus que borgne, aveugle. Moche, série B.

Nous arrivions vers l'entrée au pas de course. Il monta les marches, je le suivis. Je faillis glisser et me casser le nez. Il me rattrapa à temps. Dans le hall, loqueteux, un Noir, assis sur une chaise, levait sur nous un regard vide. A la réception, une grosse femme continuait à lire son journal, ni bouleversée, ni étonnée, ni curieuse de notre irruption brutale.

« Le 17 », prononça l'homme.

Elle dévissa sa chaise sur place, pivota et décrocha la clef du tableau. Elle la lui tendit.

« Venez, dit-il. Je vous expliquerai tout. Dans la chambre. »

Nous sommes montés. L'odeur était composée de désinfectant et de relents de cafards écrabouillés. Mon agresseur ouvrit la porte de la chambre. Nous sommes entrés. Je me tournai vers lui. J'attendais la suite des événements.

« Alors ?

— Tout de suite », dit-il, soulagé.

Il se dirigea vers la fenêtre et il tira un cordon dont la moitié lui resta en main. Il réussit à fermer les rideaux. Il contemplait la ficelle, attentif. Ce n'était pas un étrangleur professionnel. Il tourna le commutateur. La pauvre ampoule au milieu du plafond, dans un cornet en carton, jaunissait la pièce. L'air conditionné marchait. Je commençais à avoir froid. Je cherchai un endroit où m'asseoir. Puis je tirai le couvre-lit pour me le mettre sur les épaules. Mes bronches étaient plus sensibles que mon âme.

Il avait ôté ses lunettes. Une impression de « déjà vu » m'envahit. Mais j'abandonnai rapidement mes idées concernant « cette gueule-là qui ne m'était pas inconnue ». J'étais affamée, je grelottais. L'invraisemblable se muait en événement familier.

Mon kidnappeur avait des yeux noirs, des cheveux noirs et les joues légèrement bleuies par la barbe. Un paumé plutôt costaud qui serait tombé sur une paumée apparemment fragile. Il fallait savoir ce qu'il voulait. Il ne ressemblait pas non plus aux violeurs d'*Orange mécanique*. Il paraissait gêné et cherchait ses mots. Il me regardait, voulait dire quelque chose mais se tut, haussa les épaules.

Je lui dis, pour l'aider :

« Vous êtes à votre aise comme Woody Allen dans la fameuse scène du hold-up à la banque, où il doit aider le type du guichet pour lire : « Je suis armé. » Seulement, il était drôle, lui. Pas vous. »

Il semblait désespéré.

« Ecoutez, dit-il.

— C'est ce que je fais...

— Je me trouve dans une situation inextricable. »

Il était plutôt plaisant, séduisant et ravagé. Comme un beau drap sorti d'une machine à sécher, plein de plis.

« Ne riez pas, dit-il. Quand vous saurez la raison de votre présence ici, vous rirez moins.

— Si jamais vous voulez une rançon, ce n'est pas la peine. Ma famille serait plutôt contente d'être débarrassée de moi. Et même si on m'aimait passionnément, ça ne changerait rien. Ils sont fauchés.

— Ce n'est pas un kidnapping, dit-il.

— Heureusement. Personne, je vous dis, ne me réclamerait. Et me découper en petits morceaux, un gros boulot pour rien... »

A cause de l'air conditionné agressif, nous ressemblions de plus en plus aux fast-foods stockés dans le congélateur d'Eleanor.

« Vous n'êtes pas américaine ? dit-il. Vous avez un petit accent... Qui pourrait être du Sud...

— Merci. J'aurais préféré Boston. Je suis française. »

Il émit un sifflement admiratif.

« Et vous parlez comme ça ? L'américain ? »

Je me levai.

« Mais oui. Je vous ai sauvé. C'est fait. Tant mieux. Mais je ne veux pas attraper la crève. J'espère que vous n'êtes pas un assassin. J'aime pas les flics mais je ne trouve pas l'assassinat écologique. Vous pourriez au moins m'offrir un café ?

— Vous parlez admirablement l'anglais », dit-il.

Il rectifia.

« L'américain. »

Dès qu'on me faisait un compliment concernant mon « savoir américain », je fondais dans un orgueil attendri.

« Vous trouvez ? »

Je voulais encore un peu de compliments.

« Je trouve. Fantastique. »

Quand un Américain vrai dit : fantastique, on a envie de tomber dans ses bras. Il faut encore qu'il le veuille. Sans aucun doute, malgré le froid, ce mec m'inspirait.

« Vous êtes peut-être une sorte de parrain. Fils d'émigrés italiens, ai-je dit. Je vous vois bien petit garçon loqueteux sur un grand bateau dans l'Evangile selon Elia Kazan et vos yeux noirs cernés en gros plan. Tandis qu'un vieillard barbu répète dans l'arrière-plan : « America, America. » C'est lui qui meurt avant d'accoster. »

Son visage prit une expression douloureuse.

« Vous vous moquez de moi ?

— Non. Je cherche. J'ai failli vous prendre pour un aveugle, maintenant je tâtonne vers la Sicile. Mais, en tout cas, j'ai soif et j'ai froid.

— Quelle faconde ! Depuis que nous sommes entrés dans cette pièce, vous parlez...

— Je suis seule à New York. Je n'ai pas échangé un mot depuis dix-sept jours.

— Seule et volubile, dit-il, songeur. Et inventive... Que faites-vous dans la vie ?

— J'enseigne.

— Quoi ?

— L'anglais.

— Vos élèves doivent se marrer. Avec votre argot... Hamlet doit dire chez vous : « Crever ou « pas crever ? C'est la question. »

Il se leva, s'approcha de la fenêtre, jeta un coup d'œil dans la rue. Il se retourna brusquement.

« Pourquoi êtes-vous seule à New York ?

— Parce que mon jules à Paris m'a trompée. Je voulais me venger.

— Jules ?

— Argot aussi.

— Vous venger ?

— Oui, en le plaquant. Mais rien ne marche comme je l'aurais imaginé.

— Comment vous appelez-vous ?

— Laurie... Et vous ?

— Gregory.

— Russe ?

— Non.

— D'origine, je voulais dire...

— Du tout. De Los Angeles. »

Puis :

« La pluie se calme, vous allez où maintenant ? »

J'avais l'impression que, tout en réfléchissant, il aurait voulu se débarrasser de moi. J'avais plutôt envie de rester. Il m'intriguait. Il ne me faisait aucune avance, même pas un regard insistant. Un comportement de puritain préoccupé.

« Allons-y, dit-il. Je vous accompagne jusqu'à un taxi. Je vous dis merci pour tout. »

Je n'avais pas l'habitude de l'indifférence. J'agaçais, étonnais, attirais, attisais, mais je suscitais toujours un effet. Curieuse et froissée parce qu'il n'avait aucune envie de moi, je voulais le retenir.

« On ne prend même pas un café ensemble ?

— Pas maintenant. C'est trop dangereux.

— Dangereux ?

— Vous habitez seule, si j'ai bien compris ?

— Oui.

— Si vous me donniez votre adresse, je viendrais vous voir », dit-il.

Je n'aimais pas l'expression « viendrais vous voir », ça faisait vieux.

« Il faudrait me prévenir par téléphone. La porte de l'immeuble est fermée à clef.

— Donnez-moi votre numéro. »

Je l'interrompis.

« Vous ne voulez vraiment pas venir. Vous essayez de jouer la comédie.

— Essayer ? s'exclama-t-il. Comment « j'essaie » ? »

Il se fâchait.

« Vous vouliez vous cacher. On cherchait un homme seul, grâce à moi et malgré moi, nous avons fait couple. Vous êtes tiré d'affaire. Les

235

tueurs cherchaient un homme seul, accompagné, vous aviez un paravent. J'imagine très bien un tireur avec son fusil à lunette. Il nous suit du regard. Nous passons dans son champ de vision avec une petite croix dans le dos. Des cibles mouvantes.

— Ce n'est pas ça, dit-il. J'avais un gros problème. C'est vrai, c'est évident, vous m'avez aidé. Je vous enverrai des fleurs. Il faut me pardonner, mais je suis très énervé. »

Je hochai la tête.

« Votre affaire ne tient pas debout. Vous n'êtes pas détraqué. Vous semblez tout à fait normal.

— Encore heureux, dit-il. Mais si vous cessiez de m'examiner...

— C'est vous qui m'avez attirée ici.

— Vous ne vous êtes pas trop fait prier. »

Il était pâle. J'avais l'impression de vouloir pêcher les mains nues. Le poisson glissait entre mes doigts. Que voulait-il de moi ?

« Pourquoi m'avez-vous suivi si facilement ?

— Bravo. Je vous ai sauvé et vous me faites des reproches. Je me suis laissée emporter à cause de Spielberg. Je vous ai pris pour E.T. »

Il resta muet. Puis il prononça lentement :

« Pourquoi n'avez-vous pas résisté ?

— J'étais contente que quelqu'un s'occupe de moi. L'eau déferlait, je pataugeais jusqu'aux chevilles dans la crasse. C'était un peu la fin du monde. »

Je regardai mes sandales boueuses.

« Vous auriez pu vouloir m'aider à traverser. M'empêcher de me suicider. Que sais-je ?

— C'était idiot, marcher sous la pluie, dit-il.

— Nous étions deux idiots. »

Dans son désarroi, il était plutôt sympathique. Préoccupé, modérément ténébreux, embêté. Il y a des types comme ça, j'en ai connu, ils affichent un air mélancolique, ils sont à la fois agressifs et tristes et, dès qu'ils ouvrent la bouche, ils expliquent que leur comportement actuel est dû à leur enfance malheureuse. Il tournait en rond.

« Je vous suis reconnaissant. Je vous dois des explications. Il faut me laisser un peu de temps. Je désire vous revoir. A New York, tout le monde a peur. Pourquoi pas vous ? Et de moi ? »

Il fallait le désenchanter, quitte à lui faire du mal.

« Je regrette, mais vous n'êtes pas effrayant. Je suis incapable d'avoir peur de vous.

— Pas moi seulement, cria-t-il. La situation où vous vous trouvez...

— J'ai vu trop de films de série B pour m'étonner de ce genre d'entreprise d'enlèvement. Vous n'êtes pas armé, vous n'avez aucune envie de m'étrangler...

— Qu'en savez-vous ? », dit-il, pour la première fois un peu drôle.

J'ai continué :

« Vous avez de l'humour. Vous pourriez être un innocent maniaque qui joue au grand méchant, se laisse engueuler et s'en va content. Un maso. »

J'essayai de le convaincre :

« Si vous étiez un vrai fugitif, je pourrais vous cacher chez moi. Vous seriez mieux que dans ce trou-là... A condition que vous ne soyez pas poursuivi par la police.

— Votre raisonnement est difficile à suivre.

— Je ne veux pas qu'on m'inscrive comme personne interdite dans le gros livre de l'officier d'immigration. J'aime trop les U.S.A. pour être empêchée de revenir. »

L'idée qu'il puisse s'installer chez moi me séduisait. Je m'occuperais de lui agréablement. J'aurais mon prisonnier, mon otage, mon protégé. Un compagnon pour bavarder. J'aimais sa manière de s'exprimer. Il articulait admirablement. Je me voyais mijoter pour lui des petits plats. Nous aurions de belles conversations concernant les bas-fonds new-yorkais et autres sujets métaphysiques. Je tentai d'alléger l'atmosphère.

« Vous êtes peut-être la réincarnation d'un gangster mort depuis longtemps. Et vous êtes perdu, l'époque n'est plus la même.

— Merci, dit-il. Vous inventez, vous avez une imagination... »

Puis il répéta :

« Vous accepteriez vraiment que je passe une nuit chez vous ?

— Une ou plusieurs. Il y a de la place... Trois chambres... et les lits sont faits. »

Il hocha la tête.

« Vous êtes imprudente. Vous inviteriez chez vous n'importe qui... »

Je me défendis.

« Je ne crois pas. Vous êtes particulier dans votre genre. J'ai l'impression qu'on se connaît depuis longtemps. Bizarre, non ? Qu'est-ce que vous faites dans cet hôtel ?

— J'habite ici depuis hier...

— Et vous voulez rester ?

— Non, dit-il. Je crois qu'on nous a repérés. »

Il me plaisait. Je souhaitais qu'il s'installe chez moi. Je ne voulais pas qu'il me prenne pour une nymphomane en quête d'aventure.

« Je ne vais pas tomber dans vos bras. Vous resterez avec moi en petit frère. Mon offre peut vous dépanner et je serais ravie d'avoir, pour quelques jours, une compagnie. Je vous accueille volontiers, si vous me donnez votre parole de n'avoir tué personne... »

238

Il me dévisageait.

« Vous semblez plus être un intellectuel à la dérive qu'un tueur sadique. Mais vous êtes peut-être mêlé à une affaire plus importante, plus grave, plus personnelle, plus idéologique que du simple gangstérisme.

— Je vous écoute, dit-il, douloureux.

— Il n'y a pas à écouter. J'émets juste une hypothèse quant à votre fuite... »

Puis j'ajoutai :

« Le monde est détraqué. Tout le monde fuit quelque chose. Moi aussi. Depuis dix-sept jours. Pas un mot à personne. Je suis presque devenue neurasthénique... D'où mon offre pour vous héberger.

— Je vous retrouverai, dit-il. Donnez-moi votre adresse. »

Il fallait trouver un papier. J'écrivis à l'intérieur de son paquet de cigarettes.

« Je vous appellerai, dit-il. Sans faute. »

Ses traits s'alourdissaient, il paraissait fatigué. J'aurais eu presque pitié de lui mais je n'étais intéressée que par une présence. La sienne.

J'insistai :

« Dites-moi ce qui vous arrive...

— Plus tard, dit-il. Plus tard, Chez vous. D'accord ? Partez maintenant, je vous prie...

— Seule ?

— Oui.

— Ça me gêne. La grosse femme à la réception pourrait me prendre pour une pute.

— La chambre est payée, le reste ne l'intéresse pas. »

J'avais honte de sortir de cette boîte.

« J'ai horreur d'imaginer ce qu'elle peut imaginer.

— Quelle importance ! Partez, je vous en prie.

Je vous le demande. Et merci pour tout ce que vous faites pour moi. »

Il voulait vraiment que je m'en aille. Il m'intriguait et me désorientait. J'étais légèrement émue. Il était attirant, presque beau. Me séparer de lui, comme ça, en grelottant, sans explications, sans lendemain, me désolait.

« Vous restez à New York ? »

Je l'intéressais.

« Ça dépend des circonstances. Je fais ce que je veux. Je ne sais pas. »

Il jeta un coup d'œil par la fenêtre, il pleuvait encore.

« Allez-vous-en... s'exclama-t-il impatient. Je vous le demande. »

Je lui dis doucement, pour le mettre en appétit de ma présence future :

« Ne perdez pas mon adresse. Vous pouvez en avoir beoin. Et n'oubliez pas qu'il faut m'appeler avant de venir.

— J'ai compris. »

Il me poussa presque dehors. J'entendis la clef tourner dans la serrure. Je passai devant la réception, l'épaisse femme n'y était plus. Je sortis et la pluie douce m'enveloppa. Elle me réchauffa tant j'avais eu froid dans l'hôtel. Je frissonnais, j'accusais le choc. Je hélai un taxi et je me fis conduire à un supermarché proche de l'appartement d'Eleanor. Si jamais mon bizarre fugitif décidait de me rendre visite, je le recevrais royalement pour l'inciter à rester...

Au magasin, je butinais d'un rayon à l'autre. Je m'aperçus dans une glace. Je me trouvai mauvaise mine, j'achetai du fond de teint rosé, du fard à paupières, et du rimmel. J'accumulais des superflus : un savon coûteux, un flacon de sels de bains. J'aurais aimé acheter un peignoir rétro en soie avec de grandes fleurs multicolores sur un fond noir et vernir mes ongles en couleur vampire. J'amassai ce que je pouvais, y compris une poudre claire pour me rendre fatale. J'allais me maquiller avec joie. J'atterris quelques pas plus loin — il ne pleuvait plus — dans une épicerie de luxe. Je composai le repas déjà pour ce soir. Je soupesai un melon, je désignai au vendeur quatre pêches individuellement assises dans des cornets en papier, très chères, et je pris aussi deux salades bien feuillues. J'achetai du jambon fumé et deux boîtes de crabe en morceaux. Faute d'en trouver un qui aurait fait la course sur l'herbe, je me décidai de prendre aussi un poulet congelé. Il allait continuer son séjour dans le congélateur d'Eleanor.

Revenue dans l'appartement, je commençai mes préparatifs. Je m'installais dans une attente active. Mon imagination m'emportait. Je bâtissais la personnalité de mon inconnu. Je le façonnais. Mentalement et matériellement, je transformais l'appartement d'Eleanor en futur nid de complot, de clandestinité. Et de passion, élément qui me semblait obligatoire pour ma romance. Je me voyais dans le rôle d'une protectrice câline, j'étais aussi tentatrice, impératrice, maîtresse d'un homme en désarroi et maîtresse de maison. Maîtresse femme, femme de tête. Qu'est-ce qui me différenciait d'une araignée qui comptait déguster une mouche ?

Au moment de mes grands rangements, j'avais découvert quelques serviettes en papier rouge coquelicot. J'avais vu aussi des bougies, des obèses, des maigres, des creuses, des volumineuses, des à moitié consommées. Je les sortis du bas d'un placard et je les plaçai sur les meubles. Je les allumai. J'avais l'impression de me trouver dans une église catholique sicilienne, l'odeur des bougies m'écœurait. J'entrouvris une fenêtre, la chaleur humide entra comme une grosse personne pataude. Je supportais mal ma tension à l'odeur de recueillement, je soufflai les bougies.

Le lendemain, j'attendis encore. Je désespérais, je n'étais plus seulement la prisonnière de New York, mais la captive d'un appartement. Je n'osais plus sortir de peur que Gregory ne téléphone et que je sois absente. J'étais découragée. S'il ne se manifestait plus ? L'attente se prolongeait, je guettais le silence. Je ne le reverrais plus.

A dix-huit heures trente, le téléphone se mit à sonner. Je ne me précipitais pas sur l'appareil mais je comptai, courageusement, jusqu'à quatre, avant de décrocher.

« Allô ! »

Et j'entendis, ressuscitée d'espoir, la voix de Gregory.

« Laurie ? C'est vous, Laurie ?

— Oui. C'est moi.

— Quelle chance de vous trouver chez vous, dit-il. Je peux venir ? Maintenant ? »

Je jouai :

« Je suis là tout à fait par hasard. Je croyais vous n'alliez pas appeler. Où êtes-vous ?

— A deux pas de votre immeuble. Dans un coffee-shop. »

Il devait être au Sweet Hell.

« Vous avez pu régler vos problèmes ?

— Je vous dois des explications, fit-il. Si je pouvais passer la nuit chez vous, ça m'arrangerait. Vous n'avez rien à craindre. Je suis un homme correct. »

Il avait sensiblement changé d'attitude. Je cherchais à définir la différence. Il ne voulait plus faire peur mais inspirer confiance.

Il arriva. Je dévalai les marches et je l'attendis en bas quelques minutes. Bien rasé, l'œil de velours, il était vêtu d'un ensemble de blue jean délavé. Il portait un sac fourre-tout. Je n'avais rien d'une vamp, mais lui avait tout d'un séducteur. Je montai vite les étages. Il me suivit. Je m'arrêtai devant la porte, émue.

« Nous voilà... Entrez... »

Il s'immobilisa au milieu du living-room. Je me précipitai à la cuisine pour boire un peu d'eau. Histoire de m'apaiser. L'appeau avait fonctionné, l'oiseau était entré dans la cage. Je n'étais plus seule. Je devenais mondaine, comme certaines mères de mes élèves. Je jouais à la châtelaine de banlieue.

« Je vous montre l'appartement. Choisissez votre chambre. Celle que vous voulez... »

Il se promenait d'une pièce à l'autre. S'il restait plus d'un jour, j'enlèverais le poulet du congélateur. J'allumai les bougies. Gregory déposa son sac dans l'ex-chambre de Dirk. Il revint vers moi.

« J'espère que vous ne vous comportez pas toujours comme ça avec les inconnus...

— Je vous fais confiance et vous m'accablez de reproches.

— Non. Du tout. Je vous suis reconnaissant mais vous devriez être plus méfiante à New York. C'est une ville extrêmement dangereuse...

— Toutes les villes sont dangereuses. Paris n'est pas un jardin d'enfants, non plus. »

Il me prit délicatement dans ses bras. Il avait de moi un appétit de chat qui contourne trois fois son plat avant de l'entamer. Gregory m'embrassait avec précision. Comme s'il suivait un mode d'emploi. D'abord les lèvres fermées, ensuite lentement entrouvertes, le bout d'une langue prudente. Je me libérai...

« On verra ça plus tard... »

Il me regardait avec l'intérêt d'un ethnologue.

« Racontez-moi ma vie. dit-il.

— Comment, votre vie ?

— Des suppositions. Ça m'amuse...

— Des devinettes ? Une psychanalyse à l'envers ?

— Un jeu. C'est vous qui racontez vos suppositions. Ce que je ressens. Ce que j'ai pu être dans mon passé. Dans quelle histoire je suis impliqué et, quand vous serez proche de la vérité, je dirai : « Top, arrêtez le chrono, c'est ça, elle a trouvé. »

Il me regardait d'un air gourmand. J'avais l'habitude d'intéresser uniquement par mon corps. C'était ma fierté à l'envers. Celui-ci me trouvait intelligente. J'allais m'ennuyer. Je préparai le jambon avec le melon, il était temps car ni l'un ni l'autre n'auraient tenu jusqu'au lendemain. A peine à table, il se mit à éternuer.

« Je suis allergique à l'odeur des bougies. Vous y tenez ? »

Je les éteignis et nous attaquâmes le jambon. Il but un peu de vin de Californie. Après le repas, il m'invita à m'allonger auprès de lui sur le lit. Il me désorientait. Je lui parlais pour le retenir ici. Je le décrivais de mille façons. Je lui proposais une appartenance à la Mafia. Cette version l'intéressait modérément. Je lui prêtais d'éventuelles origines siciliennes. Je lui inventais tour à tour une jeunesse dorée, riche, lymphatique, ou bien je le racontais en version Dickens. Pauvre, il vendait des journaux. Ce soir, il était même le fils d'un tailleur arménien. Je l'enchantais en lui jouant presque des vies que je lui prêtais. De mon côté, j'étais de plus en plus persuadée d'avoir affaire à un mégalo riche. Nous nous sommes endormis côte à côte, les lumières allumées. Quel bonheur de ne pas être seule ! Fou ou menteur, escroc ou aventurier de petite envergure, qu'importe, j'avais quelqu'un.

Le lendemain, assez gai et fraîchement rasé, il nous faisait conduire par un chauffeur de taxi taciturne à la 5ᵉ Avenue. Il m'acheta des vêtements fous et coûteux dans des boutiques de luxe et, pour couronner la promenade, il s'arrêta devant l'un des joailliers les plus connus au monde. L'idée d'y entrer me sidérait. Comment aurais-je pu imaginer que, un jour, je pénétrerais dans ce sanctuaire de l'argent, dans cette chapelle doublée de velours ? Mon fugitif devait être riche et connu comme tel. Dès que nous franchîmes le seuil, l'un des vendeurs se consacra entièrement à nous. Pour la première fois de ma vie, j'étais un objet humain à combler. Ce qui me ravissait. Nous étions « cool » et j'avais réussi à prendre un air mi-hargneux, mi-ennuyé capable de convaincre l'homme qui nous servait que j'étais une habituée de ce genre d'endroit.

Gregory leur réclama un bracelet spécial, dit d'esclave. Je m'apercevais, sur mon écran mental, exécutant une danse du ventre. Je ne connaissais pas bien l'aspect de mon nombril. Je l'espérais sophistiqué.

Assis devant une table, nous attendions. Le vendeur revint avec un plateau sur lequel gisaient plusieurs bracelets. Il les essaya tour à tour sur mon poignet gauche, ils se vissaient sur l'être comblé. L'amoureux devait garder le tournevis en or.

« Il faudrait aussi ajouter une belle montre à madame. Puis vous me montrerez vos bagues sport. »

Pourquoi m'appelait-il madame ? Voulait-il me prêter un air de respectabilité ? Le vendeur apporta des montres sur un autre plateau. Je ne sais pas si c'est la chair qui devient faible chez le bijoutier ou si c'est l'âme qui s'évapore mais je n'avais plus de jambes ni de remords. Je profitais, sans l'ombre d'un scrupule, de la bonne humeur d'un homme riche, qu'on ne rencontre que dans les hautes sphères des finances, un voltigeur peut-être qui surveille les devises et leurs culbutes sur la scène mondiale du fric. Mais pourquoi moi ? Avec son air de Hamlet sportif, il aurait pu siffler n'importe quelle fille bien plus décorative que moi... Gregory était séduisant. Ce n'était pas un riche vieillard qui me comblerait, mais un play-boy.

« Nous garderons le bras et la main gauches en vedette, expliqua-t-il au vendeur. Tout là : le bracelet, la montre aussi. Et la bague.

— Tu les aimes ? »

Je regardais autour de moi. Mais je ne rêvais pas. Il s'adressait à moi. Il voulait s'assurer que j'aimais ces merveilles de mélange d'or, d'argent et de goût.

« Quelque chose pour rehausser le petit doigt de madame. Elle a des mains très spéciales. Fragiles, apparemment solides et carrées. La bague doit être assez grande. »

S'il m'achetait un brillant, je m'évanouirais. Il choisit une chevalière. Je lui chuchotai à l'oreille.

« Je suis une « prolo ».

— Quelle initiale voudrais-tu sur la bague ? »

Je n'avais pas de pedigree. Je voulais la bague nue.

Le vendeur avait glissé sur son petit doigt la chevalière. Ça faisait riche et noble à la fois. Tout ce que je ne serais jamais.

En sortant, j'aurais peur dans la 5ᵉ Avenue. L'Amérique des pauvres m'avait déjà secouée plu-

246

sieurs fois. L'Amérique des riches me faisait planer. Comment lui dire merci ? Il caressait nerveusement ma main.

« J'ai voulu te faire plaisir. Si j'ai réussi...

— Tu es très riche, Gregory ?

— Il y a plus riche que moi... Beaucoup plus riche... »

J'essayais de me comporter en femme-objet. Minauder un peu, jouer à la baby-doll. J'étais désarmée. L'or sur mon bras gauche ôtait les grands problèmes humains de ma conscience.

Certains se retournaient pour mieux regarder mon mec. J'étais presque jalouse. La question lancinante revenait : Pourquoi moi ? Je ne cessais de m'interroger.

Le jour des bijoux, il m'avait emmenée déjeuner dans un restaurant de poissons, un restaurant de luxe. Décidément, New York était une ville fabuleuse. Vêtue d'une petite robe coûteuse, le bras gauche chargé de bijoux, j'avais plutôt bonne mine. Mes cheveux bouclés, mes grandes lunettes haute couture qu'il m'avait offertes me prêtaient un air sophistiqué. Qu'est-ce qu'il cherchait ? Au restaurant, il me tapotait gentiment la main.

« Raconte tes impressions. »

Je laissais vagabonder mon esprit. Pour la première fois de ma vie, on m'écoutait vraiment.

A l'âge de seize ans, je tenais un journal intime, mon banc d'essai, où je parlais librement de ma mère, de mon père et de moi. J'avais décidé de devenir écrivain. Quelqu'un avait pris mon journal. Je ne l'ai jamais revu et je n'ai jamais su qui l'avait subtilisé. Je n'avais jamais entendu la moindre allusion concernant mes écrits. Je guettais mes parents. Je soupçonnais mon père. Mais sans preuve. Avec Gregory, j'avais enfin un public.

Je parlais un anglais de plus en plus raffiné, de plus en plus fluently, de plus en plus riche en vocabulaire, de plus en plus sophistiqué. Des mots que je ne croyais même pas connaître naissaient. Je mélangeais des citations, des poèmes de Walt Whitman et le slang de Marlowe. Je m'entraînais à jouer sur l'instrument de musique qu'était mon imagination. Je m'écoutais.

Dans l'intimité pudique, Gregory me prenait dans ses bras avec précaution. Affecté et sublime, il manquait de spontanéité. Sa gentillesse remplaçait le tempérament qui lui manquait.

« Que ferais-tu si tu étais pauvre ?

— Trouve une solution », dit-il.

Il était heureux d'écouter mes théories sur le mégalo pauvre et le mégalo riche, le mégalo égoïste et le mégalo généreux.

« Si tu ne me dis pas pourquoi tu m'as accostée, je vais me fâcher... Pour de bon.

— Plus tard, dit-il. Plus tard. »

Aux côtés de Gregory, New York était une ville différente. Je suis sortie de la crasse pour entrer dans le luxe du monde ouaté des chaussures à cent cinquante dollars et des vêtements mirifiques. Au bout de dix jours de cohabitation, je n'avais presque plus de voix tant il me faisait parler.

Un jour, nous étions couchés sur le lit, après l'un de ces actes d'amour calmes où il m'ennuyait avec délicatesse. Je n'ai jamais été aussi peu sensuelle qu'avec ce séducteur. Je me retournai vers lui. Je contemplai son profil, son menton légèrement fuyant.

« Tu souffres d'une psychose. Il faut sans cesse te rassurer. Tu as fait un pari d'accoster la première fille venue. »

Il fut émoustillé.

« Psychose ? Je t'écoute. »

Je m'accoudai. Il avait levé sur moi son regard velouté. Qui se payait la tête de l'autre dans cette affaire ?

Je l'embrassai. Sa passion tiède me désorientait. Qu'il passe sa main dans mes cheveux. Qu'il me dise quelque chose de gentil. Une banalité à la française, mécanique et galante. Des petits mots câlins qu'on distribue à sa femme, à sa maîtresse, à son chat, à son chien. A n'importe qui... Mais on les distribue.

« Je t'expliquerai tout, dit-il, excédé. Patience. J'ai tout fait pour que tu sois contente.

— Je ne suis pas une aventure à payer, Gregory.

— Oh ! ce n'est pas ça. Quelle importance, ces petits cadeaux... Ces attentions sont tellement naturelles. Tu m'as apporté une telle...

— Quoi ?

— Une telle... »

Il hésitait. Je m'impatientais.

« Une telle quoi ?

— Une telle fraîcheur... »

Une telle fraîcheur. La définition pouvait se traduire d'une manière péjorative. Pourquoi pas une telle gentillesse... Fraîche et gentille signifiaient un peu bête, facile à doubler.

« Dans ma vie, continua-t-il, tu es l'événement. Tu portes en toi un monde riche. Que tu partages avec moi... »

J'essayai de plaisanter.

« Je n'ai jamais couché avec des mots croisés. Tu représentes un problème insoluble. L'essentiel, c'est que tu ne sois pas un meurtrier. Les psychoses, ça se guérit. Tu as dû être un enfant brimé, celui qu'une nurse cruelle laisse seul dans le noir. Pour mieux le dresser. Tes parents suroccupés, ta mère évidemment futile se rend compte de ta présence effective au moment où on t'enlève. Supposons à huit ans. Depuis, tu es traumatisé, tu fuis. Tu as peur de tout. Tu attends une solution d'une femme qui ne ressemblerait pas à ta mère. Une femme d'un autre milieu... Il faudrait qu'elle te replace sur des bases réelles de la vie. Qu'elle soit saine, brutale et patiente.

— Tu parles des parents, dit-il, intéressé. Comment les imagines-tu, mes parents ?

— Pas des tarés. Du tout. Riches et impatients. Une mère autoritaire. Je suis pour les femmes de tête, indépendantes. L'un des deux — ton père par exemple — devrait avoir une maladie de cœur. Tu dois le ménager. Un chantage aux ventricules. Vous êtes des Texans, bourrés de fric. Ta mère est très sophistiquée. Ton père impressionnant et il a une petite amie de trente ans plus jeune que lui. Ça te va ? J'aimerais les connaître. Genre Dallas en plus simple. Une famille moins grande. »

Il émit un petit sifflement.

« Tu voudrais les connaître ?

— Ils sont comme je les imagine ?

— On verra ça, si tu veux, ensemble.

— On ne t'a jamais enlevé ? Etant gosse... Ne pourrais-tu jouer toi-même au kidnappeur lors de tes crises ? Tu te crois poursuivi et tu poursuis pour te calmer. Et ils le savent. Ils arrangent les coups ensuite.

— Je dois téléphoner », dit-il.

Il partit dans le living-room, j'entendis vaguement un flot de paroles. Ça dura longtemps. Il revint gai.

« Si tu veux, on va aller à Saint-Domingue. Où mes parents ont une propriété.

— A Saint-Domingue ? Près de Haïti ? »

Le monde fit une culbute autour de moi. La mer chaude...

« Saint-Domingue, dit-il, est un paradis terrestre. Mes parents y ont une superbe propriété. Tu es cordialement invitée pour y passer des vacances aquatiques. Le temps que tu voudras. »

Je le regardai, ravie.

« Pourquoi m'inviter ?

— Tu commences à jouer un grand rôle dans ma vie. Je le leur ai dit. »

Je l'écoutais. Je voulais me rassurer.

« Quel âge as-tu, Gregory ?

— Trente-six ans, dit-il.

— Et tu n'as jamais été marié ?

— Tu sais, ma vie privée...

— Si tu veux me présenter à tes parents, c'est que...

— Non, s'exclama-t-il. Je ne veux rien de ce genre. Juste prolonger un peu notre rencontre. La propriété est somptueuse. Une ligne directe relie Saint-Domingue à Madrid et à Paris. Ou je te ramène avec le jet à Miami et tu rentreras alors à Paris.

— Quel jet ?

— Mes parents mettent à ma disposition leur avion. Un petit avion à réaction. »

Je le regardais. Je ne pouvais plus parler. Ils avaient un avion. Il s'énervait.

« En Amérique, ce n'est pas la même chose qu'en Europe. Ici les distances sont énormes. Il est plus facile de circuler quand on a un avion. Même petit. »

Je répétai :

« Ils ont un avion !

— Mais oui.

— Dis, Gregory, la mer est belle, là-bas ?

— Unique. Sinon parmi les plus belles.

— Qu'as-tu dit à tes parents ?

— Ils ne posent pas trop de questions. Ils ont l'habitude de l'imprévu avec moi. Alors, on y va ? »

Je ne comprenais toujours pas. Je regardais mon corps bien fait, mes petits seins, mes longues jambes. J'avais la peau douce et l'âme bien organisée. Un esprit bien fait. Mais, quoi qu'on veuille, je n'étais pas une beauté fatale. Du tout. Qu'est-ce qui attachait Gregory à moi ? Je le saurais peut-être à Saint-Domingue. Et, soudain, une question me propulsa dans l'intimité de l'autre.

« Que fais-tu dans la vie, Gregory ?

— Des affaires, dit-il. Des affaires... »

Si j'avais pu appeler maman... Mais de nouveau, j'aurais menti. Je ne lui aurais pas dit mes peurs, seulement mes succès. J'aurais raconté la rencontre avec l'homme riche. Son rêve. J'aurais aimé savoir où se trouvait maman. Dès que je m'éloignais d'elle, je l'aimais à me fendre le cœur.

LE lendemain, le dîner avec le docteur Jacques Werner s'annonçait nettement plus agréable que le précédent. Yolande l'attendait dans le hall, détendue, plus sûre d'elle-même. Il arrivait, pressé, mais souriant.

« Vous êtes rayonnante.

— L'air de Berne me fait du bien », dit-elle.

Dans la rue, il s'arrêtait pour mieux la regarder.

« L'air de Berne ? Compliments.

— Vous êtes très gentil, ce soir, Jacques. »

Content, il souriait.

Au restaurant, il constata :

« Vous choisissez rapidement. Vous savez ce que vous voulez. Je vous aurais imaginée plutôt hésitante. Hélas ! l'air de Berne me fait moins d'effet qu'à vous. Je suis épuisé ce soir.

— Les médecins travaillent beaucoup, j'imagine, dit-elle. Mais vous devez avoir une belle vie... Guérir... Voyager... Voir le monde. »

Elle avait raison mais il aurait aimé qu'elle fût plus nuancée dans son jugement. Il se consacrait à ses malades. Ses désirs se limitaient à un grand confort, à la collection des livres rares et aux voyages. Les femmes qui traversaient sa vie trouvaient ces déplacements trop courts. Elles acceptaient facilement une vie sans soucis mais ne cessaient de lui faire des reproches : « Je te vois si peu. On n'a pas le temps de parler. »

Le serveur vint près d'eux, prit leur commande. Werner se pencha vers Yolande.

« Navré pour hier soir. J'étais énervé, injuste.

— Vous aimez vous moquer des gens, remarqua-t-elle.

— Non, ce n'est pas ça. Mais je suis un peu désabusé. Je n'ai vécu qu'avec des intellectuelles. Des femmes sophistiquées, compliquées.

— Et alors ?

— Je cherchais la culture, la beauté, la femme érudite. Il me fallait tout. »

Une serveuse venait de déposer sur la table deux assiettes de salade mélangée.

« De vraies natures mortes, dit Werner.

— Pourquoi mortes ? »

Il esquissa même un geste pour dessiner dans le vide un cadre.

« ...ce seraient des natures mortes. »

Elle hocha la tête.

« Non, ces salades ressemblent à un potager. Je rêve parfois de vivre dans une maison entourée d'un jardin. Je regarderais les fleurs, les tomates, les salades. Dans mon jardin, tout est mélangé, les fleurs poussent dans le potager et les laitues près de la maison. »

Elle entamait sa salade, petite feuille par petite feuille. Lui, il avait déjà vidé la moitié de son assiette.

« Avez-vous une résidence secondaire ? » demanda-t-il.

Elle pensait à sa rue, au trottoir glissant le jour du marché.

« Non.

— J'ai un tout petit jardin, fit-il. Un terrain clos devant mon chalet. »

Il ajouta avec une certaine cruauté, tant l'innocence de Yolande l'intriguait :

« A mille huit cents mètres, les salades sont rares.

— Vous avez tout, dit-elle. Vous devriez être reconnaissant à la vie. »

La serveuse apporta le plat suivant.

« Attention, c'est chaud...

— Je n'ai pas tout, dit Werner. Il est impossible de réussir simultanément la vie privée et la vie professionnelle. Quelque chose, quelque part, coince la chance. »

Il but un peu de vin.

« Je ne suis pas une intellectuelle, ni une femme compliquée. Et je n'ai jamais fait d'études. Je n'ai pas de culture. Pourquoi ne pas m'avoir oubliée ?

— Je ne sais pas. Peut-être parce que je déteste les échecs.

— C'est tout ? »

Il la trouva juvénile. Il posa sa main sur celle de Yolande.

« Qu'attendez-vous de la vie, Yolande ?

— Ce que j'attends ?

— Dites-le...

— Le bonheur, prononça-t-elle. Le bonheur... S'il reste du temps pour le trouver. »

Il s'exclama :

« Le bonheur ? Comme si c'était simple ! Quel genre de bonheur ?

— Qu'on m'aime. »

Elle eut de la peine à cacher une émotion qui la remuait.

« Et que j'aime, continua-t-elle. Ma fille me trouve absurde. Démodée. Agaçante. »

Elle se dévoilait, elle se livrait.

« Vous avez un peu raté votre vie, dit-il. A force de chercher le plaisir des autres.

— Peut-être. »

Elle avait mal, elle voulait être ailleurs. Vincent allait l'appeler, il était chaleureux, lui. Un volcan de tendresse. Elle ne se souvenait même pas exactement de son visage. Elle désirait le revoir.

Le docteur Werner réclama l'addition. Puis il dit :

« Vous auriez voulu un dessert ?

— Oh ! non... Pas de dessert, ni de chien, ni de chat.

— Je ne vois pas le rapport.

— Lorsqu'on se trouve dans ma tranche d'âge...

— Décidément, vous ne me le pardonnerez jamais. »

Elle se tut. Il insista.

« Expliquez-vous donc...

— Une femme seule ne doit pas manger de crème, ni promener un chien, ni attendre le retour d'un chat coureur. »

Elle ajouta :

« Vous avez changé depuis Ibiza. Vous êtes devenu plus calme, plus attentif aux autres.

— Vous venez de dire une immense vacherie.

— Pourquoi ?

— Vous me traitez de vieillard parce que je n'ai fait aucune tentative pour vous amener dans mon lit...

— Vous êtes plus calme. »

Il paya. Ils quittèrent l'établissement. Ils s'engagèrent dans une rue étroite et sonore d'échos. Les murs rejetaient des rires et des mots. Il la prit par le bras.

« J'ai un grand appartement, Yolande. Et trois chambres à coucher. Si, au lieu de dépenser votre argent à l'hôtel, vous veniez passer quelques jours chez moi ?

— Vous m'invitez ?

— Exactement. »

Elle réfléchissait. Si elle acceptait l'invitation de Jacques Werner, elle ne reverrait plus Vincent.

« Attendons un peu.

— Attendre quoi ? »

Elle cherchait des excuses.

« Vous partez bientôt en vacances.

— Vous pourriez rester dans l'appartement.

— Seule ? s'exclama-t-elle. Oh ! non merci...

— Vous n'aimez pas être seule ?

— Vous connaissez quelqu'un qui aime être seul ?

— Oui, moi. Plutôt oui.

— Vous avez de la chance, fit Yolande. Personne ne pourra vous faire souffrir.

— C'est peut-être vrai », dit-il, tout heureux de ce certificat d'invulnérabilité.

Parce que de bonne humeur, il s'emballait.

« Et si nous partions ensemble ?

— Vous et moi ?

— Oui, nous.

— Où ?

— En Italie.

— Je n'ai plus envie d'aller en Italie, dit-elle. J'aimerais apprendre à connaître Berne... et aussi la Suisse.

— Vos compatriotes, la plupart ne savent rien de nous. Rien que des banalités. Chocolat, banques, coucous, c'est même écœurant.

— Pas la peine de vous fâcher avec moi... Je dis que je voudrais connaître votre pays et vous vous énervez... Quant aux banques, je n'ai jamais eu d'argent. Je n'ai même pas de carnet de chèques.

— Il ne faut pas m'en vouloir, Yolande. Mais souvent les Français sont irritants.

— Beaucoup de choses vous agacent, constata-t-elle. Je crois que me montrer votre pays serait pour vous une corvée. Vous avez besoin de dépaysement. Mon dépaysement à moi est ici. »

Il réfléchit de vive voix.

« Je voulais aller dans le sud de l'Italie. En Sicile. Au gré du hasard. Que ferez-vous seule à Berne ?

— J'irai bavarder avec les ours...

— Ils sont plus près de chez moi que de votre hôtel. Venez. Je vais vous montrer mon appartement. J'ai aussi une collection d'objets égyptiens.

« Attention aux pharaons, pensa-t-elle. Aux pharaons et au sphinx... Il y en avait combien ? De sphinx ? »

La rue dorée, voilée de taches ocre et noires, s'étendait devant eux comme le Grand Canal de Venise, vidé d'eau. Les fantômes des mercenaires chevauchaient leurs superbes chevaux. Ils traversaient les labyrinthes d'ombres et de lumières.

« J'ai vu les ours aujourd'hui, racontait Yolande. Ils sont beaux, cossus, le poil brillant, les yeux malicieux, paresseux et passionnés. J'ai choisi mon ours à moi... Il restait couché sur le dos, les pattes en l'air, il se berçait. Il attrapait mes figues en tournant juste la tête.

— Ils vivent un peu comme les hommes mariés, comblés d'attentions mais enfermés dans une fosse.

— Vous ne voyez jamais les côtés joyeux de la vie ? »

Il émit un petit sifflement.

« Vous êtes optimiste, vous ? Bravo. »

Elle se tut. D'ultimes lumières glissaient sur les murs. Il l'amenait dans ce soir rose, brun et bleu, vers Junkerngasse. L'éclairage de la rue Centrale dessinait des pavés de lumière. Ils arrivèrent dans le tunnel de velours que formaient les arcades.

Ils montèrent au troisième étage.

« Je passe devant vous. J'allume... Voilà... »

Ce soir, personne ne demandera son nom, le prénom de son mari, les raisons de sa visite.

Au bout d'un petit couloir, le médecin ouvrit une double porte et ils se retrouvèrent dans une chambre à coucher. Il tourna le commutateur. La faïence bleue d'un lustre flambait de gaieté.

« Il vient d'Italie, dit-il. Mes faïences viennent toujours d'Italie. Quels artistes, ces Italiens ! Ils ont un goût parfait. Venez vite. »

Il tira Yolande vers la fenêtre.

« Nous avons encore un peu de lumière. Regardez l'Aar. »

Elle aperçut de loin le fleuve, métal gris et rose, frisé d'écume.

« Si vous vouliez occuper cette chambre... La salle de bain est juste à côté. Vous vous levez certainement tard. Le matin, je suis à l'hôpital et je commence ma consultation privée à quatorze heures.

— Vous prenez votre petit déjeuner à la maison ? demanda-t-elle.

— Oui, j'ai mes habitudes de vieux garçon. Les femmes avec qui j'ai vécu étaient des artistes. Elles s'endormaient tard, se levaient tard. J'ai eu dans ma vie un peintre, une poétesse, une artisane, j'ai même tenté une aventure avec une chanteuse. Elle n'est restée que deux jours. Les créatrices silencieuses, je les supportais, admirais, encensais, la chanteuse non.

— Je ne suis pas une artiste, dit Yolande, je ne dors pas jusqu'à dix heures. Je me lève toujours tôt. J'aime le matin.

— Vous aimez le matin ? »

Il s'emballait de nouveau.

« Mais, bon Dieu, qu'avez-vous fait de vos années, si vous vous levez tôt ? Qu'avez-vous fait de vos longues journées ? Pourquoi n'avez-vous pas appris une langue étrangère, un métier ? Vous viviez dans l'attente... enfermée dans votre solitude ? C'est de la folie...

— Evidemment, dit-elle, avec une certaine amertume. J'aurais pu peindre, fabriquer des pots, écrire des poèmes, et même chanter. Mais je suis une femme simple. Je prenais mon temps pour regarder les gens. Je vivais au ralenti. J'ai appris la patience. »

Elle ajouta, comme jadis au confessionnal, le péché inventé. Pour paraître humble.

« Il m'arrive de broder.

— Broder ? Nous y sommes. Broder... Vous brodez, j'imagine, de « vrais tableaux ». C'est ce qu'on dit dans ce cas-là... Et il faut les admirer.

— Je brode mal. Avec des points irréguliers. Je confonds les couleurs. Je les oublie. Je ne suis pas adroite de mes mains.

— Vous êtes bonne à quoi ? »

Il devenait méchant, tant elle était transparente.

« Aimer. C'est tout !

— Votre mari a une maîtresse, si j'ai bien compris.

— Une ? Cinq. Dix. Je ne sais pas combien. Il en avait à demeure aussi, dans le Midi où il a un appartement.

— Et vous supportez ça ? »

Elle gardait le silence.

« Asseyez-vous. »

Il désigna d'un geste l'un des fauteuils bleus. Elle s'assit au bord du siège recouvert de satin. Elle craignait des mots blessants.

« J'aimerais m'en aller. »

Il la retenait.

« Je n'ai aucun droit de discuter votre vie privée, Yolande. Mais je n'entrerai pas dans votre raisonnement non plus. La question : avez-vous envie de passer quelque temps chez moi ? Cette chambre est confortable. La salle de bain est jolie. Elle a aussi une fenêtre sur l'Aar. Nous pourrions aller souvent souper dehors.

— C'est vous qui n'êtes pas confortable, dit-elle. J'ai besoin de douceur. De tendresse. »

Elle pensa à Vincent. Pourrait-elle le revoir encore ?

Il s'assit en face d'elle, souriant.

« Ma chérie, dit-il. Soyons raisonnables. Je vous montrerai la Suisse. A travers vos étonnements, je ferai des découvertes. Je vous trouve douce, continua-t-il, très douce. Apprenez-moi la douceur, la quiétude... »

Elle s'immisçait déjà dans sa vie. Une lumière qui se faufilait à travers les fentes des rideaux mal fermés. Elle se leva.

« Laissez-moi réfléchir...

— Vous me répondrez dans vingt ans, dit-il. J'aurai septante-cinq ans quand vous succomberez...

— Combien ? dit-elle.

— Septante-cinq. Soixante-quinze, en Suisse, se dit septante-cinq. Quand je serai un très vieux monsieur, j'aurai l'autorisation de toucher votre petit doigt.

— Quand vous aurez septante-cinq ans, comme vous le dites, je n'aurai que soixante-huit ans. Je serai toujours la plus jeune. »

Il riait franchement.

« Venez, je vais vous montrer quelque chose de superbe. Depuis Ibiza, je cherche à vous identifier. Il y a une ressemblance entre vous et un visage très célèbre. Vous connaissez le Prado... »

Elle devint méfiante. Elle situait le Prado en Espagne mais elle ne savait pas si c'était un musée, un théâtre ou un grand magasin. L'allusion maladroite qu'elle avait faite autrefois à madame Bovary l'avait mise en garde.

« J'ai plusieurs albums sur le Prado », dit-il.

Il se leva, il alla rapidement à son bureau, se dirigea vers la bibliothèque et y prit un livre.

« Venez... »

Il alluma une lampe et montra à Yolande une double page. Sur l'une d'elles, une femme allongée sur un canapé, habillée. Sur l'autre, sur le même canapé, la même femme allongée et nue.

« Voilà la Maja des nuda et la Maja vestida. Regardez bien ce visage. Ne trouvez-vous pas qu'il y a une nette ressemblance entre vous deux ? »

Yolande regardait la femme habillée sur une page et la femme nue sur l'autre.

Il lui expliqua :

« Ces tableaux se promènent dans le monde et participent aux expositions. Il est plus aisé de les voir ensemble dans un livre qu'au Prado même. Regardez ce visage. Cœur, intelligence et même, peut-être, une sorte de cruauté dans la douceur. »

Il contourna le bureau et s'assit.

« Vous me voyez vestida ou des nuda ? » demanda-t-elle.

Elle rougit.

« Quelle évolution ! s'exclama-t-il. Vous me donnez l'espoir d'un éventuel dévergondage. Entre parenthèses, j'espère que vous appréciez ma réserve. Selon mon tempérament, depuis hier, vous devriez être dans mon lit.

— Vous êtes tous aussi rapides ? demanda-t-elle.

— Tous ? A quoi faites-vous allusion ? Qui « tous » ?

— Je parle en général.

— Vous connaissez un seul Suisse, moi... »

Elle avait agréablement chaud.

« Les hommes ici donnent l'impression d'être très sûrs d'eux-mêmes. Je les trouve plutôt grands, bien faits et ils ont de belles voitures de sport. Ça me plaît.

— Vous êtes comme une gosse, impressionnée par des voitures. »

Il ajouta :

« Vous observez trop bien mes compatriotes. Vos idées d'indépendance m'épatent aussi. Je retrouve l'effet habituel que je suscite chez les femmes. J'ai réussi, malgré moi, à transformer les plus renfermées, les plus timorées, les plus inaptes à la communication, en féministes acharnées. Si je vous démolis, vous aussi...

— Non, dit-elle, vous ne me démolissez pas. Au contraire, grâce à vous...

— Grâce à moi ? Quoi ? Qu'est-ce que j'ai fait ?

— Vous êtes parfois rude. C'est stimulant, je vous en suis reconnaissante. »

Il l'interrogea :

« Qu'est-ce que ça veut dire, tout cela ? »

Elle s'esquiva.

« Je vous répondrai après-demain. Je suis très contente de vous avoir rendu visite. Je désire m'en aller maintenant. Voulez-vous me raccompagner ? Sinon, je vais seule. »

Ils partirent à pied vers l'hôtel. Les pierres jaunes de Berne, tatouées de souvenirs, saluaient la lente levée de la lune.

Comme c'était agréable de marcher à côté d'un homme : régler le rythme de ses pas sur les siens, l'écouter, le quitter avec un léger regret à l'entrée de l'hôtel et arriver dans sa chambre, accueillie par les roses aux pétales lourds d'émotion.

Rassurée par le comportement de plus en plus chaleureux de Jacques Werner, elle lui trouvait des excuses, « il a toujours été déçu par les femmes », pensa-t-elle. Elle jonglait déjà avec la petite expérience qu'elle venait d'acquérir, elle tentait de mieux comprendre les hommes. Elle espérait le retour de Vincent, elle avait peur pourtant que l'image de la nuit passée ne soit perturbée. Elle se sentait légère et ne se souciait guère du retour à Paris. Elle passa une nuit de paix et dormit comme un enfant après une journée d'excursion. Le matin revint, ensoleillé et paisible, elle prit son petit déjeuner au lit et élabora des projets de promenades. Elle allait découvrir Berne, la ville aux mille surprises et aux mille enchantements. Elle s'apprêtait à quitter sa chambre lorsque le téléphone se mit à sonner. Elle décrocha :

« Yolande ?

— Oui.

— C'est Vincent à l'appareil. »

Elle s'assit au bord du lit et prononça délicatement, comme lorsqu'on dépose un objet fragile qui risque de basculer :

« Vincent ?

— Comment vas-tu ? » demanda-t-il.

Elle fut brusquée par le tutoiement. Ce « tu » rapide et un peu trop direct appartenait à la nuit.

« J'ai essayé de vous appeler, dit-elle, mais le numéro ne répondait pas.

— J'étais en déplacement.

— Et votre bureau était fermé...

— A peu près. »

Il était évasif.

« Je te vois quand ?

— Je ne sais pas, dit-elle.

— Tu restes combien de temps à Berne ?

— Je ne sais pas.

— Tu ne t'ennuies pas ?

— M'ennuyer ? Non.

— Tu ne connais personne, constata-t-il.

— Si. »

Il attendait davantage de cette conversation, elle aussi. La magie ne s'opérait plus à dix heures du matin.

« Je peux revenir ce soir, dit Vincent.

— Non. Plus jamais ici. Nous étions emportés par quelque chose, ça peut arriver une fois, pas deux. Et si on se revoit, il faudrait parler.

— Parler ? dit-il. Parler ? La vie est trop courte et trop passionnante pour perdre du temps en bavardage. Je désire te prendre dans mes bras. Sans discours. »

Désemparée, elle constatait que tout ce qu'elle avait condamné dans le passé, tout ce qu'elle rejetait avec indignation, elle l'acceptait. Etrange surprise que de recevoir des mots condamnés et de les accueillir avec joie.

« Je ne sais rien de vous, dit-elle.

— Il faut vivre au jour le jour... Prendre la vie telle qu'elle est, sans curiosité. Je ne t'ai posé aucune question.

— C'est trop facile, pononça-t-elle.

— Je viendrai te prendre à l'hôtel à dix-huit heures, ce soir, dit Vincent. Je t'amènerai dans une auberge au bord d'un lac. Je te reconduirai à l'hôtel le lendemain matin. D'accord ?

— Je crois que oui.

— Le contraire aurait été dommage. Il y a eu quand même quelque chose de sensationnel dans notre collision... »

Collision ? Leur acte d'amour était devenu une « collision » ?

« Vincent ?

— Oui ?

— Vincent, avez-vous une... »

Elle ne pouvait pas admettre qu'il soit marié.

« Avez-vous une famille ?

— Rares sont les orphelins de quarante ans, dit-il. Je vis dans un groupement humain, comme nous tous.

— Qu'appelez-vous un « groupement humain » ?

— Nous parlerons de tout cela ce soir... Je suis très pressé... Tu m'attends dans le hall à dix-huit heures. J'entrerai juste pour te chercher, la voiture sera en double file.

— Je serai en bas, dit-elle. Vincent ?

— Oui...

— Dans l'auberge...

— Oui...

— On vous connaît ?

— Oui.

— Les gens qui nous recevront comprendront que nous ne sommes pas mariés. Qu'est-ce qu'ils vont penser ?

— Rien. Ils n'ont pas le temps de penser trop. A tout à l'heure. »

« Où étaient les démons ? » se demandait Yolande. Succomber, comme la plupart, à une aventure, était-ce un égarement ou un équilibre rétabli ? Se libérer de l'éternelle justification de ses actes, des analyses pénibles... Personne ne l'avait félicitée pour sa moralité, pour ses scrupules, qui aurait le droit de la condamner pour ses égarements ? Elle découvrait qu'être comme tout le monde était un privilège. Elle décida de se promener par ce magnifique jour. Elle tentait de se faire un calendrier, quelques « quand » et « comment » s'installaient dans son esprit. Il fallait qu'elle sorte pour s'apaiser.

Elle marcha dans la foule dense, le flot humain l'effleurait. Elle arriva à Bärenplatz. Elle s'assit de nouveau au bord de la fontaine. Un homme lui adressa une petite phrase en allemand. Yolande acquiesça en souriant. Elle ne voulait pas paraître différente parce qu'elle ne comprenait pas cette langue. Dans le grouillement coloré de cette place, dans ce va-et-vient incessant truffé ici et là de franges de musique, elle oubliait sa vie. Englobée dans une fraternité limpide où personne n'insistait pour s'approcher d'elle. Mais aucun n'était hostile, non plus. Elle ressentait comme une réconciliation universelle grâce à cette place, fleurie, subtile, complice.

Elle décida d'accepter l'invitation de Werner. Après une dernière nuit passée avec Vincent. Il fallait lui dire qu'elle ne le reverrait plus jamais. Fallait-il s'accorder encore cette soirée ?

Elle quitta la fontaine, elle revint vers l'hôtel, et remonta dans sa chambre. Elle s'assit au bord du lit et, ayant réfléchi longuement, elle composa le numéro du bureau de Vincent d'où, cette fois-ci, une secrétaire répondit que Vincent était absent pour la journée, et demanda s'il y avait un message à lui communiquer.

« Non, dit Yolande. Non merci. »

Puis, elle décida d'appeler l'autre numéro. Au bout de trois sonneries, une voix très jeune dit au téléphone, sans qu'on l'interroge :

« C'est Catherine (et ici venait le nom de famille) à l'appareil. »

Le cœur de Yolande tambourinait violemment.

« Il revient quand, votre père ?

— Je ne sais pas. Voulez-vous parler à maman ? Elle le sait...

— Non merci. Je vais appeler votre père à son bureau. »

Elle raccrocha. Voilà, c'était aussi simple que ça. L'homme séduisant, ce parfait conquérant, cet amant doux et infatigable avait une famille, une enfant, peut-être plusieurs. Une femme qu'il devait embrasser sur le front en rentrant chez lui. D'autres Laurence, d'autres Yolande peuplaient ce monde. Toutes trompées. « Juste comprendre, pensa-t-elle, j'aimerais juste comprendre ce que sont un homme et une femme ensemble. Une erreur ? Le havre des obstinés ? Plus jamais revoir Vincent. »

Elle entendait l'écho de la voix de la petite fille : « Voulez-vous parler à maman ? » Elle appela Werner à l'hôpital.

« Je sais que je vous dérange, lui dit Yolande.

— Allez-y, je vous écoute.

— J'accepte votre invitation. Je passerai volontiers quelques jours chez vous.

— Je suis ravi, dit-il. C'est une bonne chose, que vous venez de me dire... Je viendrai vous chercher vers dix-neuf heures à l'hôtel.

— Non. J'aimerais quitter l'hôtel plus tôt.

— Prenez un taxi et installez-vous chez moi. La secrétaire sera là à partir de treize heures trente. Je vais la prévenir. Je n'ai pas de femme de ménage aujourd'hui mais je suis sûr que vous trouverez tout ce qu'il faut. Installez-vous... Nous improviserons le programme de ce soir... Je suis ravi... »

Elle quitta l'hôtel à treize heures. Elle prit un taxi. Le chauffeur devait contourner la ville, à cause des sens uniques, pour arriver enfin à

Junkerngasse. L'homme lui monta sa valise jusqu'au deuxième étage. Elle sonna, elle entra, la secrétaire sortit de son bureau et la reçut avec un sourire neutre.

« C'est par ici, madame. Voici, c'est cette porte à gauche. Vous longez le couloir, vous tournez encore à gauche et vous trouvez votre chambre. J'ai mis un téléphone sur votre table. Vous pouvez donc appeler sans passer par le bureau. »

Ce serait amusant, pensa-t-elle, d'appeler Georges. Engagée dans une autre vie. Elle rangeait ses vêtements dans la penderie.

La secrétaire revint.

« Le docteur m'a dit de vous remettre un jeu de clefs. »

Après une courte hésitation, elle appela son mari, à Hyères. Parler à celui qui l'avait toujours trompée, assise sur un lit étranger, c'était réconfortant. Elle entendit la voix de Georges, il était de passage chez lui. Respirant fort dans l'appareil, oppressé parce que devenu trop corpulent, sa présence remplissait la chambre bernoise.

« Georges ?

— Qui est à l'appareil ?

— Yolande.

— Yolande ? Tiens donc... Bonne idée de m'appeler. Ta fille aimerait savoir où tu es... J'ai parlé avec elle, il y a quelques jours.

— Quel bonheur, s'exclama-t-elle, d'avoir des nouvelles. La famille est un peu dispersée. »

Ils étaient aux quatre coins du monde depuis des années. Elle voulait encore et encore jouer la petite comédie où on aurait eu besoin d'elle, où elle aurait manqué à quelqu'un...

« D'où appelles-tu ?

— Je suis à Berne.

— A Berne ? Qu'est-ce que tu fais là-bas ? Tu

m'as vaguement parlé d'amis en Suisse. Tu as des amis à Berne ?

— Oui, j'ai des amis ici... »

Il émit un petit sifflement.

« Madame a des amis que je ne connais pas. Tu deviens intéressante... Je t'aurais mieux imaginée, les pieds dans une mer chaude. »

Puis il riait, de ce rire un peu gros, railleur. Elle regarda autour d'elle, l'atmosphère de l'appartement de Jacques Werner la rassurait et elle dit :

« Je suis heureuse en Suisse.

— Madame s'émancipe, dit Georges. Attention, ne te laisse pas enlever... »

Georges avait aussi l'habitude de lui taper dans le dos, comme on fait entre hommes. Elle ne supportait plus du tout ces gestes. Elle comprit qu'enfin elle osait en avoir assez de Georges.

« Tu as le numéro de Laurence ?

— Oui. Je te le donne. »

Elle vérifia le numéro qu'elle avait marqué et ajouta :

« C'est le même qu'elle m'a donné, il ne répond jamais.

— A-t-elle dit quelque chose, un message pour moi ?

— Tu parles ! Elle m'a passé un savon.

— Pourquoi ?

— Je lui ai annoncé qu'un de ces jours, je reviendrai vivre avec toi... Elle m'a répondu que tu méritais mieux. C'est vrai, mon ange ? »

Elle l'écoutait, absente de sentiments. Georges voulait revenir, Laurence la défendait. « Ça ne m'étonne pas d'elle. Elle m'aime. Elle est un peu cruelle parce qu'elle n'a jamais souffert, mais elle m'aime. « Puis, réconfortée par le message indirect parvenu des Amériques, elle s'entendit prononcer, comme elle avait l'habitude de penser :

« Je veux divorcer, Georges. »

L'autre perdit la voix.

« Tu dis ? Quoi ? Divorcer ? Tu parles de divorcer juste quand j'ai l'intention de revenir ?

— Je ne veux plus de toi. »

Elle avait lancé une phrase qu'elle n'aurait même pas osé formuler il y a quelque temps. Tout cela était beaucoup plus facile qu'elle ne l'aurait imaginé. Etre emportée dans une chambre d'hôtel, passer la nuit avec un inconnu, recevoir des roses, s'installer chez un homme seul, et dire, malgré le mariage religieux, sa barrière de corail, qu'elle voulait divorcer... Il avait suffi de souffrir vingt ans avant, d'être humiliée, laissée seule à Noël. C'étaient les Noël qui la brûlaient. Enfermée dans un appartement, calfeutrée, ne répondant pas aux sonnettes des colporteurs opportunistes, ni au téléphone pour faire croire qu'elle était ailleurs. Le somnifère avalé, la chute dans l'inconscience, ce sommeil si proche du suicide. Il ne fallait que ça pour dire : « Je veux divorcer. »

« Tu ne peux rien sans mon accord, répondit Georges.

— Si, dit-elle, très calme. Tu as voulu faire prononcer un jugement quand tu m'as quittée. « Ou tu acceptes ou je te coupe les vivres... » Te souviens-tu ?

— Ça ne veut pas dire..., balbutia Georges.

— Ça veut dire que, ma demande introduite, je serai libre en quelques semaines. Quoi que tu fasses. Tu m'as menacée souvent en me décrivant ce que tu pouvais faire. J'ai tout appris de toi... »

Au bout du fil, anéanti, il voyait s'échapper sa femme de ménage, sa cuisinière, sa dame de compagnie, éventuellement sa compagne au lit une fois par mois, le vin aidant.

« Et que feras-tu seule ?

— Qui parle de solitude, dit-elle. Je vais épouser un Suisse. »

Elle s'écoutait. D'où venait sa certitude ?

« Toi, te remarier ? Moi vivant ?

— Pourquoi tu dis « vivant » ?

— Yolande, ta religion. Tu n'es plus une bonne chrétienne ? Un modèle ? Une femme fidèle ? »

Elle avait l'impression que Laurence l'aidait. Que sa fille lui indiquait les mots à dire.

« Il ne faut pas trop charrier, ajouta-t-elle en prononçant délicatement le mot neuf pour elle.

— Et Dieu, cria Georges, comment t'arrangeras-tu avec Lui ? Et ton enfer et ton paradis ?

— Laisse Dieu tranquille. Dieu n'est pas ton affaire. La mienne non plus.

— La tienne non plus ? Qu'est-ce que tu me racontes ?

— J'ai été blousée au nom de la religion. Blousée. »

Le mot lui était soufflé par Laurence invisible mais présente.

« Exploitée, continua-t-elle. C'est fini. Il me reste peut-être un peu de temps à vivre.

— Yolande, dit-il de l'autre bout d'un autre pays, Yolande, je pourrais être beaucoup plus gentil... »

Il fallait donc être dure pour qu'on fasse semblant de vous aimer. Indépendante pour qu'on vous coure après... Vivre dans l'adultère d'un côté pour que, de l'autre, on promette la fidélité.

Georges eut peur de se trouver libre. Démuni de ce havre maudit mais nécessaire que représentait sa femme lointaine, mais légitime, cette femme vers qui il aurait pu retourner à n'importe quel moment, il se sentait déraciné. Bon ange, infirmière, ménagère, automate en velours et en soie, plate-forme d'une retraite, Yolande allait le quitter.

« Yolande... Yolande, tu ne vas pas me faire ça ?

— Si, dit-elle, calme. C'est irrévocable. Je t'appellerai de temps en temps. Pour te tenir au courant. Je laisserai un message sur ton répondeur. Et le mois prochain, j'introduis la demande de divorce. Au revoir, Georges ! »

Elle raccrocha, épuisée. Infiniment contente.

Elle entreprit ensuite la reconnaissance des lieux. Elle désirait se confondre dans le nouveau décor, s'y intégrer. Cette existence pouvait durer quelques semaines ou toute une vie. Elle ne pouvait pas prévoir le dénouement, seulement l'espérer. Elle décida de faire des courses et de préparer pour le soir une salade mélangée. Elle s'aventura jusqu'au bureau de la secrétaire.

« Pouvez-vous me montrer la cuisine, s'il vous plaît ?

— Tout de suite, j'arrive. »

Elles traversèrent l'appartement.

Elle regardait, éblouie, la cuisine. Un vrai laboratoire ultra-moderne, caché dans un décor de bois ancien. Elle découvrit la plaque chauffante impeccable. Personne n'avait peut-être jamais rien chauffé ici. Dans un large et profond tiroir, elle aperçut des casseroles. Habituée aux objets pompéiens, si usés par le temps, elle était désorientée par tant de perfection. Elle ouvrit les placards. Elle aperçut des services en porcelaine et en faïence, des verres. Tout était rangé et étincelant, comme dans un magasin. Le décor était beau, irréel. « La seule chose que j'oserais préparer, pensa-t-elle, ce serait une salade. »

Elle partit avant le retour du médecin. Elle

décida de revoir les ours qui se trouvaient à quelques minutes de marche de Junkerngasse. Là-bas, elle acheta un sachet de figues et des carottes. Quelques touristes japonais photographiaient les ours heureux. Ils se hissaient sur leurs pattes arrière et, parfois poliment, juste pour manifester un certain plaisir, ils s'étiraient, ils narguaient mollement leurs admirateurs. L'ours que Yolande nourrissait se tourna soudain. Voulait-il valser ? Heureusement, elle lui avait versé la moitié de son sachet de figues... Un autre ours venait, plus clair de fourrure, plus gai, aussi nonchalant...

Elle remonta au marché de Bärenplatz. Elle passait d'un stand à l'autre, heureuse. Elle choisissait amoureusement ses légumes, les salades, les œufs. Munie d'un gros sac en plastique, elle passa devant la Bundeshaus et regarda, impressionnée, ce palais solennel d'où l'on dirigeait le pays.

Au retour, elle eut envie d'entrer pour la première fois dans une cathédrale protestante. L'absence d'images, de statues, de croix, la désorientait. L'atmosphère profondément religieuse de l'endroit l'apaisait. On pouvait donc aimer le Christ dans l'âme, sans le voir représenté, torturé et ensanglanté ? Laurence aurait-elle eu raison lorsqu'elle s'était si farouchement défendue contre l'agression de la piété que sa mère avait installée autour d'elle ? Yolande dit comme une prière : « En n'importe quelle langue, en n'importe quelle religion, je voudrais être encore heureuse. »

Elle rentrait déjà en habituée à Junkerngasse, elle remonta dans l'appartement, ouvrit la porte, avança sur la pointe des pieds et retrouva la cuisine. Elle y déposa ses achats puis elle alla dans sa chambre et décida de s'allonger sur le lit. Elle était fatiguée. Tout était neuf pour elle et ses actes lui paraissaient révolutionnaires. Elle s'endormit un peu, puis elle retourna à la cuisine où elle se prépara un thé. Elle entendait vaguement quelques bruits, la sonnette, des gens entraient et sortaient, l'appartement vivait. Puis lui parvenaient, au-dessus des toits, des rires, l'écho des mots... Un fragment de musique, des lambeaux de sons.

Elle lava, feuille par feuille, les salades. Elle fit cuire des œufs. Elle avait tout préparé. Il fallait juste mélanger les éléments. Elle attendait Jacques Werner. Qu'allait-il désirer ? Sortir ou souper chez lui ?

Il vint la retrouver à la cuisine vers six heures et demie.

« Yolande. Que faites-vous là ?

— Une salade, dit-elle. Une salade mélangée. On pourrait peut-être rester à la maison. »

« A la maison. » De quelle vie et de quelle maison parlait-elle ?

« Volontiers », dit-il.

Enfin, elle attendait de nouveau un homme à nourrir. Son ours de ce jour.

Ils commencèrent à dîner — à souper, comme il disait — dans la salle à manger. Il semblait ravi de ne pas être obligé de sortir.

« Je suis heureux que vous soyez là... Je ne ferai pas un seul pas vers vous. Aucune tentative de « séduction », diriez-vous. C'est vous qui m'appellerez le jour où vous en déciderez ainsi. »

Elle lui était reconnaissante.

Il continua :

« Vous comprendrez peut-être seule qu'un homme et une femme sont faits, ou pour se séparer, ou pour vivre ensemble. Mais pas côte à côte. Le temps passe vite. Tout doit venir de vous. Vous pourrez passer ici un an sans que je frappe à votre porte. A partir du moment où vous vous êtes installée ici, vous êtes en terrain sûr. Vous ne serez pas incommodée. Je vous dis juste : « La place est libre. »

— Merci. Ma fille répondrait mieux que moi.

— Que Dieu m'en garde...

— Mais si, un jour, nous vivons ensemble, il faudra que vous la voyiez. C'est ma fille et je l'aime.

— Vous avez du mérite.

— Elle est très bien, ma fille... Elle serait très contente de me savoir ici...

— Croyez-vous ?

— J'en suis sûre. Il faut que vous la revoyiez... Parfois elle est extraordinaire de gentillessse. »

Il l'aidait à ranger la vaisselle.

« Je suis célibataire temporaire, dit Jacques. J'ai tout appris. Dès qu'une femme s'en va, je m'organise seul. Je sais même repasser une chemise. Je suis tout à fait viable sans aide. Venez, on va se promener un peu. Je vous montrerai la ville basse au clair de lune. Pendant le week-end, nous monterons à Morgins. J'ai un chalet là-bas. Ma mère était valaisanne, c'est elle qui me l'a laissé, mon nid d'aigle. Je vous apprendrai les cantons.

— Je suis pleine de bonne volonté », dit-elle.

Elle s'installait dans la vie du docteur Werner. Elle pouvait enfin se calquer sur quelqu'un et abandonner son indépendance qu'elle haïssait. Elle découvrait la tendresse de Jacques Werner et sa prudence. Resplendissante de fraîcheur et de gaieté, elle préparait le petit déjeuner. Elle était heureuse. Il la regardait, étonné. Une compagne qui, à sept heures du matin, lui annonçait, souriante, que le café était prêt ! Pour prouver qu'il ne désirait franchir aucune frontière tracée par elle, il la vouvoyait. Il ne cessait de s'interroger : « Pouvait-il laisser partir Yolande ? » Ce phénomène rare, cette femme simple et jolie...

Elle prit vite l'habitude de la conduite suicidaire du docteur Werner qui fonçait sur les autoroutes.

Il aimait tenir la main de Yolande avec sa main droite, laissant juste la gauche sur le volant. Elle n'osa pas demander quelle musique ils écoutaient. Il annonçait parfois : Wagner, Beethoven, Mahler aussi.

« Il faudrait peut-être rouler plus lentement, dit-elle un jour à travers les gémissements d'un chœur de Wagner.

— Vous avez peur de mourir ?

— Non. Mais l'accident de la route est une mort laide.

— J'ai toujours conduit très vite », répondit-il.

Il accélérait, et elle volait, portée aussi par la musique.

Puis il ralentit.

« On s'arrête ?

— Non, dit-il. Je suis à 130. On a l'impression de ne pas bouger. Mais je ne veux pas vous incommoder. Je ne voudrais pas non plus « une mort laide ».

Il était donc sensible à ses remarques. Elle en fut ravie. Elle absorbait, avide, le monde neuf. Elle aperçut des villes anciennes, des châteaux forts aux murs épais, des lacs profonds. Des montagnes découpées sur le bleu du ciel, des forêts cathédrales, des cathédrales de pierres, des rues moyenâgeuses, des marchés grouillants et riches, elle entendit la musique, partout la musique, l'air suintait de musique. Et parfois même, une tache blanche de neige aperçue sur une cime ou le reflet brillant d'un glacier. Un jour, elle se mit à pleurer. A peine les yeux rougis.

« Je ne savais pas que la beauté puisse émouvoir », dit-elle.

Ils étaient dans un village et, autour des maisons, elle voyait les flancs doux bordés de vignes.

« Je redécouvre la Suisse à travers vous », dit-il.

Elle s'approcha de lui et il comprit qu'il pouvait la prendre dans ses bras. Elle aimait cette force. Cette douceur. Ils restèrent ainsi assez longtemps.

Pendant ce voyage, il énumérait les qualités et les beautés de la France, qu'il connaissait beaucoup mieux qu'elle. Ils avaient parlé de leurs deux pays dans une rare fraternité. Ils étaient bien ensemble, même dans le silence. Elle osa dire un jour :

« Pour moi, le pays, c'est l'homme que j'aime. »

Elle rectifia.

« L'homme que j'aimerais... »

Il n'avait pas répondu. Il avait amené Yolande à Morgins dans son chalet situé à la lisière d'une forêt puissante, assez loin du village.

Elle voyait, pour la première fois de sa vie, un chalet de montagne. La vieille bâtisse sentait le bois, l'odeur de renfermé.

« En été, je pourrais faire pousser ici quelques fleurs, mais je n'ai pas le temps. Je viens très rarement. »

Elle écoutait. Il y avait donc des vies de ce genre. Ne pas avoir le temps de venir ici.

« Vous êtes gâté.

— Ce n'est pas sûr, dit-il. Ce n'est pas sûr. »

Ils dormirent dans le chalet. Elle regardait le paysage par sa fenêtre. « On est entouré d'arbres de Noël vivants », pensa-t-elle.

Elle découvrait ici aussi une cuisine modèle et

s'étonnait parce que les volets se fermaient parfaitement bien. Ils avaient déjeuné dans une auberge où la patronne connaissait bien le médecin. Après le repas, ils avaient fait une longue marche dans la forêt.

Le deuxième jour, dans l'apaisement de leur amitié existante mais pas définie, auprès d'une source dont le bruissement fascinait Yolande, il lui dit :

« J'en veux aux femmes, c'est vrai. J'en veux surtout à une femme. Vous me comprendrez. Je l'espère.

— Ne me dites rien qui puisse me faire mal se défendit-elle. Je suis si heureuse d'être avec vous. »

Il souriait.

« Il faudrait mieux me connaître.

— Ce que je devine est suffisant, dit-elle. S'il vous plaît, ne me dites rien de douloureux.

— Vous me prenez pour un homme fort, n'est-ce pas ?

— Oui. Ça me plaît. Je ne suis qu'un complément. Je suis une femme complémentaire.

— Vous m'écouterez gentiment, dit-il. Même si cela vous déplaît. Ma mère était une sainte femme, ma sœur était une sainte femme, elles vivaient pour leur foyer, pour leur homme, pour leur famille. Pour moi. D'où mon attirance depuis mon adolescence pour les intellectuelles, les créatrices, les femmes qui ont leur métier, leur personnalité. Je ne voulais pas d'une femme au foyer. »

Yolande l'interrompit :

« Comme moi.

— Oui, dit-il. Le destin voulait que je retombe sur une femme dans le style de celle que j'ai voulu fuir.

— Ne continuez pas, dit Yolande... Je peux m'en aller demain.

— Ne soyez pas candide. Ecoutez donc. Il y a un certain nombre d'années, j'ai rencontré une hippie, une marginale, une Suisse allemande, aux cheveux roux, aux yeux verts. Distante et hautaine, je prenais sa froideur pour une preuve d'indépendance. Elle m'a plu, elle m'impressionnait. Une femme qui n'avait pas besoin de moi. Elle était sculpteur. J'ai vécu un peu avec elle. Un jour, elle m'a dit, distraite : « Je crois que je suis « enceinte. Ça m'embête beaucoup. » Je lui ai demandé timidement si j'étais le père. « Evidem- « ment, a-t-elle répondu. Mais quelle importance. « — Si, c'est important. Je t'épouse et nous aurons « l'enfant. — Oh ! là, dit-elle, quelle idée ! Tu « n'imagines quand même pas que je vais me « clouer à côté d'un type qui vit à heures fixes, « qui voit un malade toutes les demi-heures. Un « bourgeois casé... Rassuré... Minuté... Je veux « parcourir le monde. Créer. Vivre. Ne rien savoir « de l'avenir. Refuser la sécurité. » J'admettais cette volonté et je lui ai demandé de rester avec moi pour mettre l'enfant au monde, me le laisser et partir ensuite. Elle a disparu sans laisser d'adresse. Elle a emporté mon enfant.

— Je vous écoute », dit Yolande.

Elle avait froid.

« Je n'ai pas eu de nouvelles d'elle pendant des années. Pendant des années, j'attendais qu'on sonne, un jour, et qu'elle arrive, hirsute, mal soignée, loqueteuse, n'importe... mais qu'elle me ramène une fillette ou un garçon... : « Voilà, c'est « ton enfant. Je te le laisse... » J'avais la certitude d'avoir quelque part dans le monde un enfant, mon enfant. Aucune nouvelle. Tout à fait par hasard, j'ai retrouvé la trace de cette fille. Elle vivait dans une communauté à Heidelberg. Je m'y suis rendu aussitôt. Elle m'avait à peine reconnu. J'ai dû presque me présenter. Elle vivait dans cette grande maison carrée où les visiteurs attendaient dans un parloir. Hilde avait les traits creusés, elle avait épaissi. Je lui ai dit : « Où est l'en-« fant ? — Quel enfant, a-t-elle dit, quel enfant ? » Aussitôt partie de chez moi, elle s'était fait avorter. Elle avait presque oublié sa grossesse. Elle se souvenait à peine. Je suis reparti de là-bas, avec une incroyable haine pour les femmes. Elle n'a pas voulu de mon enfant. Je n'ai plus jamais eu confiance en aucune femme.

— A quarante-neuf ans, dit Yolande, je ne peux plus mettre un enfant au monde. Je n'ai qu'à faire ma valise.

— Vous êtes bête.

— Non. Si vous voyiez votre visage. Vous faites peur. Vous oubliez qu'elle avait le droit de disposer de son corps.

— Balivernes, dit-il. On n'a pas le droit de disposer de l'enfant de l'autre. »

Yolande parlait doucement.

« Vous ne mettrez jamais un enfant au monde, vous. Il fallait qu'elle l'aime pour vous le donner. Vous le savez bien. Il y a tant d'autres femmes au monde... Les enfants à adopter... »

La nature, autour d'eux, ressemblait à une immense broderie. Vert foncé, vert clair, vert tiède, vert jaune, vert bleu, vert eau, vert émeraude, vert ciel, vert gazon, vert de vague, vert de rocher, vert de mer et vert de cime. Le soleil se baladait, amusé, dans ce monde vert.

Yolande dit :

« Si je pouvais vous aider à être un peu plus heureux.

— Amenez-moi la paix », dit-il.

Elle le voyait, ému.

« J'ai envie de rester », prononça-t-elle.

Elle fit un petit geste pour montrer timidement l'univers. Elle ouvrait presque les bras.

« Il y a tant de merveilles... »

Je n'ai pas hésité longtemps, j'ai accepté l'invitation pour Saint-Domingue. J'aurais bien aimé parler de tout cela à maman, elle aurait été ravie que j'aie enfin, dans mon existence, un « homme riche », même légèrement délabré sur le plan « spychique ». Le prétexte de mon voyage, le père de l'élève, allait disparaître dans le brouillard. « Laurence connaît tellement de gens à New York », dira maman. A qui ? A qui parlerait-elle de moi... Il n'y avait pas tellement à se vanter de m'avoir comme unique descendante. J'aimais ce mot à la cruauté familiale. Quoi qu'il arrive à mes parents, je resterais, comme disent les bourgeois, leur enfant « d'un premier lit ». Le fantôme de Paris à l'usage de maman était remplacé par un vrai personnage, Gregory. J'improviserais. C'est toujours au pied du mur que je fabulais le mieux. A l'époque de mon enfance horrible, avec une naïveté rare, papa et maman me traitaient de menteuse. Pour eux, l'imagination était un délit.

Juste avant le départ, accompagnée par Gregory, souvent admiré par les vendeuses, j'achetai des bikinis. De plus en plus petits, de plus en plus chers. Les dollars dépensés pour ces loques géniales auraient couvert plus de surface sur mon corps, même en coupures de dix, que le tissu acquis.

Une limousine, conduite par un chauffeur d'une politesse glacée, nous avait fait traverser notre jungle de luxe et nous déposa dans un aéroport privé. New York, vu de l'intérieur d'une voiture à l'air conditionné, avait changé d'aspect. Je ronronnais, je comprenais le bonheur des chats qui se font aimer sans déployer le moindre effort d'affection en retour.

Gregory m'entourait d'attentions. Il était parfois grave, de temps à autre hilare. Embourbée dans la psychanalyse, je lui racontais ses confessions imaginaires, il m'écoutait avec délectation. Mon habitude de parler aux gens et de les écouter, les cours de psychologie et l'éternel survol des théories barbues mais impérissables de Freud m'aidaient à accomplir cette curieuse entreprise : la tentative de rééquilibrage d'un vieux gosse de riche, Gregory.

Dès que j'évoquais le moment où il m'avait accostée, il s'esquivait habilement.

La limousine noire s'arrêta à côté d'un petit jet, un steward nous attendait au bas des marches de la courte passerelle pour nous saluer. Je lui tendis une main distraite, je voulais apparaître mystérieuse, je devais avoir le regard fixe d'un pigeon de Paris, asphyxié. Je faillis me casser le nez en butant contre la première marche. On ne s'improvise pas millionnaire d'une semaine à l'autre. Les gens pauvres regardent devant eux et s'assurent de l'endroit où ils posent leurs pieds. Les réflexes des riches sont différents, ils savent que quelqu'un les rattrapera. J'entrai, à peu près digne, dans la carlingue. Six fauteuils pivotants donnaient à l'intérieur l'allure d'une salle de conférences. Gregory me présenta le copilote qui nous offrit à boire. Je me trouvai, une tasse de café chaud à la main, attachée par la ceinture à l'un des fauteuils. Combien de beautés languissantes, la voix rauque et le regard lourd de passion, autrement sophistiquées que moi, auraient été ici mieux à leur place ! Je regardais mes pieds, dont les ongles enduits de carmin s'épanouissaient enfin, non écrasés, dans des sandales chères. Je posai ma main sur celle de Gregory.

« Pas de traite des blanches, non plus ?
— Non. Pourquoi, tu as une idée ?
— Tu ne veux pas me vendre, Gregory...
— Non, je ne veux pas te vendre. »

Il devait déposer sa tasse tant il riait. Il riait. Le rire d'un homme aux yeux graves a toujours un aspect pathétique. Gregory riait comme d'autres pleuraient. Il avait la gaieté triste. Puis, goinfre de paroles, il m'interrogeait. Il me harcelait pour connaître mes souvenirs new-yorkais d'il y a dix ans. Je lui avais raconté une belle chose, bien tournée. Dieu, que j'aimerais écrire un roman, avais-je pensé, au lieu d'être la cassette parlante de ce type.

« Tout ce qui te concerne m'intéresse », dit-il.

L'avion me grisait, il me procurait un vif plaisir. Un mélange de jouissance épidermique et de sécrétion mentale qui me droguait d'impressions neuves.

Nous arrivâmes quatre heures plus tard à l'aéroport privé de la République Dominicaine. Le chauffeur qui nous accueillit là-bas portait des lunettes noires et affichait une moustache agressive. Il nous conduisit sur une autoroute bordée de palmiers vers la capitale de l'île, Santo Domingo.

« Installés à l'hôtel, nous serons obligés d'attendre un peu, dit Gregory. Quelques heures ou quelques jours. Tu ne vas pas t'ennuyer, je te le promets. »

Je sentais la mer de tous les côtés, la liberté. J'aurais voulu courir sur une place ou marcher ou m'asseoir, mais être dehors. Je voulais la mer. Me trouver de nouveau en tête-à-tête avec Gregory, suspendu à mes lèvres et absorbant mes paroles, m'énervait.

« Je ne peux plus rester enfermée, Gregory. Il faut que je respire, que je voie des gens. Ici, je voudrais connaître les lieux.

— Nous sortirons ce soir. »

Pour me calmer, pour apaiser mon impatience, il voulait ce soir, à Santo Domingo, tout me donner. Voulait-il me combler ou me conditionner ? Je me cognais contre le décor vivant de la ville. Dès l'arrivée, j'étais éclaboussée de sourires, de gaieté. Les premiers contacts avec l'hospitalité et la gentillesse d'ici resteront ineffaçables dans ma mémoire. Nous partîmes de l'hôtel en voiture. Gregory communiquait avec le chauffeur en espagnol. Le vertige de la capitale chamarrée me changeait de mes solitudes à deux. Chaque instant éclatait comme un feu d'artifice. Les minutes se décomposaient en couleur... La ville fêtait la vie. C'était samedi. Je mesurais ma chance insolite, l'intérêt que Gregory me portait m'étonnait. Je n'avais jamais vu autant de beauté qu'ici. Les filles-orchidées se promenaient dans la rue. Elles avaient les yeux d'océan, les lèvres méchamment innocentes, soulignées de rouge. Certaines étaient blanches comme la neige en haute montagne, d'autres métisses éblouissaient par leur splendeur. De temps en temps, elles se transformaient en diamant noir, elles aveuglaient.

Le grand boulevard en folie, le Malecon,

ondoyait dans une atmosphère de foire. Les Dominicains se rencontraient sur cette avenue qui bordait la mer. Au-delà des rochers qui délimitaient la promenade, je la devinais, profonde et noire. On m'accueillait fraternellement. Je n'étais ni blanche, ni étrangère, ni intruse, on m'accostait pour me parler. Des familles entières s'installaient dans la rue, elles y plaçaient de petites tables de camping et des chaises. Les voitures qui avançaient à vingt kilomètres à l'heure s'agglutinaient peu à peu et s'immobilisaient. Chaque véhicule avait sa musique. Les autoradios hurlaient. Dans cette cacophonie exubérante, certains s'asseyaient sur le toit des voitures arrêtées.

« Chaque samedi soir, les gens se retrouvent ici, dit Gregory. C'est la fête. Je suis souvent venu. »

Je m'exclamai :

« Tu as de la chance.

— Chance ? »

Je n'acceptais pas que, blasé, il me démoralise. Je m'abandonnais à cette braderie humaine moelleuse. Un homme assez grand m'avait attrapée par la taille et, au son de la radio de sa voiture, il me faisait danser en me parlant espagnol.

« Tu danses la merengue », avait crié Gregory.

Il n'était même pas jaloux. Je devenais légère. Je devenais plume au vent, plume dans la nuit, une plume posée sur l'épaule d'un Dominicain. Je dansais la merengue, l'autre me guidait, me tournait, me retournait, m'éloignait, m'approchait. Son regard me chauffait.

Au bout d'un certain temps, Gregory me sortit des bras de ce garçon :

« Maintenant, ça suffit. Tu as assez dansé... »

Nous rentrions dans notre appartement élégant à l'hôtel. Peu à peu, ce conte de fées provoquait chez moi une véritable claustrophobie.

Le lendemain, je tournais en rond. Une envie péremptoire de m'en aller s'empara de moi.

Je rêvais de me taire et de nager. J'imaginais que Gregory avait besoin de préparer ses parents à ma présence. Ces tyrans devaient écraser mon généreux et bizarre compagnon.

Pour mieux passer le temps, j'utilisais les possibilités de l'hôtel. Dès que j'éprouvais le moindre désir de grignoter, je décrochais le combiné du téléphone et le service d'étage m'envoyait des fruits frais, mélangés, présentés, des échantillons de l'opulence écologique de ce paradis où Gregory m'isolait. La chambre s'ouvrait sur une terrasse. Celle-ci surplombait le bord de la mer. Nous avions aussi à notre disposition un salon où je retrouvais avec délice le programme de deux chaînes américaines.

Gregory, de plus en plus poli et assez tendre, cherchait à me choyer. Aurait-il souffert, lui aussi, de ce séjour forcé à l'hôtel ? Il sursautait au moindre signe venant de l'extérieur.

« Tu es fabuleuse, me dit-il.

— Moi ? »

J'allais me contempler dans une grande glace. J'étais mince et légèrement ravagée par les plaisirs de l'argent. Mais « fabuleuse » ? Je me voyais parfois continuer l'existence avec mon névrosé. Pourquoi ne pas l'épouser, puis divorcer pourvue d'une solide pension alimentaire ?

« Tu aimes être riche, Gregory ?

— C'est une habitude, dit-il, modeste.

— Tu sais qu'il y a des gens qui meurent de faim ? »

Je lui parlais, la bouche pleine, du tiers monde.

« Bien sûr. Viens, viens près de moi », dit-il.

Son comportement ne justifiait guère ces empressements. Je m'ennuyais ferme dans ses bras. Je crois qu'il m'avait choisie comme on prend un jouet. Il lui fallait sa poupée.

Je m'allongeais sur le lit, je posais ma tête sur sa poitrine et je lui racontais en vrac mes déductions, mes conclusions...

« Tu m'es plus utile que n'importe quelle psychanalyse ! »

J'étais vaniteuse, un vrai paon. Cette phrase me remplit d'orgueil.

Gregory me dit :

« Il faudrait téléphoner à ton mari et le tranquilliser...

— Il n'est pas inquiet. »

Je concluais de cette remarque que Gregory désirait me réexpédier à Paris. Qu'il n'avait pas la moindre ambition de m'épouser.

« Mon mari ne sait pas où je suis, ni avec qui je me trouve. Tu veux t'assurer de mon départ pour l'Europe ? N'aie pas peur. Je m'en irai. Mais à mon heure. »

Il se recroquevillait. Il était facilement triste. Je le consolais.

« Gregory, j'ai été brimée aussi dans mon enfance. Mais, adultes, les brimés riches ont plus le loisir de remâcher leurs rancunes que les brimés pauvres. Pour se tourmenter à longueur de journée, il faut avoir de l'argent. »

J'obtins ma première excursion sur une plage au bout de quarante-huit heures de claustration.

« Tu insistes, dit-il, douloureux. L'endroit le plus proche, la plage de Boca Chica, est trop populaire... Il faudrait aller plus loin, vers la Romana. »

Je le persuadai :

« Mais allons à la Romana. Allons quelque part. Dehors !

— Pas aujourd'hui. On va faire un tour à Boca Chica. »

Je devais me contenter de ce que je pouvais lui arracher. Sortir de Santo Domingo. Tout au long du trajet, j'apercevais la mer, à travers des forêts de palmiers. La mer verte et violente propulsait ses vagues qui s'écrasaient sur les rochers. Nous arrivions dans une petite ville rétro, se morfondant de tristesse. Une ville déteinte par le soleil. Nous nous arrêtions sur la plage publique au bord de la lagune. Des gosses venaient vers nous, en grappes, ils proposaient de garder nos affaires.

« Je t'attendrai dans la voiture », dit Gregory, et il les chassait.

Son véhicule — aujourd'hui sans chauffeur —, sa forteresse ambulante lui assurait le whisky glacé et la musique classique. Gregory choisissait longuement la cassette qui lui convenait, j'ôtais mes vêtements et je sortais de cette ambulance de luxe en maillot de bain, les pieds nus, les yeux cachés derrière des lunettes noires. La musique tonitruante qui s'échappait de la voiture se mélangeait aux sons fragiles et gais d'un orchestre, trois enfants, beaux comme des fleurs des tropiques, jouaient sur des instruments rudimentaires.

Il y avait peu de monde sur la plage, quelques femmes et des enfants. Quelques vieux aussi et un marchand qui se traînait en offrant ses noix de coco.

J'entrai dans la mer, j'avançai, je découvris au milieu de la lagune, à quelques centaines de mètres de la côte, un îlot d'arbres émergeant de l'eau. Je voulais nager mais l'eau ne m'arrivait qu'à la taille. Je me trouvais dans une piscine naturelle, dans une lagune bleue où l'eau, sans cesse renouvelée par les courants qui passaient à travers la barrière de corail, n'atteignait pas un mètre. C'est de l'autre côté de la lagune que la mer profonde et sauvage se démenait en mordillant sa frontière de corail.

Salée et cristalline, l'eau me langeait. Ici et là, l'ombre d'un petit poisson pressé et, sur le fond de sable fin, comme le sucre en poudre, la trace de mes pas. Je me dirigeais vers l'île formée d'arbres. Des voix qui s'en échappaient me parvenaient. La broussaille était animée de sifflements, de petits cris et peuplée d'êtres invisibles. Le cercle d'arbres, un immense nid, pullulait de vie.

Entre deux touffes vertes, un passage s'ouvrait vers le large. Au bout de quelques pas, je m'enfonçai jusqu'au cou dans l'eau. Je sentais des courants agressifs me frôler. Je m'imaginais disparaissant, ombre blanche emportée. Je fis demi-tour et je repris ma marche.

Sur la rive, une fête s'improvisait. Un couple dansait. L'homme tenait par la taille une femme bien en chair. Je reconnaissais sans hésitation cette musique. Ils dansaient la merengue. Un son léger, chaque note emballée dans du coton scintillant. Une musique guillerette. Elle caresse, elle taquine, elle rouspète, elle câline, elle reprend sans cesse son argument musical. La musique glisse. Les perles qui dévalent sur une surface lisse. Les notes, en ricochant, frappent des petits coups sur le tympan. Plus de gros, ni de grosses lorsqu'on danse la merengue. Des danseurs en état d'apesanteur. Cette valse ramassée dans un mouchoir, ce menuet populaire, cette danse de poupées, cette danse de marionnettes, je l'aimais. Trois petits tours par-ci, trois petits tours par-là... Et tourne-moi autour de toi... Je te serre dans mes bras, je t'éloigne. Je te reprends et nous balançons les hanches au même rythme.

J'avais envie de me libérer de Gregory. La rencontre avec ses parents me faisait peur. Leur style « Citizen Kane » m'affolait. Libre, je m'amuserais mieux.

Des enfants avançaient auprès de moi et me regardaient. Ils nageaient ou marchaient à mes côtés. Ils m'interpellaient en espagnol. Je connaissais des bribes de mots : « linda », « corazón », Corazón ? Je montrai mon cœur. Je leur offrais mon corazón. Je n'étais pas une étrangère toute blanche, toute bête, tout émue, tout européenne. J'étais des leurs. Je constatais avec une certaine amertume que, pour avoir des joies simples, il fallait avoir beaucoup d'argent. Aurais-je pu venir à Saint-Domingue et arriver sur cette plage sans avoir connu Gregory ?

La brise affluait des mers des Caraïbes et me séchait. Au son de la merengue, je revenais vers Gregory qui m'attendait sur la plage avec une serviette de bain moelleuse, alourdie d'un monogramme brodé en relief.

« Je ne veux pas te presser trop, mais il vaudrait mieux retourner à l'hôtel. Il y a une piscine magnifique là-bas... Tu pourrais te baigner autant que tu voudrais. »

« Une piscine ? Au bord d'une mer unique, me parler d'une piscine. C'est ça, les riches... »

« Je voudrais boire un coco. Gregory, s'il te plaît. »

Docile, il alla m'acheter mes cocos. Et, me mettant une noix dans chaque main :

« Tu les boira en route. »

Il avait une boîte de pailles dans la voiture. Il planta des pailles dans mes cocos ouverts par le marchand.

« Si tu veux des petits glaçons dans tes cocos..
— Je n'en veux pas.
— Alors, habille-toi.
— Arrête plutôt l'air conditionné. »
Il conduisait prudemment, je bus mon premier coco. Le deuxième, je ne pouvais même pas m'y attaquer tant le premier m'avait bien nourrie. Nous arrivâmes à l'hôtel vers cinq heures, je traversai le hall, pieds nus, ma robe collée sur mon maillot légèrement humide. Gregory me suivait. Arrivée dans la chambre, je pris un long bain. J'entendais alors frapper à la porte. Je retrouvais Gregory parmi des montagnes de cartons.

« Qu'est-ce que c'est ?
— Des cadeaux pour toi. »
Il exagérait. Je portais au bras gauche le bracelet en or massif. Il m'avait déjà offert une montre et une chevalière. Que voulait-il me donner encore ? Gregory faisait des efforts méritoires pour me combler.

« J'ai commandé du champagne... »
Nous attendions le garçon, comme s'il devait apporter une trousse de premier secours. Avec un certain espoir de nous sentir mieux dans notre peau. Nous assistions à l'ouverture de la bouteille, je n'avais de respect pour aucun rituel. Pourtant je faisais semblant d'apprécier les efforts délicats autour du bouchon récalcitrant. Enfin, je pus regarder les paquets.

« Tout cela pour moi ?
— On renverra ce dont tu ne voudras pas...
— Et ainsi, l'homme riche voulait transformer en femme-objet l'intello parisienne.
— What is « intello » ? demanda-t-il.
— Un animal qui vit dans la jungle parisienne. Il mord si on le caresse trop. Il aime les gran-

des scènes d'autosatisfaction. C'est son point faible.

— Tu viens de me dire une expression difficile à saisir.

— Tant pis... Tu m'aides à ouvrir les paquets ? »

Ma serviette se dénoua, j'étais nue et un verre de champagne à la main. Situation délicate pour une ex-révolutionnaire.

« Tu es belle, dit-il. On ne peut pas imaginer la perfection de ton corps quand tu es habillée. »

Il s'approcha de moi et me prit dans ses bras.

Je tentai de le décourager.

« Tu veux faire l'amour ?

— Oui.

— Pour avoir des crises de remords ensuite ?

— Des crises de remords ?

— Tu deviens noir de scrupules comme un ramoneur.

— Tu me surveilles ?

— C'est tellement visible.

— Tu es sans pitié, me dit-il.

— C'est possible. »

Je n'avais plus de problème de poids. Donc, je continuais à me promener nue. Il partit prendre une douche pour ôter ses péchés et le goût du champagne. Je défis un premier carton. Je découvris une robe du soir scintillante noire, parsemée de lentilles rouges et argent. Gregory revint.

« Le téléphone...

— Quoi, le téléphone ?

— Dis-leur de ne pas nous déranger. »

Il donna des instructions au standard, m'apporta du champagne et commença à me caresser.

J'attendais avec impatience et je songeais au moment où, un jour, je pourrais enfin perdre la tête. Si j'avais eu un corps moins conçu pour l'amour physique, je me serais sans doute infiniment ennuyée.

« Je veux te combler, te couvrir de cadeaux, te transformer. »

Je pensais aux délices discutables de l'existence d'une femme-objet. Sur le téléphone muet, une petite lumière rouge palpitait pour nous avertir d'un message en attente. Je l'empêchai de se renseigner.

« Plus tard. »

Après l'amour paisible, nous continuâmes à ouvrir les cartons.

« Tu prends ce que tu veux. Pas par politesse. Ce que tu aimes vraiment...

— Je ne suis pas tellement polie. »

Les couleurs chatoyantes, les mauves, les verts, les rouges éclataient, je m'habillais pour faire plaisir à Gregory. Je trouvais une jupe digne d'une gitane millionnaire. J'essayai aussi une petite robe noire, tenue juste par une seule bretelle.

« Viens devant la coiffeuse. »

Il me regardait, il m'observait. Il essayait sur moi des colliers d'ambre. L'ambre est léger comme la meringue. Un bijoutier avait laissé à Gregory une mallette remplie d'ambres dont la couleur hésitait entre le jaune et un vert très pâle. Ici et là, l'ambre prenait parfois un reflet bleu. Dans ces trésors exposés sur la table, j'aperçus un cœur. Gregory prit une chaîne en or d'un écrin, il y attacha le cœur et accrocha le collier autour de mon cou.

Il avait fermé plusieurs bracelets sur mon poignet droit. Je voulais me jeter dans ses bras, heureuse d'être comblée ; je levai la tête et je rencontrai son regard lucide. Trop lucide, pour être amoureux. Il guettait mes réactions. Je me détachais. Ce qu'il me donnait, c'était à la fois trop et trop peu. Pour ce qu'il voulait. Mais qu'est-ce qu'il voulait de moi ?

« Tu es capricieuse, dit-il. Mais ça te va très bien. Raconte-moi une belle histoire.

— Prends d'abord le message. Ce signal m'énerve. »

Il décrocha le combiné. Il écouta le message et m'annonça ensuite, ravi, soudain gai :

« L'hélicoptère que mes parents louent quand ils ne veulent pas se fatiguer avec un trajet de quatre heures en voiture va être à notre disposition demain, en fin d'après-midi. Ils nous attendent. Tu comprendras enfin mon environnement. Au bout de quelques jours de vacances là-bas, nous reviendrons ici et tu reprendras l'avion pour Paris. »

Il me mettait à la porte.

« On ne m'expédie pas comme un colis, Gregory. Si j'ai envie de rester à Saint-Domingue, je resterai.

— D'accord, dit-il. D'accord, c'est évident. Tu fais ce que tu veux. Je m'exprime maladroitement. Mais il faut d'abord régler nos affaires.

— Quelles affaires ?

— Oh ! dit-il, tu verras...

— Gregory, tu parles faux.

— Je parle faux ? s'exclama-t-il, irrité. Comment oses-tu me dire que je parle faux ? »

S'irriter pour une remarque aussi insignifiante. Je ne le comprenais pas mais j'éprouvais pour lui une certaine tendresse. Les gens légèrement déséquilibrés suscitaient en moi l'instinct maternel. J'aurais même consolé un éléphant déprimé.

« Avec des parents riches comme les tiens, pourquoi vis-tu comme un chien galeux ?

— Galeux, dit-il, en me regardant avec une

intention très claire de me faire apprécier le luxe de l'hôtel. Galeux ?

— Moralement galeux. Si tu devais gagner ta croûte...

— What ?

— Croûte.

— Quoi, croûte ? »

Je lui expliquai.

« Donc si tu devais la gagner, tu n'aurais pas le temps de te tourmenter. »

Pour cacher son désarroi, il se mit à siffloter. Il cherchait ses cigarettes. Il ne voulait pas des miennes. Il ne fumait qu'une marque raffinée plus longue que les cigarettes normales. Munies d'un filtre très spécial.

« Pour protéger ma voix, disait-il.

— Tu n'es pas chanteur.

— Je protège mes cordes vocales. »

Je lui lançai :

« Le cancer de la gorge peut s'attaquer à tout le monde.

— Tu es d'une cruauté...

— Des petits chocs font de grands biens. Un mec aussi malheureux avec autant d'argent... Je vais dire ça à tes parents avec douceur.

— Il ne faudra pas les agacer si tu veux rester quelques jours là-bas. »

Il voulait que je garde tous les vêtements qu'il avait fait porter à l'hôtel. J'aimais sa folle générosité.

« Les ambres, je ne pourrai pas les emmener avec moi... J'aimerais juste offrir un collier à ma mère si tu veux ?

— Evidemment, dit-il. Tout est à toi. Je veux que tu rentres à Paris comme une reine. »

Je protestai.

« Je ne veux pas rentrer à Paris. Pas tout de

suite. Si vous ne m'invitez pas chez vous, je m'installerai chez l'habitant au bord de la mer.

— Ils t'inviteront. Si tu ne fais pas trop d'histoires.

— Trop d'histoires ?

— Tu verras... Tout s'arrangera si tu n'es pas trop susceptible. »

Le lendemain, en fin d'après-midi, nous avons quitté l'hôtel pour l'héliport. La voiture s'arrêta assez près de l'hélicoptère. Le pilote, casqué, nous salua. Nous sommes montés dans l'appareil, juste avec un bagage à main. « Les valises te suivront par la route, si tu décides de rester », m'avait prévenu, la veille, Gregory. Nous avons attaché nos ceintures. Dans l'hélicoptère, j'éprouvai une sensation toute neuve. Nous étions à l'étroit au contact immédiat avec l'univers qui nous entourait. Le moteur de la boîte volante émit un bruit intense. Puis il s'arracha presque verticalement à la terre. Je me trouvais dans la soie déroulée du crépuscule. Nous déchirions les derniers rayons de lumière. Enfant gâté de son siècle, toujours en désaccord avec le moment vécu, Gregory regardait devant lui avec l'indifférence de ces gens qui ont usé les plaisirs les plus insolites. Je me délectai de ma peur, plus élégante que celle qui paralyse dans un métro. Je trouvai le moment bien choisi pour prononcer en criant, tant le bruit du moteur était puissant :

« Je suis contente. Pour moi, tout est neuf. Quelle vue fantastique ! »

Par des gestes un peu désespérés, Gregory me demanda de me taire. L'hélicoptère survolait une mer rose vif au soleil couchant. Il allait, ce soleil, bientôt plonger dans l'eau et s'éteindre.

Nous dominions des forêts de palmiers, ici et là, de rares lumières s'allumaient.

Plus tard, Gregory cria :

« On passe au-dessus de Puntacana, regarde en bas... Et puis, on arrive... »

J'aperçus dans la masse noire quelques bâtiments dans la forêt vierge. La plage était ourlée d'une mer si claire qu'elle semblait phosphorescente.

« Le Club Méditerranée, continua Gregory. La propriété se trouve un peu plus loin. »

Nous volions dans le noir comme un oiseau aveugle. Puis j'aperçus, au sol, un carré de lumières.

« Nous y sommes... »

Nous atterrîmes presque verticalement.

« Allons-y, dit Gregory quand l'hélicoptère fut immobilisé. Il doit retourner encore à Santo Domingo. »

Le pilote lui expliqua quelque chose en espagnol. Nous descendîmes et nous nous éloignâmes, pliés en deux, tant le vent artificiel nous poussait. A peine l'héliport de la propriété dépassé, nous nous trouvions sur un gazon digne d'un terrain de golf.

« J'espère qu'il n'y a pas de serpents ici ?

— Serpents ? Non ! Avance.

— Je vais me casser le nez... Pourquoi faut-il courir comme ça ? »

Il ralentit.

« Tu trouves qu'on court ? »

Nous arrivions vers une légère clôture en fil de fer barbelé, Gregory y avait découvert une ouverture. J'accrochai le bas de ma robe, je la détachai aussitôt et je suivis Gregory qui me dit :

« Voilà la maison. »

A cinquante mètres, j'aperçus un bâtiment étendu, tout en rez-de-chaussée. A travers une forêt de palmiers, nous avancions sur un sol cousu de racines. Des pièges pour s'y faire prendre les pieds.

« Ta main », dit-il enfin et il m'aida.

Nous avons atteint la maison, fermée, peu accueillante. Nous l'avons contournée, Gregory ouvrit une porte. Nous nous sommes trouvés dans un couloir large au carrelage sonore. Des murmures nous parvenaient, des bruits tamisés. J'entendis une voix d'homme, quelqu'un parlait. Un Texan peut-être, qui, sans intonation spéciale et surtout sans ponctuation, débitait une longue histoire.

« Si tu veux les rencontrer dès ce soir, dit Gregory, c'est possible. Tu as tout ce qu'il faut pour t'habiller dans ton bagage à main... »

J'hésitais. J'étais curieuse mais j'avais peur.

« Je préférerais demain. »

J'étais fatiguée. Les jours passés à Santo Domingo m'avaient épuisée par leur intensité. Avec Gregory, tout était pesant et important.

Nous arrivions au bout d'un autre couloir. La maison devait être bâtie autour d'un patio. Gregory entrouvrit une porte.

« Non, ce n'est pas celle-ci. »

Je le suivis. Il jeta un coup d'œil dans une autre chambre et, enfin, il me laissa entrer dans la troisième du même côté. Il chercha le commutateur en tâtonnant. Le luxe rustique m'éblouit. Au milieu de cette chambre carrelée de faïence, trônait un lit sculpté en bois noir. Des draps violet clair lui prêtaient un air de demi-deuil. Je frissonnai.

« Tu as froid ? »

Il chercha le bouton de l'air conditionné pour modérer un peu le souffle glacé. Sur la commode en bois noir, un arrangement de fleurs exotiques.

Des fruits sur un plateau. Puis, l'eau dans une cruche thermos.

« Tu vois qu'on t'attendait.

— Je vois. »

J'inspectai le lit. Je déplaçai les oreillers pour vérifier qu'aucune araignée ne m'attendait au tournant d'un rêve.

« Tu cherches quelque chose ?

— Non. Je regarde s'il n'y a pas de bêtes.

— Tu as raison, dit-il, fatigué. Tout cela est éprouvant. »

J'aperçus au-dessus de la commode une grande glace. Je cherchais la source d'un ronronnement. Je découvris un petit réfrigérateur. Comme dans un hôtel.

« Il ne faut pas boire l'eau du robinet. Tu le sais...

— Où est la salle de bain ? »

Il alla vers une porte que j'avais prise au premier coup d'œil pour celle d'une penderie.

« Regarde. »

Je le rejoignis et j'aperçus une baignoire-piscine. Il fallait descendre une marche pour y entrer. Mon émerveillement lui fit plaisir.

« Ça te plaît vraiment ?

— Je n'ai jamais vu ça...

— Tu peux prendre un grand bain si tu veux.

— Merci. »

Je découvris deux lavabos-coquilles. Et une douche derrière une paroi en verre.

« Chez Hitchcock, on m'assassinerait derrière cette paroi. La scène classique.

— Laquelle ? »

Il était harassé.

« Toujours la même. Une femme nue, les yeux fermés, sous un ruissellement d'eau, le meurtrier entrouve la porte d'entrée... »

Il me regardait avec une sorte de haine que j'attribuais à sa fatigue.

« Alors ?

— Elle se savonne, elle délire de plaisir sous l'eau, elle ne pressent jamais le danger. Elle aperçoit enfin l'ombre derrière la paroi. Si celle-ci n'est pas embuée. Grand hurlement, gros plan, et glouglouglou, l'eau teintée de sang s'écoule. »

Pour cacher sa nervosité, Gregory bâilla. Bien élevé, la main devant la bouche.

« Tes références au cinéma... dit-il.

— Chaque samedi après-midi, mon père sortait. Il disait à maman que nous allions nous promener et goûter. Il me conduisait dans un cinéma spécialisé dans les rétrospectives dont il connaissait la propriétaire. Il me confiait à l'ouvreuse, une ancienne liaison à lui, puis il partait chez sa maîtresse. Certains après-midi, je voyais jusqu'à trois films. Je me souviens de tant de choses. Sauf du visage de l'ouvreuse. Je l'apercevais à peine. Elle me disait : « Chut. » Maman n'avait jamais compris l'origine de mes cauchemars. Je revenais à la maison, la tête gonflée d'histoires, saturée de scènes d'amour. Je n'ai jamais « vendu » mon père. Même adulte, je n'ai rien dit à maman. Elle est persuadée d'avoir eu quelques années honnêtes — comme elle dit — avec papa. »

De l'intérêt très vif que me portait Gregory, je devinais son côté voyeur. De l'âme et du corps. La nostalgie qui s'emparait de moi, quand je pensais à maman, me remplit d'angoisse. Dans quel monde était-elle égarée ? Oh ! si je pouvais lui parler, lui annoncer que je lui apportais un collier.

— J'aimerais que tu passes la nuit avec moi, Gregory...

— On a fait l'amour ce matin.

— Tu ne dois pas faire l'amour (je soulignai

302

le « dois »). Juste rester là... J'ai un peu peur. Je n'aime pas avoir peur.

— Je reviendrai plus tard, si tu veux. Il faut que je les voie. Viens avec moi. Rencontre-les ce soir...

— Non, demain. Mais reste, Gregory, s'il te plaît. A dix ans, papa m'a laissée voir *Docteur Jekyll et Mister Hyde*. J'ai pleuré pendant deux jours après cette épreuve. Maman ne comprenait pas, je ne pouvais rien dire. Depuis cet âge-là, un rez-de-chaussée et une porte vitrée m'affolent. J'imagine le visage du monstre plaqué contre la vitre. Légèrement aplati. Ses yeux, son regard déments. »

Gregory m'attira contre lui et m'embrassa sur les paupières.

« Tu es remarquable. »

J'avais légèrement flanché. J'avais besoin de tendresse. De quelques lambeaux de tendresse.

Je continuais pour me justifier :

« Les événements de jadis s'entrechoquent en moi et suscitent des images...

— Précieuses, dit-il. Tu es un être précieux. Très fort. Je n'ai jamais eu une femme aussi forte que toi... N'aie pas peur. Ce n'est pas digne de toi... Les Dominicains sont les gens les plus délicieux au monde. Ce n'est pas une terre hostile.

— Je n'ai pas peur des Dominicains, mais de...

— De quoi ?

— De l'environnement, ici... De vous tous, un peu.

— Tu ne nous connais pas...

— Justement. »

Je réfléchissais.

« Raisonnons. Qui aurait intérêt à faire disparaître un professeur de lycée fauchée et française ? Le crime gratuit ? Le crime rituel ? »

Il s'amusait maintenant.

« Tu te bâtis ta propre peur. Réminiscences d'images, instincts subjectivement interprétés, tu as tout en toi, tu t'attaques et tu te défends... »

Il avait raison.

« Pourquoi ne veux-tu pas dormir avec moi ?

— J'ai besoin de récupérer un peu.

— Récupérer ? »

J'étais sidérée.

« Pourquoi ?

— Tu sais trop de choses, sans le savoir. Perspicace... Quelle perspicacité... »

Je m'éloignais de lui.

« Repose-toi de moi... Je ne dirai plus rien... Pas un sacré mot. Nada.

— Bonne nuit, dit-il, presque heureux. Dors sur tes deux oreilles. »

Je m'inquiétai quand même.

« Où est ta chambre ? Si j'avais besoin de quelque chose. Je peux avoir une crise de nerfs, une colique néphrétique, ou marcher sur un serpent en allant à la salle de bain.

— Pas de serpent », dit-il.

Il me montra le téléphone.

« Pour avoir l'intérieur de la maison, comme dans un hôtel ; tu composes juste le numéro de la chambre, précédé de zéro.

— Quel est ton numéro ?

— Tu y tiens ?

— Oui. Autrement, je te suis.

— Le 8. Mais, de grâce, laisse-moi dormir. »

Il me dit un autre « bonne nuit » à travers la porte. Sa voix me parvint, étouffée. Je restai seule. Je vérifiai la porte-fenêtre fermée, cachée derrière les rideaux épais. Je découvris aussi les volets clos, la fenêtre de la salle de bain. J'ouvris les penderies, je les refermai. Je tournai les clefs et j'écoutai leur petit bruit sec. Je me lavai les dents longuement, la brosse à dents me tenait compagnie et mes propres mouvements aussi. Je n'avais pas envie de prendre un bain. Encore moins une douche. « Ni la tête sous l'eau dans la baignoire pour qu'elle avoue tout, égorgée dans la cabine de douches pour qu'elle se taise enfin... » Puis je chassai ces images, je me couchai. Un filet d'air conditionné, comme un doigt glacé, me caressait le nez. Je devais me retourner dans le lit et poser mon oreiller à la place des pieds. J'imaginais aussitôt le tueur désemparé qui planterait un couteau dans ma cheville droite ou qui étranglerait celle de gauche en trouvant dans le noir le diamètre de mon cou supposé limité. Je restais immobile. J'avais l'impression que, si je ne bougeais pas, l'ennemi m'oublierait. De plus en plus raide, à la fin une vraie planche, j'espérais le sommeil.

Au milieu de la nuit, le cœur en pleine débandade, la gorge sèche, je me suis levée pour prendre un verre d'eau. Je n'ai pas trouvé le commutateur, je me suis cognée contre une chaise. Enfin, j'ai attrapé une lampe, celle de la commode. Après avoir cherché l'olive au long d'un fil interminable, j'éclairai la pièce. J'ai vidé la moitié de la cruche thermos. L'eau glacée m'a apaisée. Epuisée, je revins vers le lit catafalque, je m'y allongeai et l'inconscience me gagna. Anesthésiée de peur, de fatigue, je m'endormis sans rêve.

En me réveillant, j'ai cherché sur la couverture ma montre-bracelet, il était six heures et demie, j'entrouvris les rideaux, je travaillais comme un pivert, un peu fou, sur la boiserie légèrement déformée.

Derrière une légère brume matinale, la forêt vert foncé respirait. Sur le gazon qui séparait ce côté de la maison de cette jungle douce, deux oiseaux blancs cherchaient à s'éviter, ils marchaient de leurs pas rapides dans deux directions. Grosses mouettes ou petites cigognes ? Je ne les identifiais pas, ni par leur aspect, ni par ce léger croassement qu'ils émettaient. A peine un bruit de crécelle. L'un des oiseaux se retourna, me regarda, la tête légèrement penchée. Un myope inquiet, attitude souvent adoptée par les volatiles curieux.

En sortant de ma chambre, je ressentais la chaleur humide. Je fis demi-tour, je revins pour quelques minutes, le temps d'ôter ma chemise de nuit. J'enfilai l'un de mes maillots de bain, je pris mes lunettes de soleil dont les verres fonçaient aussitôt. La réverbération était folle. Je chaussai mes sandales. Je volai une serviette de la salle de bain et je quittai la maison.

Etourdie par cette grisante luminosité, je m'engageai sur la pelouse. Je croyais que des fleurs rouge clair y couraient. Je me penchai pour mieux regarder. Le gazon grouillait de crabes. Aussitôt ma présence perçue, de minuscules crabes plongeaient dans des trous de la terre molle et y disparaissaient. Les plus corpulents se précipitaient en biais vers une réunion de crabes, un conseil d'administration de crabes. Un gros, grand, calfeutré dans son carcan, s'arrêta et pointa sur moi une paire d'yeux noirs. La nature propre, riche et spongieuse de sève était bourrée de vie. Je continuai dans une allée naturelle qui, sous la coupole verte que formaient les feuilles, traversait la forêt. Je sentais la présence de la mer. Je m'engageai sur un chemin légèrement en pente, la forêt s'éclaircissait en dépassant une petite crête. Je m'arrêtais, je m'immobilisais, éblouie. J'aperçus la mer.

Au bout du ruban rugueux, ce chemin de terre battue, apparut le miroir miraculeux, il reflétait les nuances, arc-en-ciel, d'un monde aquatique. Turquoise, bleu, bleu marine, bleu ciel, jaune doré, vert foncé parce qu'ici et là bordée de palmiers, la mer m'attendait.

Je restai immobile d'admiration. Je me trouvais au paradis. Un oiseau noir venait de s'envoler. Je contemplais la végétation. Parfois, juste le tronc d'un palmier nu coiffé d'une grande touffe. D'une perruque hirsute. D'autres palmiers étalaient leurs feuilles jusqu'au sol. Feuilles épaisses, fourchues et découpées.

J'apercevais les arbres peut-être d'une origine européenne, des marronniers géants devenus paranoïaques du bonheur d'être ailleurs qu'au bord d'une route râpée de voitures. Des palmiers étonnés, aux feuillages désordonnés, des palmiers amoureux du ciel, la stature braquée vers les nuages, des palmiers pudiques, égoïstes, aux branches resserrées et aux feuilles closes, penchés vers l'intérieur des terres sur une pointe de racine, comme des ballerines rétro. Pour atteindre la plage, je devais traverser un village niché entre l'azur liquide de la mer et l'émeraude des arbres. Quelques petites maisons en bois aux couleurs éteintes par le soleil, un âne biblique et hargneux.

Les gens dormaient encore, un coq aphone se dégourdissait les ailes. Devant une cabane bâtie sur pilotis, flottaient deux barques, l'une bleue et l'autre bariolée rouge et violet. J'abandonnai mes sandales sur le sable poussière d'or et j'ouvris délicatement un passage dans l'eau. Je n'étais pas plus importante qu'un petit insecte qui se promène sur un miroir. Ici et là, légèrement tourmentée par des vaguelettes qui lui laissaient des cicatrices, l'eau se refermait et l'immobilité transparente se reconstituait. Une barrière de corail séparait la lagune de la mer. Je rencontrais des poissons, un grand ballot aux écailles argentées me passa près des jambes. Je me mis à nager. L'eau me caressait, les poissons me frôlaient, je nageais les yeux ouverts, piqués par l'eau salée. Mes lunettes de soleil, accrochées sur l'une des bretelles de mon maillot de bain, frappaient mon épaule par petits coups. Une ombre foncée venait-elle de passer à côté de moi ? J'accélérais. Je retournais vers la plage, je fuyais.

Surgit alors de l'eau un jeune métis aux yeux verts, taillés en amande. Ses cheveux touffus dressés en couronne et perlés de gouttelettes d'eau étaient décorés par un peigne bleu électrique. Etait-ce un adolescent à l'allure d'un homme ou un homme à l'aspect d'adolescent ? Je me relançais dans l'eau, j'aurais aimé qu'il m'abandonne. Il avançait à côté de moi. Il plongeait, il réapparaissait, il me prit par la taille et m'emmena avec lui. Je voulus décrire un demi-cercle et me dégager. Il me saisit par la main et me montra la barrière de corail. Je crus qu'il m'invitait à y aller avec lui. Je fis non de la tête. Il fit oui et nous avons ri. Ainsi débuta notre promenade. Il m'épargnait tout effort, il me portait, il se poussait en utilisant la plante de ses pieds comme des palmes. Allongé sur le dos, il me soutenait dans ses bras. La réverbération était intenable. Je fermais les yeux. Il m'adressait de petits mots saccadés en espagnol. Il me lâcha et il s'éloigna, plongea et revint avec un coquillage. Je m'élançais en fendant l'eau. Mais il était plus rapide que moi, passant au-dessus et au-dessous. Il me caressait.

Légers comme l'écume, grands têtards, nous tracions des sillons. Nous plongions comme des martins-pêcheurs amoureux fous de l'eau... Poissons volants ou dauphins amoureux... J'avais goûté l'eau de mer sur ses lèvres. Allongés dans l'eau, son visage près du mien, ses longues jambes collées aux miennes, la pureté de ces moments était infinie. L'eau nous bénissait, nous unissait, nous berçait, nous faisait naître, nous accroissait, nous grandissait, nous embellissait.

Je me fatiguais. Il était temps que cette félicité cesse. Je voyais défiler le paysage, la bande de sable qui s'étirait à perte de vue, bordée de cocotiers. Le Dominicain me parlait. Ses « r » avalés lui prêtaient une intonation touchante. Il m'embrassait dans le cou, sur la bouche, sur le visage, sur le front. Enfin, je réussis à atteindre la rive.

A mon départ, les yeux verts de mon compagnon d'eau grandissaient et son peigne bleu, qu'il n'avait pas perdu pendant le colin-maillard, se transformait en un point d'exclamation.

L'épiderme tiraillé par le sel de la mer, j'avais besoin de me laver dans de l'eau douce. Je remontai vers la maison. Je retrouvai rapidement mon chemin et, impressionnée par l'environnement inconnu, je pris une longue douche dans ma salle de bain. Je me lavai les cheveux. Je ruisselais d'eau, je m'ébrouais sous mon torrent. Je m'embaumai délicatement de crème hydratante et de produit solaire pour faire face à la chaleur toujours adoucie par une légère brise venant de la mer. Je redessinai mes lèvres. Puis j'ai choisi un maillot de bain bleu paon, assorti d'une tunique sur laquelle l'oiseau déployait l'éventail de sa queue. J'ai pris mon grand chapeau de paille rouge que je transbahutais depuis New York. Gregory m'avait habillée pour la plage dans une boutique de haute couture italienne. Je tâtai respectueusement mon sac en toile, je vérifiai si j'avais bien glissé mon paquet de cigarettes et aussi un léger calmant. Un seul coup d'ongle le coupait en deux. J'étais prête à affronter la famille de Gregory.

J'allai à la recherche des autres, les gens riches qu'on voit à la télévision ou au cinéma se rencontrent au bord des piscines. Dans ce climat dominicain, circulant dans ce cristal qu'était l'univers de l'île, je ne m'imaginais pas, attendue dans une bibliothèque fermée et meurtrie d'air conditionné où j'entrerais d'un pas hésitant et où j'apercevrais un homme corpulent, immobile, me dévisageant de ses yeux écarquillés. Je l'interpellerais, il ne répondrait pas, je toucherais son épaule et, à peine effleurée, il s'effondrerait sur son bureau pour que je découvre le pic à glace planté dans sa nuque. Les meurtriers professionnels devaient prendre des leçons d'anatomie.

Plongée dans ces pensées joyeuses, avant de quitter ma chambre, je défis mon lit et j'admirai mon matelas. Je suis sûre que, non surveillé, il devait marcher seul et émettre des sons. Une vraie berceuse mécanique.

Je pris mes mules qui me rehaussaient de six centimètres, mon aspect de vamp s'accentuait. Gregory m'avait acheté deux socles en liège surmontés d'une toile d'araignée de lacets dorés. Autant de travail pour les mettre que pour gagner les premières minutes d'une partie de scrabble.

Je sortis, j'avançai sous les arcades d'une cour intérieure, je me heurtai presque à une porte que j'entrouvris avec précaution. J'apercevais le décor : une piscine en forme de coquille Saint-Jacques. Trois parasols ouverts allaient ménager les futurs dégustateurs du petit déjeuner. Des tables, des chaises et des fauteuils partout. Le bois ou le plastique blanc régnaient.

Une Dominicaine, vêtue d'une blouse bleu et blanc rayée, apportait sur un plateau deux cafetières de taille honorable, suivie par un jeune métis qui transportait des tasses et, sous les serviettes qui couvraient des bosses aguichantes, peut-être des petits pains. J'avais très faim. Je m'approchai d'eux, je les saluai, j'étais accueillie comme avait dû l'être l'enfant prodigue. Je saisis une cafetière, je me versai enfin mon nectar noir, la gouvernante ajouta du lait et le valet me proposa des croissants, encore tièdes, je n'avais pas rêvé, cachés sous le linge blanc.

Je prenais possession du café, du lait et de ces quelques croissants. Fête céleste. Qu'on ose dire que l'argent ne fait pas le bonheur, sinon un peu de bonheur !... Je sentais, je percevais l'odeur de l'argent. Parfum à base de dollars dilués, il était composé d'éléments divers : du café, des croissants chauds, du plastique sous le soleil, des produits contre les rayons ultraviolets, et de quelques fleurs. La fumée d'une cigarette très coûteuse planait. Un fumeur caché me surveillait-il ? Un employé noir raclait le fond de la piscine, à la recherche de quelques cheveux perdus. Il faisait fonctionner un aspirateur sous l'eau qui engloutissait parfois les feuilles.

Dans les bas-fonds de mon sac, je cherchais une cigarette, je voulais fumer, pour me donner une contenance. Dans une main, une tasse, dans l'autre, la cigarette, le visage à moitié masqué par mes lunettes, les jambes jolies parce que rehaussées, je pensais avec compassion aux bergers qui circulaient sur leurs échasses, dans les marais.

La chaleur s'accentuait, j'aspirais l'odeur de l'argent. J'aimais ce luxe olfactif. Mon regard découvrait le moindre détail de ce décor absurde dans sa beauté. Sans avoir rencontré Gregory, je n'aurais jamais connu l'opulence. J'étais là, parce que j'avais bien voulu y être, personne ne m'avait obligée à me balader dans un avion privé. Pourtant, ici, l'attente me semblait anormale. Je me levai pour aller à la recherche de Gregory. Je vis apparaître un homme de taille moyenne, légèrement hirsute, vêtu d'un peignoir de bain. Il se dirigeait vers moi, il me lança un « hello ». Arrivé à la table, il se versa un café et me dit :

« Vous êtes la « french girl » de Gregory, je suppose ? »

J'hésitai à répondre tant il semblait sûr de lui.

« Depuis qu'on entend parler de vous, dit-il en mangeant, vous avez redistribué nos cartes...

— Tout cela n'est pas clair pour moi... Expliquez-vous. »

Il réfléchit et me contempla.

« Vous êtes très à l'aise pour vous exprimer en anglais. Très à l'aise. »

Hérisson en boule, toutes piques dehors, je voulais faire saigner la main imprudente qui me toucherait. Je dis :

« Je trouve bizarre le comportement de Gregory.

— Parce que vous n'êtes vraiment pas au courant ? »

La moitié de son croissant, bouffie de liquide, venait de se détacher pour s'effilocher et mourir debout dans sa tasse. Je détournai la tête et je vis Gregory arriver, peinard, gentil, qui me faisait de petits signes. On fait ça à un chien attaché à un clou devant un magasin, pour le rassurer au moment où l'heureux propriétaire revient. Je ne jappais pas, je ne sautillais guère de joie. Gregory m'embrassa sur les deux joues. Je tendis mes lèvres, il m'effleura le front. Tout ce que j'aimais.

« Gregory, tu m'as manqué. Je parle avec ce monsieur. Il faudrait nous présenter, peut-être... Il dit des choses étranges... »

Et je désignai l'autre.

Gregory était gêné.

« Il ne faut pas te fâcher. Il ne se présente jamais. Il s'appelle Jeremy Brown. »

Je fis une petite grimace, je sentais ma peau tirer. J'avais dû attraper des coups de soleil dans l'eau.

« Ce monsieur Brown s'interroge à mon sujet. Il demande si je ne suis vraiment pas au courant... De quoi ? Gregory ? Vous avez fait un pari dont j'aurais été l'enjeu ?

— L'enjeu ? Non », dit-il.

Et, à son tour, il s'abreuvait de café.

La Dominicaine qui devait guetter les mouvements de ces seigneurs revenait en balançant ses hanches et rapportait de nouvelles cafetières remplies.

« Tout ira bien, chère Laurie. Il ne faut pas t'inquiéter. »

Plus il me rassurait, plus j'étais mal à mon aise. Jeremy m'observait. Il en était à son troisième croissant. Gregory se versait encore du café.

« Tu en veux, Laurie ?

— Gregory, je supporte mal cette atmosphère pesante... Que se passe-t-il dans cette maison ? »

Je réfléchissais rapidement. Il valait mieux partir d'ici. Je commençais à avoir vraiment peur. J'avais bien caché mon argent français dans ma chambre. Je demanderais qu'on me conduise à Santo Domingo. De là-bas, je rayonnerais, je chercherais un endroit pour m'installer quelques jours. Je profiterais de l'occasion d'être ici et je vivrais jusqu'à la rentrée scolaire dans ce paradis terrestre. Mais il me fallait récupérer mes valises et trouver un petit hôtel en attendant de pouvoir m'organiser. Il me semblait plutôt difficile d'arriver vers une maison de pêcheurs, avec des bagages de millionnaire. J'aurais pu, aussi, m'enraciner un peu à Juanhillo mais les approches insistantes du pêcheur de ce matin me décourageaient.

Pour le moment, je ne voulais plus d'aucun homme. Mais de la mer. La mer seule. Des cocos. Echanger quelques mots avec les non-séduisants, les non-coureurs, les non-entreprenants. De l'homme, j'avais ma dose jusqu'à nouvel ordre. Je ne voulais plus de plaisir mécanique, ni de mains expertes ou maladroites sur mes seins. Ni un type qui pleure de joie, de chagrin, d'émotion ou de victoire dans mes bras. Plus d'émotions masculines, d'aucune sorte. Ebouriffés, chaleureux, gosses, inquiets, sincères ou faux, avant l'acte, ils étaient tous de petites merveilles de tendresse, d'attention, de crainte, d'espoir. C'est après qu'ils changeaient. Maris ou amants, ils se détachaient du moment vécu et demandaient, sans aucune exception, si j'avais été heureuse. Je ne voulais plus d'aucun type attendri par son propre destin, ni entendre un « merci » comme si j'avais été un livre-cadeau à la fin de l'année scolaire. Je voulais un célibat partagé juste avec les noix de coco et les seules caresses de la mer. Je ne voulais plus l'« unique », ni l'« inhabituel », ni le « formidable », ni celui « qu'on n'oubliera jamais ». Les compliqués m'ennuyaient. Les simples me plongeaient dans une grise attente. Sans aucun doute, j'avais eu mon overdose d'hommes et si, pour ce luxe ici, le prix à payer était une tension pareille, il valait mieux déguerpir. Pourtant, écoutant ma raison, pour mieux tolérer l'attente, je me blindais. Si je pouvais vivre ici, quelques jours, sans m'occuper d'eux et m'offrir des vacances incomparables... S'ils étaient normaux et pas dangereux... Cela m'aurait arrangée. La maison était assez grande pour nous tous réunis.

J'attendais donc, crispée et polie. Gregory avait mauvaise mine. Il me tenait par la main.

De l'autre bout de la grande terrasse, apparut un groupe. Une sorte de cortège avançait vers nous. Je ne comprenais plus ce que je voyais. J'avais envie de nettoyer mes lunettes. En tête, une très grande femme, élégante, le style osseux, avec plusieurs colliers en or souple qui encerclaient son cou. Elle portait un grand chapeau pointu en forme de pagode, des lunettes noires comme la suie, un vêtement en soie, une blouse et un pantalon qui la couvraient pour la préserver du soleil. L'hallucinante impression de déjà vu m'envahit. L'homme qui la suivait me semblait aussi familier. J'étais même persuadée de l'avoir vu quelque part, récemment. Mais où ? Où et quand aurais-je pu rencontrer cet homme de grande allure, portant l'empreinte de l'âge avec une rare distinction ?

J'interpellai Gregory.

« Gregory ? Je me sens mal. Il n'y a aucune raison d'imaginer que je les ai déjà vus... tes parents...

— Ma pauvre chérie », dit-il.

Le couple était suivi par un monsieur sérieux, vêtu d'un pantalon blanc et d'une chemise à carreaux. Sous ses aisselles, deux demi-lunes de sueur. Comme deux dossiers ronds.

Ils arrivaient près de la table, j'avais une vague intention de me lever. Je ne savais pas ce qu'il fallait faire. Entre la prolo incertaine et les créatures à nurse, jamais gênées, je n'avais pas ma place. Gregory me prit par le bras.

« Viens. »

Nous fîmes quelques pas vers eux.

« Je vous présente Laurie, dit Gregory. Elle est charmante, n'est-ce pas ?

— Très jeune », dit la femme.

Et elle me tendit sa main droite, carrée et sèche comme celle d'un menuisier à la retraite. Affolée, je dis sans aucune raison, en français :

« Bonjour, madame.

— Quel charme ! » s'exclama le père de Gregory.

Et il me dit dans un français lent mais impeccable :

« Je connais bien Paris. Où habitez-vous ? Moi, quand j'y vais, je descends à... » (et il prononça le nom d'un hôtel mirifique).

Sur mon écran mental, se déroulait une scène que je ne pouvais pas situer. Je voyais cet homme, au bord d'un précipice. Il voulait pousser ou retenir quelqu'un. Mon imagination me jouait des tours. Il fallait me dominer.

« Un verre d'eau, s'il vous plaît.

— Etes-vous enfin sur la piste ? » demanda Jeremy.

Mais il m'avait coupé l'envie de boire, il avait mis, avec ses gros doigts, des cubes de glace dans mon eau.

« Gregory, parle maintenant », dit la dame distinguée.

Puis, elle ajouta :

« Elle doit être gênée, cette petite. Elle ne peut pas nous situer. Pourtant elle a dû voir la reprise de *L'Auberge des dieux morts*. Les Français m'adorent depuis *Rencontre déterminante*... Ça date un peu, mais c'est un classique.

— Ma chère Hélène, dit l'homme à la sueur en forme de document sous les bras... Ma chère, vous lui balancez tout en une seule fois... »

L'homme élégant intervint en souriant :

« Je suis sûr que le public français se souvient de *L'Inconnu de la Banque centrale*... Ce hold-up fabuleux...

— Gregory ? »

Je me cramponnais à sa main.

« Tes parents sont des acteurs, des plus célèbres qui existent...

— Elle est intelligente, dit Hélène. Très fine... et d'une allure...

— Gregory. »

Je claquais des dents.

« Ne me dis pas que ta mère est Sybille Davis et ton père Gary Bruce... »

Malgré la trempette des doigts de Jeremy dans mon eau, je dus boire, j'allais m'évanouir. La faïence de la terrasse chavirait sous mes pieds. Je me trouvais avec deux monstres sacrés de Hollywood...

« Gregory, tu es leur fils ? Ça ne m'étonne pas que tu sois devenu psychopathe. »

L'homme qui transpirait m'offrit une cigarette.

« Je suis Sam Uppenstein, le producteur. Du feu ? »

« Je tremblais, il ajustait sa flamme à mes vacillements. Avec ma main gauche, je fouillais mon sac, je cherchais à retrouver ma boîte d'Amorphyle. Mais il me semblait que, si j'amortissais trop le choc, je ne pourrais pas bien me défendre.

Hélène s'assit, chacun de ses mouvements était mesuré, calculé, équilibré, elle composa une image parfaitement photogénique. Gregory entourait mes épaules.

« Tu es sensationnelle, dit-il. Tu as un sang-froid...

— En effet, surenchérit Jeremy. Cette jeune

femme est exceptionnelle. Heureusement pour nous. »

Je cherchais. Je parlais lentement.

« Que je connaisse ta mère et ton père, des cinémathèques, c'est une chance. Que je les rencontre, c'est un événement.

— What is exactement cinémathèque ? demanda Hélène.

— L'endroit où on joue des vieux films. En noir et blanc.

— J'ai fait des films en couleurs, protesta Hélène. N'avez-vous pas vu *L'Ombre d'un amour*, que j'ai tourné avec le regretté Clark ?

— Quel Clark ?

— Gable, chérie. Gable... »

Gary intervenait.

« Nous ne sommes pas des « muets ». C'est vous qui êtes jeune, très jeune. Pourtant, avec Al, vous n'auriez pas dû avoir le moindre problème d'identification. Lui, il n'a que quarante ans. »

Je me tournai inquiète vers Gregory. Il fallait qu'il dise maintenant qu'il m'aimait un peu pour m'encourager. Un amour servi froid avec de la mayonnaise et des tomates crues en tranches. Mais amour quand même. Qu'il se déclare, qu'il prononce, assez solennellement, son irritation...

« De quoi parle-t-il, Gregory ? Qui aurais-je dû reconnaître, qui est Al ?

— Moi », dit-il.

Gregory-Al m'embrassa sur la bouche. Une série d'images dégringolait sur moi. J'étais prise sous un éboulement d'images, de bribes de films. Gregory ? Al ? Ses attitudes. Toujours beau, ténébreux, fatalement intelligent, un peu d'humour de temps à autre. Un grand tourmenté. Connu comme le loup blanc...

« Je suis Al Stone, dit-il... Tu y es maintenant ? »

Immobile, je le regardais. J'avais couché avec Al Stone, il m'avait comblée de cadeaux, Al Stone. Je m'entendis crier. Mon père poussait, dans les moments les plus inattendus, un cri comme ça.

« Mais pourquoi ? Pourquoi moi ? Pourquoi m'accoster ? Tu n'es pas leur fils ? »

Je criais très fort. L'employée dominicaine revint pour savoir si nous voulions quelque chose. Je criais.

« Une cruche d'eau glacée... De l'eau avec beaucoup de glace. »

La Dominicaine ne comprenait pas pourquoi je criais tant. Elle partit à pas précipités.

« Pourquoi, Gregory ?

— Une affaire de cinéma, dit-il, douloureusement. Il y a deux mois, Uppenstein m'a proposé un scénario qui ne tenait pas debout. Mais mon rôle était intéressant. Je fuyais dès la première minute jusqu'à la dernière. Et, avec une balle dans le dos, je devais mourir dans les bras de l'héroïne. C'est rare que j'accepte de mourir à l'écran. »

La Dominicaine était revenue avec de l'eau. Je pris subrepticement une moitié d'Amorphyle dans mon sac et je l'avalai en vidant un grand verre. L'idée même du calmant me calmait. J'avais la voix éteinte.

« Tu fuyais quoi ?

— Justement. Le scénariste hésitait entre plusieurs solutions. J'étais insatisfait. Je n'acceptais surtout pas le début. »

Je n'avais qu'un filet de voix.

« Quel début ?

— Une femme à accoster près de Times Square. Il faut être la dernière des gourdes, une droguée ou une fille complètement abrutie pour se laisser conduire dans un hôtel borgne, sans protester.

— Merci.

— Je ne parle pas de toi.

— Mais si. »

Je n'avais pas un chat dans la gorge mais une meute de félins. Uppenstein intervint.

« Nous trouvions le début fascinant, très public. On situait d'abord ce faux enlèvement à Times Square. Mais nous préférions tenter Duffy Square juste à cause du cinéma qui déverse le public de ce côté-là... »

Gregory l'interrompit.

« Il fallait que je sois convaincu de mon rôle. Je n'accrochais pas. Et si je ne crois pas, je ne peux pas le jouer. »

Jeremy ouvrit la bouche après une longue réflexion.

« Nous proposions à Al de faire des tests. D'essayer d'accoster quelqu'un. C'était un pari. Il était sûr que l'on allait le reconnaître et lui demander des autographes. Mais non. Sa première tentative, une femme d'une quarantaine d'années, s'était mise à hurler « assassin, assassin ». Gregory, Al si vous voulez...

Je ne voulais rien. Grâce à l'Amorphyle. Ils devenaient mous et paisibles. Je les apercevais assis sur un nuage.

« Nous surveillions la scène d'une voiture. »

Sam racontait, maintenant volubile.

« Pour sauver Al, j'accourus et donnai cent dollars à la femme au moment où la voiture de police arrivait, elle se confondit en remerciements.

— La deuxième... continua Gregory... La deuxième était une fille d'une vingtaine d'années, elle m'avait donné un coup de pied dans le tibia, j'ai encore un bleu, je l'avais lâchée en poussant un cri. Ma théorie se justifiait, l'enlèvement ne marchait pas. Il fallait trouver un autre début. »

320

Je tremblais légèrement.

« Pourquoi ne pas fuir seul ?

— C'est tout à fait elle, la logique pure. Elle m'a démontré chaque fois nos erreurs. »

Uppenstein semblait soucieux.

« Il n'y a pas de film sans une femme attirante. Surtout sans une romance. »

Je m'entendais de loin.

« Pas forcément commencée dans Times Square.

— Bref, dit Gregory, nous étions planqués dans une voiture. Dès qu'un flic arrivait, nous démarrions et nous revenions au point de départ. »

Uppenstein but aussi un peu d'eau.

« Le jour de la pluie, nous avions décidé d'abandonner l'affaire. Pas le film, mais ce début. »

Gregory me tapotait la main.

« On t'a vue soudain. Tu te dégageais de la foule et, dans cette pluie incroyable, tu allais traverser... « Elle doit être complètement dans les vapes », avons-nous dit. Je me lançai à ta poursuite en risquant un gros rhume. Je t'ai entraînée dans l'hôtel. Nous payions la chambre depuis une semaine. Le patron était dans le coup. »

Hélène m'interpellait.

« Chérie...

— Oui, madame.

— Vous êtes coupable du reste. Il devenait le prisonnier de votre imagination. »

Gary prit un bonbon et se mit à sourire. Il avait des dents blanches, uniformes, sorties du même moule.

« Vous nous avez inventés...

— Je vous ai inventés ?

— Oui, ma chère. Avec votre histoire de parents reclus et désabusés, très riches.

— Je ne voulais pas revenir forcément vers l'écran, dit Hélène. Mais cette mère folle de son corps, laissant son enfant aux soins d'une nurse, ce petit côté caché de nympho m'attirait.

— Le père est bien aussi, dit Gary. Je veux dire le rôle. Vous m'avez prêté des puits de pétrole, mais aussi beaucoup de complexes vis-à-vis de mon fils.

— Il faudrait qu'elle se repose maintenant », dit Gregory inquiet.

Je protestai.

« Je vais bien, merci. J'ai donc aidé à construire votre film ?

— En très grande partie, dit Uppenstein. Nous pensons à Mia Farrow pour vous jouer... Vous... Quelle est votre impression ? »

La colère qui monte malgré un calmant est redoutable. Un jour, sous l'effet d'une colère muselée par l'Amorphyle, j'ai balancé un flacon de café en poudre dans le visage de Marc.

Ici, il ne fallait surtout pas perdre mon contrôle. Ni pleurer, ni m'indigner. J'étais profondément humiliée. J'avais honte de mes rares moments de tendresse, de mon attirance pour Gregory.

« J'étais un cobaye...

— Pas tout à fait, tentait de me calmer Uppenstein. Pas tout à fait. Disons, vous avez été notre inspiratrice. Vous nous avez restructuré notre film, grâce à vous, tout est logique maintenant. Vous avez été une source incomparable de détails. Grâce à votre œil européen. Mais nous vous avons comblée aussi. Vous croulez sous les cadeaux... »

Je me retournai vers Gregory et j'avais, à ce moment-là, envie de pleurer.

« Même les cadeaux ?

— Ma chérie, dit-il. Je les ai offerts de tout mon cœur. »

Je cherchai un mouchoir.

« A leurs frais ?

— Quelle importance ?

— Les ambres aussi ?

— C'est nous, dit Jeremy, en montrant Uppenstein. La propriété ici m'appartient... Vous pouvez rester tant que vous voulez... Nous ne demandons pas mieux que de vous offrir de belles vacances et de vous renvoyer à Paris en première classe. Vous garderez toutes vos affaires et un bon souvenir... »

Je comprenais maintenant pourquoi ma colère me déchirait et pourquoi j'allais dire des choses irréparables. Ce n'était même pas mon honneur de femme qui était en question mais ce que l'on appelle, bêtement, la dignité humaine. Ils ne sentaient pas l'orage venir. Ils étaient si sûrs d'eux-mêmes, si célèbres, si riches, si puissants.

Sam se mouchait.

« Résultat prodigieux. On pourrait d'ailleurs presque continuer l'expérience. Nous avons obtenu un résultat unique. Je crois au vécu. Vous nous avez donné « votre » vécu. »

Hélène s'impatientait.

« J'ai l'impression que cette jeune femme est mal à son aise. Mettez-vous à sa place. Qu'est-ce qu'elle doit digérer, absorber... Ce que j'ai trouvé déplorable dans cette affaire, c'est le côté sentimental. Al n'aurait pas dû aller si loin. »

Gary continua.

« Il faut préciser le phénomène inouï, elle ne l'a pas reconnu, Al. Et on le dit l'un de nos plus grands acteurs en Amérique. Depuis que j'ai pris ma retraite... »

Il s'adressait à moi, maintenant :

« Vous avez dû le voir souvent. Il est très populaire en Europe. Il a fait un succès monstre avec *Le Père de mes enfants.* »

Il ajouta avec un fin sourire :

« Du moins, c'est ce que l'on raconte. »

Les paroles me touchaient, m'effleuraient, volaient autour de moi. Des ailes de paroles, des battements de paroles me caressaient le visage. Je devais émerger.

Gregory me prit par la main.

« Tu as sauvé le film. Nous étions déjà prêts à partir quand on t'a aperçue sous la pluie. Tu marchais, transfigurée. Le visage levé vers le ciel, démunie, mi-princesse, mi-clocharde.

— Il devient lyrique », constata Hélène.

J'intervins, faible.

« Et dans votre histoire... Qu'est-ce que tu aurais dû faire à l'hôtel ?

— Je t'aurais convaincue, lors d'un vrai psychodrame, de rester avec moi. Nous hésitions pour la fin. J'ai proposé qu'elle soit abattue, elle. Je t'ai dit que je n'aimais pas mourir juste avant la fin. »

Je parvins à parler. Difficilement.

« Et moi ? Dans tout cela ?

— Tu étais presque heureuse quand je t'ai accostée. Notre ressort du début était faussé mais devenait original. Ensuite, tu as trouvé d'instinct tous les points faibles. Tu m'expliquais nos failles. Tu devenais toi-même une vedette. Le début prenait, grâce à toi, un poids inespéré. Avant que je te retrouve chez toi, dans l'appartement de ton amie, j'ai consulté Uppenstein et Jeremy. Nous avions quelques remords... Mais de nouveau, il faut dire que tu semblais heureuse de me voir...

— Je me suis même soûlé, un jour, dit Jeremy.

— Moi, j'avais envie de pleurer, continua Sam. Vous étiez si « soft ». Si innocente, si douée. Tellement candide. »

Je retirai ma main de celle de Gregory.

324

« Tu m'as inventé des vies, continua-t-il. Des parents... L'histoire prenait forme, grâce à toi. Le fait que tu sois française nous intégrait mieux dans un contexte européen. Nous avons refait la distribution. D'où la présence d'Hélène et de Gary. »

Sam grignotait un pain aux raisins.

« D'où l'attente aussi à Santo Domingo. Il fallait qu'ils arrivent.

— Et pourquoi fallait-il venir ici ? »

J'étais moralement exsangue. Humiliée. Nue. Blousée à mort.

Uppenstein expliqua :

« Le cadre se prêtait mieux à une explication que New York ou la Californie même. On comptait sur la mer bleue, sur le ciel, sur les forêts de palmiers, pour vous amadouer. Nous voulions et nous voulons toujours vous offrir des vacances. »

Je ne me suis jamais évanouie, ce n'était pas le jour pour commencer. On avait placé ma vie sous une loupe. Chaque seconde avec Gregory avait été décortiquée, discutée. Avait-il parlé aussi de nos amours nonchalantes, sophistiquées, mais amours quand même ? De fabuleux requins nageaient autour de moi. Ils étaient tous intéressés par ce minable poisson rouge qui tournait en rond dans leur aquarium.

« Cette enfant est choquée, dit Hélène. Je vous dis qu'elle est choquée. Il y a de quoi... Le jeu a été un peu trop cruel, mes amis. Heureusement, je n'y suis pour rien. »

Gary dit :

« J'adore Paris. J'adore la France. Quand je vais en Grèce, je m'arrête toujours dans votre pays. »

Hélène ôta, une seconde, ses lunettes-lucarnes et démasqua son visage, si célèbre. Je m'apercevais gosse, accrochée à papa qui me plaquait au cinéma. Parfois l'ouvreuse venait s'asseoir près de moi et, quand le film me faisait peur, elle me tenait par la main. J'apprenais le cinéma pendant que mon père se livrait aux « mauvaises femmes ». Je regardais Hélène factice, énorme, sympathique et monstrueuse. Je l'avais vue jouer des fermières intrépides, des pionnières, des vieilles filles sublimes, des nonnes, des bourgeoises déchirées. Elle avait autant d'esprit que de talent, elle remit ses lunettes et me tendit la main.

« Pauvre trésor, l'amour-trompe-l'œil fait mal, n'est-ce pas ? »

Je faisais « non » de la tête. Gary sortit une cigarette d'un étui en or. Un rayon aveuglant avait éclaté en morceaux sur la surface dorée.

« Notre scénariste est épuisé, prononça Gary. Voulez-vous le connaître ? Il n'ose pas venir vous rencontrer. Un grand timide, celui-là. »

Gregory se tourna vers moi et dit :

« Ronald, le scénariste, était désemparé dès le début de l'expérience. Il devait suivre un jeu de vérité. J'ai pu t'entraîner à l'hôtel, O.K. C'était prévu et réussi. Mais ce qui détraquait tout, c'est que tu n'en aies pas eu peur. Et puis, tu ne voulais plus t'en aller, non plus. J'aurais voulu t'expliquer l'affaire, tu ne m'as pas laissé placer un mot. Dès la première minute, tu as commencé à inventer des versions de ma vie. »

Il se tourna vers Jeremy qui épluchait une mangue. Jusqu'aux poignets, ses mains étaient sucrées et humides.

« Jeremy, où est Ronald ?

— Il se terre. »

Puis vers moi :

« Il ne faut pas vous en faire, dit Jeremy. On va vous récompenser un peu plus.

— Ronald », cria Gregory.

Puis il traversa le patio à la recherche du scénariste.

« Ronald... Ronald ? Tu ne peux plus échapper à cette confrontation. Tu ne peux pas ! Viens. »

Un petit homme pointa de la terrasse. Il était pâle et supportait avec tristesse une calvitie avancée. Il avait mauvaise mine.

« Voilà Ronald, notre scénariste. C'est Laurie... Ronald, dis merci à Laurie. Regarde-la bien. C'est elle qui a nourri tes pages depuis quinze jours. »

Nous nous regardions en chiens de faïence. Ronald me lança un faible « hello ».

Je m'exclamai :

« J'ai nourri vos pages...

— Tu nous a fait notre film... dit Gregory, fier de moi. »

Je me cramponnais au fauteuil. Hélène intervint.

« Dans *L'Auberge des dieux morts,* il y avait une scène où j'avais souffert comme vous devez souffrir maintenant. Je me découvrais amoureuse d'un mort. Pénible, n'est-ce pas ? »

Gary alluma une nouvelle cigarette.

« Trop jeune pour avoir vu ce film. »

Je lui rabattis le caquet :

« Je vous ai vu en noir et blanc dans *Huppe le Vengeur.* Quand j'avais sept ans.

— Autant pour ta pomme, dit Hélène... Trop jeune ? *L'Auberge des dieux morts* a été tournée après *Huppe*...

— Pourquoi connaît-elle nos films ? demanda Gary désorienté.

— Elle me rendait fou avec ses références, commenta Gregory. Pas une seconde de pitié. D'ailleurs, elle a repéré les réminiscences... Toutes... Ecoute, Laurie. »

Il se tourna vers moi.

« J'ai compris qu'en t'écoutant, on pourrait bâtir un film passionnant. Tu nous mettais tous dans ta poche. Quant à moi, j'ai une femme, deux enfants, une ferme modèle, une vie équilibrée. Il ne faut pas imaginer les acteurs forcément coureurs et séducteurs. Je n'ai pas voulu tromper ma femme. Mais tu n'étais que charme, tentation.

— Tu as couché avec moi pour me faire parler ?

— Tu es jolie, Laurie, fine et excitante d'intelligence. »

Jeremy venait d'engloutir la moitié de sa mangue.

« Sexy aussi. Peut-être parce qu'elle est « french ».

Tous ces gens allaient faire de l'argent avec ma vie. Du fric avec mes pensées, mon corps, tout mon être. Peu à peu, je changeais. L'Amorphyle m'aidait à ne pas leur envoyer la cruche d'eau à la figure. A l'un d'eux. Je me versai un peu de jus de fruits. Je retrouvai ensuite ma place. Je les regardai et je prononçai :

« Quand tournez-vous ce film ?

— Dès que nous aurons l'accord de la vedette féminine. »

Je me tournai vers Ronald.

« Avec tout ce que j'ai pu raconter à Gregory, vous avez fait une belle histoire.

— Oui, fit-il. Je suis navré... »

Sam intervint.

« A tout hasard, en fait, nous n'en avons pas besoin mais, quand même, vous allez nous signer une petite autorisation. Nous tournerons des passages de votre enfance. Je vois même les séquences en noir et blanc...

— J'étais enfant en 1950 et non pas en 1930. Vous allez vous rendre ridicule en noir et blanc. Le rétro ne se vend bien qu'en couleurs... »

Gregory s'exclamait :

« Elle est toujours comme ça... Elle vous dégonfle votre ballon... Paf... Plus rien. »

Sam me regardait, admiratif.

« Elle a des choses dans la tête, c'est bien... »

Il tapotait son front.

« Il y en a là-dedans...

— Dans votre film, je serai donc directement concernée ?

— Cent pour cent. Française, imaginative, seule à New York à cause d'un chagrin d'amour. Se laisser accoster par un fuyard. »

Je me tournai vers Gregory et je lui dis avec une douceur infinie :

« Je crois que tu es un infâme salaud.

— Non, Laurie. Non. C'est toi qui nous a emportés. »

Jeremy s'expliqua aussi :

« On va faire un très joli film. Romantique. »

Je me lançai. Je prononçai avec une certaine difficulté :

« Si vous utilisez ma vie, il faut me payer.

— Vous avez eu des compensations, dit Sam. Vous en avez eu. Nous vous avons comblée. Regardez votre bracelet, regardez votre montre. Regardez votre bague... »

Je l'arrêtai.

« Je me croyais avec un homme amoureux et généreux.

— Il est généreux, dit Jeremy. Mais pas avec son argent. »

Gregory tentait de m'amadouer.

« J'étais coincé, ma chérie. J'avais vraiment envie de t'offrir des cadeaux. J'étais heureux de voir ta joie. Tu es devenue, Laurie, une très gentille liaison. Je ne t'oublierai jamais. Jamais.

— Et qu'est-ce qu'elle croit ta femme ?

— Elle sait ce qu'est la préparation d'un film. Elle sait qu'être au plafond du box-office, comme moi, implique quelques sacrifices.

— Sacrifices... »

Hélène jeta un coup d'œil sur son bracelet-montre.

« C'est horrible, mes enfants... Faire ça à une femme.

— Même à un homme, dit Gary. Même à un homme. »

Je levai le regard sur Hélène et sur Gary :

« Vous n'étiez donc pas du tout prévus comme parents ?

— Non, dit Sam. C'est vous qui les avez suggérés. Tout ce que vous avez inventé concernant la famille nous servait. Nous avons sollicité nos grands amis. Nous les avons sortis de leur retraite. Ils sont bien en parents ? Non ? Vous les voyiez comme ça ? Quelles sont vos impressions ? »

Je me regardais de l'extérieur. Je me voyais solide. Forte. J'avais envie de pleurer mais rien n'apparaissait. Aucune émotion.

« Chaque parcelle de ma vie, chacune de mes respirations, il faudrait me les payer. Vous avez fait de moi un bébé-éprouvette.

— What is un bébé-éprouvette ? » demanda Hélène en levant son regard sur Gary.

Gary se pencha vers elle et lui posa un petit baiser sur la main.

« C'est quelque chose qui se fait dans un alambic. Ça n'a rien à voir avec l'amour.

— Ah ! bon, dit-elle. Ah ! bon ! »

Ronald intervint.

« Nous pourrions presque utiliser la scène de la découverte. L'arnaque dévoilée. Tout ce qu'elle dit est bon.

Jeremy versait de l'eau glacée dans son verre.

« Surtout si on fait une comédie dramatique. Un peu de sentiment est nécessaire. Visiblement, elle est déchirée à l'idée que Gregory n'est ni un homme libre, ni un neurasthénique, ni un enfant gâté, mais seulement un acteur qui voulait que son rôle soit crédible.

— Ça va être trop intellectuel, les contredit Gary. Je crains que vous n'alliez vous couper d'un certain public si vous entrez plus loin dans la psychanalyse. »

Ils parlaient de moi. Je me voyais en combattante romaine munie d'un bouclier, avec un casque et une lance. Je me voyais catcheur, je me voyais parachutiste descendant sur un terrain ennemi. Je décidai de ne pas me laisser battre.

« Je voudrais qu'on me retransporte à Santo Domingo. Faites revenir votre hélicoptère.

— C'est cher, s'exclama Sam. On ne le prend que dans les moments très importants. Nous avons ici deux voitures.

— Je veux m'en aller d'ici immédiatement. »

Jeremy tenta de me calmer.

« Vous n'avez pas à vous fâcher. Restez là. Installez-vous... Prenez des vacances.

— Pour que vous me regardiez, me filmiez mentalement ? Que vous transformiez chacune de mes phrases en dialogue ? Je veux vous quitter sur-le-champ. »

Et je me tournai vers Sam :

« ... Je vous prie d'appeler tout de suite l'héliport de Santo Domingo. Faites revenir l'hélicoptère. Il faut que je m'en aille d'ici. Vous devez aussi me payer. »

La phrase m'échappa, presque malgré moi.

« Vous payer ? dit Sam, soucieux. Comment ? Vous payer ?

— Payer pour le scénario que vous allez faire de ma vie. »

Je ne savais pas très bien combien d'argent il fallait demander. Je ne savais pas combien coûtait une vie humaine, combien coûtait le vécu, combien coûtaient le sentiment, la fraîcheur, la spontanéité, le bonheur d'exister, mes exclamations, l'humiliation...

« Cent mille dollars en espèces. »

Je prononçai la somme dans le style des westerns. Je me sentais au cinéma. Face à des requins, toute petite, les cheveux presque secs, sagement assise à l'ombre. Je discutais la vente de ma vie. Il fallait qu'ils me donnent de l'argent et, avec cet argent, je m'achèterais un appartement et, avec un appartement, je m'assurerais une nouvelle vie. Vie pour vie. Il fallait qu'ils paient.

« Cent mille, s'exclama Sam. Mais elle est folle !... »

Gregory muet attendait, tassé sur son fauteuil.

Jeremy me fixa et prononça :

« Si vous restez une semaine de plus pour boucler la comédie...

— En aucun cas... »

Hélène se tourna vers Sam.

« Vous devez payer, c'est clair. Cette petite n'est pas tombée de la dernière pluie. Elle me semble très combative. Vous nous parliez d'un être sans défense, vulnérable. »

Gary prononça :

« C'est ça, la nouvelle génération. Tu comprends, Sam. C'est ça... On ne peut plus faire n'importe quoi avec les gens. Ils ne sont pas aussi éblouis par nous qu'ils l'étaient, il y a quelques dizaines d'années. Et même s'ils sont éblouis, ils retombent sur leurs pieds. Ils demandent la justification de nos existences. Ils interviennent dans les événements. C'est l'effet direct du cinéma et de la télévision. De tous les renseignements qu'on donne sur nous. On sait maintenant presque tout sur le tournage d'un film. Avant, c'était un mystère. De nos jours, les gens suivent les budgets, ils connaissent les chiffres... »

C'est Gregory qui a clos la conversation.

« Sam, à ta place, je ne discuterais pas. Nous n'étions pas grandioses dans cette affaire-là. »

Ronald se rongeait les ongles. Jeremy prononça :

« On va discuter un peu le prix. »

Je répétai, en regardant mes pieds.

« Cent mille dollars. »

Sam quémandait :

« Cinquante.

— Cent ! »

Je n'y croyais pas, j'osais. Qu'est-ce que j'avais à perdre... Ils faiblissaient à vue d'œil. Surtout Gregory, mon amant qui portait à la place de son cœur un taximètre. Un compteur de sentiment. J'acceptai leur proposition à soixante-quinze mille dollars. Cash. Je n'ai jamais eu de vraie confiance dans les chèques. Au prix où était le dollar en France, j'avais largement le prix de mon appartement.

« Je viendrai, un jour, à Paris, pour te retrouver, dit Gregory. J'ai eu de vrais sentiments pour toi. Tu es une fille généreuse, débordante de cœur, tu donnes, tu donnes... Je ne t'oublierai jamais, Laurie. »

Je le regardais.

« Au revoir, Gregory.. »

J'avais la gorge nouée d'émotion. Je les haïssais, je les aimais.

« Au revoir, Gregory. »

Ce salaud, il a failli me faire mal.

Je débarquai à Roissy, avec une gueule de bois. Abreuvée de champagne, j'avais voyagé en première classe.

Je portais l'argent dans mon sac en bandoulière. Mes trois valises étaient bourrées de vêtements et mon bracelet vissé sur mon bras. La montre m'indiquait l'heure dorée et la chevalière sans gravure mon manque de pedigree.

Dans les demi-cauchemars de ce luxe jamais connu, je ne cessais d'émettre des hypothèses quant à mon avenir. Je constatai lors de ces moments lucides que mon bilan m'était favorable. Je n'avais pas le droit d'être malheureuse. J'étais juste humiliée. Suffisamment pour que l'émotion me colore le visage chaque fois que je revivais la scène de la piscine. Je pensais aux commentaires mi-ironiques, mi-admiratifs de mon père et au silence compatissant de maman. Où pouvait-elle être ? Peut-être déjà à Paris ? M'attendant. J'arrivais avec un collier en ambre. Et mon cœur.

J'avais mal à la tête, je quittai l'avion, soulagée. Je me vidai de mes pensées et je me laissai porter au rythme du flux des couloirs roulants. Parisienne née, bête de béton, je ne m'épanouissais que dans cette ville. Comme une taupe qui, parfois la tête dehors, profite du soleil mais replonge aussitôt dans son trou. Je fêtais Paris et ses impossibles bonheurs. Je respirais avec volupté l'oxyde de carbone bien de chez nous et j'attendais de découvrir celui qui m'engueulerait le premier. Pour rien. Pour le plaisir. Je retrouvais la ville familière, frigide et maussade, comme d'habitude. Je l'aimais telle qu'elle était : hargneuse, bête séduisante, arrogante, sublime, l'irremplaçable à fuir et à retrouver. Mon Paris à moi où je n'avais plus de fantômes. J'entrais dans mon bunker. Le seul qui ait un arc de triomphe. Je dégottais un chariot bancal et j'attendais que le tapis roulant tourné devant nous en forme de parenthèses ramène mes trésors. J'étais partie avec une valise médiocre et je revenais avec trois bagages somptueux. Je glissai dix francs à l'employé, blasé et blousé de bleu, pour qu'il me donne un coup de main.

Il les hissa sur un chariot dont la roue droite avant manquait.

Je m'avançais en maintenant un fragile équilibre vers la douane, sous le regard indifférent d'un beau Français des îles.

« Quelque chose à déclarer ? demanda-t-il.

— Soixante-quinze mille dollars... »

Il me regarda, indifférent. Il me prenait pour la première cinglée qui arrivait et la journée allait être longue. Il ne fallait pas qu'il s'énerve. Il me chassa d'un geste de son champ visuel.

La porte automatique s'ouvrit et je me trouvai dehors. Je me démenais pour m'incruster, avec le chariot qui voulait jeter mes valises, dans la queue d'attente des taxis. Même les resquilleurs étaient fatigués. Certains arrivaient à Paris comme chez un dentiste. Nous étions tous des pots de terre angoissés. On affrontait cette ville, on s'y mesurait. Moi, je revenais enfin adulte. Je vais m'acheter un appartement à moi seule. J'aurai mon trou, mon domaine, mon royaume. J'avais gagné mon toit. Qu'importent les chocs et ce sentiment diffus et dérangeant, cette humiliation que j'avais subie.

J'attendais patiemment que ce fût mon tour. Le chauffeur de taxi, en maugréant, avait placé et ajusté mes trois valises dans le coffre. Je lui indiquai l'adresse. J'allais faire escale dans mon ancienne vie. Si jamais il était là, j'embrasserais Marc. Cet après-midi même, j'essaierais de découvrir une agence immobilière ouverte qui me trouverait, au milieu du mois d'août, un appartement à acheter.

Devant la maison, j'extirpais mes clefs de mon sac. Je donnais un confortable pourboire au chauffeur. Celui-ci avait accepté de poser mes valises devant l'ascenseur. J'allais les monter, une par une. Parce que, si je restais bloquée entre deux étages, les revenants du début septembre ne trouveraient qu'un squelette accroché à ses clefs et à son sac bourré de dollars. Je réussis à poser la première valise dans l'ascenseur. J'appuyai sur le bouton du cinquième. A la hauteur du troisième étage, une curieuse odeur m'atteignit. Je ne pouvais pas situer son origine. D'oignons frits ? D'insecticide ? Un suicide au gaz ?

A notre étage, l'odeur était épaisse, sucrée et méchante. Avec un écœurement à la clef. Je devais descendre chercher les deux valises laissées au rez-de-chaussée, mais, d'abord, je voulais me débarrasser du premier bagage. La porte de l'appartement s'ouvrit avec facilité. Je me retrouvai ébahie devant Marc qui me regardait, bouche bée. Il était torse nu, tacheté de peinture blanche, vêtu d'un short. Tout était blanc dans l'appartement recouvert de bâches.

« Marc, tu es là ?

— Qu'est-ce que tu fais là, Laurie ? »

Nos deux questions se cognaient.

« J'arrive ce matin. »

J'aurais dû dire de la République Dominicaine. Ç'aurait été compliqué de commencer à raconter, à inventer, à enjoliver, à cacher l'essentiel.

« Tu es déjà là, répéta-t-il. Ça alors...

— Tu m'engueules ?

— Non. Du tout. Je suis juste étonné.

— Je peux m'en aller.

— Tu plaisantes.

— Je ne sais pas.

— Je suis content, dit-il enfin.

— J'ai deux valises en bas. Personne ne risque de les voler, elles sont très lourdes mais il faudrait quand même les monter. Si tu voulais descendre les chercher... »

Son regard s'arrêta sur mon bracelet et effleura aussitôt ma montre et ma bague.

« D'où as-tu ça ?

— Je t'expliquerai. Je les ai gagnés... Tu veux aller chercher mes valises ? »

Il se regarda :

« Je suis tout blanc.

— Il n'y a personne. »

Il descendit, de mauvaise humeur. Pour une entrée en matière, c'était brutal, franc, français. Mais je ressentais une certaine chaleur, quelque chose de familial. Malgré la puanteur de la peinture et l'appartement devenu invivable, j'étais arrivée à Paris. J'étais chez nous. Assise sur le canapé recouvert d'une bâche, j'attendais que Marc, à moitié blanc, revienne avec mes bagages et referme la porte derrière lui.

« Qu'est-ce que c'est que toutes ces valises ? dit-il. Et pourquoi reviens-tu déjà ? Je voulais te faire une surprise.

— Ne me fais plus de reproches, je suis là, c'est tout. Et si tu m'embrassais...

— Je devrais prendre d'abord un bain », dit-il. Mais il posa quand même ses lèvres sur les miennes. Notre romantisme d'occasion laissait à désirer. Il entra dans la salle de bain, nous conversions en poussant la voix, parfois en criant jusqu'au moment où il revint, vêtu d'un peignoir, les cheveux en l'air, assez timide. J'étais contente de le voir. Un grand bien-être m'envahit.

« Pourquoi peins-tu ?

— Le labo est fermé. Il fallait prendre des vacances. Ils m'ont mis à la porte, je ne retourne qu'au 1er septembre. Je voulais te faire plaisir.

— Tu ne m'as pas dit que tu savais peindre... »

Ce que nous disions n'avait aucune importance mais c'était doux. Il s'expliquait comme s'il soutenait une thèse. Avec mesure et précision.

« Figure-toi, au bout de longues recherches, j'ai trouvé une droguerie ouverte. J'ai acheté des pots de peinture et des rouleaux. Le patron de la droguerie m'avait indiqué tout ce que je devais faire. Le plus dur, c'est de décaper avant. J'imaginais les w.-c. en jaune canari. Qu'en penses-tu ? Un beau jaune gai, le matin, ça encourage... »

Que faisions-nous dans cet appartement asphyxiant ? Nous parlions de rouleaux et des w.-c. éventuellement jaune canari. L'appartement blanc avait blanchi le regard de Marc.

« Remets tes lunettes...

— Pourquoi ?

— Tu as l'air vulnérable sans lunettes.

— Tu crois », dit-il.

Il les chercha et les retrouva. Je m'aventurai sur le terrain difficile.

« J'aimerais savoir où est... »

Je fis une concession. Je prononçais le prénom.

« ... où est Jackie ?

— En vacances avec ses parents. Tu n'as pas voulu me croire. Elle était juste une aventure de passage. Tu as fait un trop grand cas de cette affaire... Tu veux une cigarette ?

— Une odeur de plus. »

Il m'apporta un paquet et dit :

« Tu es bronzée mais tu as l'air fatiguée. Tu dois avoir mal au dos. Toute une nuit dans l'avion. »

J'aurais dû lui annoncer que j'avais voyagé en première classe. Que j'étais pleine de fric. Mais le moment que nous vivions était fragile.

Marc alla s'habiller dans le réduit. J'entrai dans la chambre à coucher pour cacher l'argent. Le lit n'était pas fait. Le drap gisait, froissé, usé. Les rideaux étaient clos. J'ouvris la fenêtre, j'ôtai les vieux draps et je commençai à faire le lit.

Marc se planta sur le seuil et me regarda. Je me reposerais dans la chambre ordonnée et aérée. Je prenais de nouveau le commandement. Même si j'avais voulu être soumise, jouer le rôle de la petite femme faible qui revient au bercail, je le ratais. Il fallait autour de moi que les choses soient rangées.

Il prononça, comme un élève de jadis qui voudrait une récompense :

« Depuis un mois, je n'ai couché avec personne. »

Je devais peut-être le féliciter. Je ne savais pas. Je retournai vers le living-room. Il me prit dans ses bras. Je sentais la fumée et le champagne. Je voulais tout d'abord, à mon tour, m'enfermer dans la salle de bain. Il m'en empêcha. Il ferma les volets et nous avons fait l'amour par terre sur la bâche. Nous sommes restés couchés sur cette toile raide, nus l'un contre l'autre, enfants du xxᵉ siècle sentant la peinture et l'ordre bourgeois. Je rentrais dans le système tout blanc de Marc, je n'en étais pas malheureuse. Plus tard, je chercherais un apaisement. J'avais profondément mal et quelque chose d'indéfinissable me saisit. Je pris une cigarette. Il apporta une bouteille d'eau et il but au goulot. Nous étions couverts de sueur, un peu sales. Nous circulions nus, exprès, nous voulions nous afficher dans notre état naturel. Après une longue séparation, nous trouvions l'excitation physique agréable et nous profitions de toute absence de jeu qu'imposerait une liaison. Notre petit laisser-aller conjugal était reposant. Un mariage permettait de vivre en vrac, chacun étant prisonnier de l'autre. On n'était pas obligé de séduire.

Plus tard, j'ai trouvé un peignoir. Lui, il a repêché un slip d'une armoire. Et il m'a apporté une autre bouteille d'eau. Je n'avais jamais accepté de boire au goulot. Je tenais à ma bouteille à moi. J'étais encore malade de dégoût de la petite cuillère commune qui circulait entre maman et moi à l'époque des beignets.

Avec nos eaux et nos cigarettes, dans la pièce obscure, parmi les rouleaux de peinture et les trois pots ouverts, nous nous sentions dépaysés à l'intérieur de notre cage.

« Tu restes avec moi ? demanda-t-il.

— Je crois. C'est parce que tu repeins tout. Je te trouve gentil. »

De toute ma force, j'aurais voulu savoir si je l'aimais ou non.

« Gentil ? Je ne suis pas gentil, dit-il. Tu m'as manqué. »

Il se tut. Il réfléchit. Puis :

« Je sais qu'il faudrait juste encore une toute petite chose de plus entre nous pour que ça marche. Mais je ne pourrais pas te dire exactement quoi. La complicité ? La camaraderie ? Un peu plus d'audace... »

Je pensais à l'appartement que j'allais acheter. Mais je ne pouvais pas en parler maintenant.

Je le regardais. Marc avait maigri. Il semblait fatigué. Nous étions revenus d'un long voyage. Lui, d'un mois de solitude et moi de quatre semaines de bouleversements. Comment lui parler de Gregory ? De Saint-Domingue, de la famille fantôme, de mon argent ? J'aimais mes secrets, ces couches ouatées de silence. Je me calfeutrais dans une infinie discrétion. Mon luxe. Depuis longtemps, j'avais compris le pouvoir séduisant du silence. J'avais caché mes soixante-quinze mille dollars sous le lit. Il ne fallait pas que j'y pense quand nous referions l'amour, cette nuit. J'irais à la banque demain. Mes dollars, je les changerais et je les dépenserais. Je raconterais une belle histoire à Marc au moment où j'aurais mon chez-moi. Je l'y inviterais. Je me préparais un îlot qui me sauverait de la routine et de l'usure. Pourrait-il admettre que je possède mon coin ? Je ne savais pas. Je retrouvais Marc, un paysage connu. Avec enchantement et un ennui opaque. Et quelques mystères. Heureusement.

Nous sommes partis le soir dans un petit bistrot de la rive gauche et nous avons dîné sur une terrasse. Notre pizza avait un goût de jeunesse. J'acceptai un verre de vin rosé. Je me sentais à la fois privilégiée et éprouvée face à cet homme qui savait si peu de chose de la vie, qui se contentait de bonheurs modestes. C'était l'homme des petites paix et des espaces spirituels délimités. Il se contentait des satisfactions raisonnables, tandis que moi, pour m'affirmer, je voulais chaque matin escalader l'Himalaya. J'éprouvais une envie péremptoire d'écrire un livre. Un roman. Si j'avais pu lui en parler. J'écrirais un roman à la place de ma thèse. Il le lirait et me dirait : « Je me demande d'où tu sors tout cela ? » Il serait un peu jaloux, un peu heureux. Et paniqué par le monde de l'imagination qui lui échappe.

« Si nous passions la nuit à l'hôtel ? N'importe où... »

Il était ravi de ma proposition. Nous sommes allés dans un hôtel de passe, où on ne demandait ni valise, ni carte d'identité et où il fallait payer d'avance. Je faisais l'amour avec mon mari dans un hôtel borgne. Il avait l'impression de se trouver dans une situation irrégulière. Frôler le monde des péchés. Affronter l'interdit. Il en était ravi.

« On pourrait croire que je t'ai accostée dans la rue et que je t'ai amenée ici.. Tu imagines ? »

Je l'imaginais. J'eus légèrement froid. Gregory me hantait. Mais que dire de tout cela à ce bon pain de Marc ? L'affaire était trop compliquée pour lui. Cette histoire, je devrais l'écrire, un jour. Marc ne demandait que la paix. Ne pas mentir, partager avec moi ses préoccupations, ses tentations. Nous devrions être complices. C'était son plus cher désir. J'allais jouer le jeu. Sans y participer trop...

J'aurais aimé dormir mais le décalage horaire me gênait. J'étais lucide. Il me fallait trouver ma terre. Mes racines. Mon appartement sera ma maison. Je sentais monter en moi, lentement, une sensation de néant. La peur me gagnait. Je m'avouais, désespérée, que je n'avais jamais souffert d'amour. Ni d'un sentiment. J'ai toujours vaincu les obstacles. Je me défendais. Je ne connaissais pas ce que certains appelaient l'amour foudroyant, l'amour éclair, l'amour paralysant, l'amour renaissant. Je croyais aussi peu à un coup de foudre qu'à un miracle. Je n'avais jamais eu un éboulement de sentiments sur la tête. La ferveur qui incite à veiller, pleurer, agoniser d'amour, renaître d'amour. Je ne savais pas ce que c'était, une vraie passion. Je regardais les jeux de lumières sur le plafond. Puis j'essayais de respirer régulièrement pour retrouver mon calme. Et m'endormir.

Quelqu'un sanglotait dans la chambre voisine. Je m'assis. Je sentais l'humidité sur ma poitrine. Je touchai mon visage. C'était moi qui pleurais : « Maman... » Oui, j'ai dit : « Maman. » Je suis redevenue l'enfant angoissée, l'enfant effrayée par de méchants contes de fées et par le mariage raté de mes parents. « Maman, ne meurs pas, maman, laisse-moi le temps de t'aimer... » Je la voyais, maman, dans une chambre ardente... Je pleurais à perdre mon âme. Je réveillai Marc.

« J'ai peur que maman ne meure et que je n'aie plus le temps de lui dire que je l'aime... Marc... J'ai rêvé qu'elle était morte... Je criais, près de son lit : « Maman, maman, je vais t'organiser « avec Marc la plus belle fête de Noël qu'une « mère ait jamais eue. » Marc, à cause du ski, on l'a toujours laissée seule, maman...

— Noël ? marmonna Marc. On est au mois d'août.

— Marc, mais il faut qu'elle sache à l'avance qu'elle aura son arbre. Et nous. Imagine qu'elle disparaisse, qu'elle meure triste. Je vais être une âme errante pendant toute ma vie. Tu sais comme j'ai peur de l'éternité... L'éternité va s'installer ici, si maman meurt avec la moindre rancune à mon égard.

— Je ne te comprends pas, dit Marc. Elle n'était pas malade. »

Maman ! L'incertitude me taraudait. Où peut-elle se trouver ? Dans le désert peuplé d'un autocar confortable avec siège réservé près de la fenêtre pour les dames seules ? Dans un train où, les yeux embués de larmes, elle regarde défiler un paysage flou et coloré, triste comme un arc-en-ciel aigri ? Dans quel hôtel médiocre essaie-t-elle de se faire un trou de bonheur, une tanière ouatée de l'espoir de me revoir ? De quel droit avais-je une importance pareille dans sa vie ? Quel bonheur-malheur d'être mère et de souffrir du dernier rêve qui reste à l'être humain : son enfant ?

« J'ai rêvé, Marc. Parce que de la maison je l'ai appelée. Son téléphone ne répondait pas. Je ne sais même pas où elle est. »

Le voisin frappa sur la mince cloison. Je me moquais des autres.

« Marc, je ne te l'ai pas dit. J'étais tellement occupée par mes petites affaires médiocres. Maman s'est inventé une compagne pour Noël par orgueil parce que nous l'avons toujours laissée seule. Papa aussi est impardonnable. Marc, s'il te plaît, aide-moi. Il faut constituer une famille autour de maman. Je serais même d'accord pour avoir un enfant... Mais il faut remplir sa vie d'affection. J'ai peur. »

Marc me calmait.

« Viens dans mes bras. Apaise-toi. Viens. Il y a eu le décalage horaire, il y a l'odeur de la peinture, il y a toi et moi, et il y a surtout toi. Tout ce que tu portes en toi. C'est trop. Tu veux tout. Tu veux vaincre et tu veux être défendue. Tu veux te battre et tu veux avoir la paix. »

Je continuais à pleurer. Je l'aimais. Je l'aimais

parce qu'il fallait que j'aime quelqu'un ou parce que c'était lui ? Je ne savais pas.

« Dis-moi, Marc, on va retrouver maman, n'est-ce pas ? On va la retrouver vivante ? Marc, je vais devenir folle d'angoisse... Marc... »

Il me berçait.

« Tu n'as jamais été heureuse quand tu étais petite fille.

— Marc, quand ma mère restait seule, je lui en voulais plus qu'à mon père. Quelle dérision ! Et plus mon père me manquait, plus je faisais mal à maman parce qu'elle était là. Parce qu'elle était douce. Elle aurait dû me brimer pour que je la respecte. »

Je redevenais enfant auprès de Marc.

« Respire paisiblement. Tranquillement. On va faire une belle fête à ta mère. »

Je m'exclamai :

« Mais la tienne ? Qu'est-ce qu'on va faire avec ta mère ? Elle ne peut pas rester seule non plus. Et les deux mères ensemble, ça ne marche pas. Mais qu'est-ce que c'est donc, l'humanité ? Individuellement, ils sont tous gentils et bons et c'est quand on les met ensemble qu'ils deviennent horribles ? Qu'est-ce qu'il faut faire, Marc ?

— Ne t'en fais pas pour ma mère, dit-il. Je ne te l'ai pas dit. On n'avait pas le temps. Elle s'est remariée en Italie. »

Je me mouchai dans le coin du drap.

« Remariée à cinquante-huit ans ? Avec un type de quel âge ?

— Quarante-trois ans, dit-il, tout à fait fier. Quarante-trois ans et elle a l'air plus jeune que lui. Ma mère est un phénomène. »

J'étais jalouse de sa mère. Je voulais ma mère privilégiée. Sinon consolée.

« S'il te plaît, Marc, aide-moi à transformer

maman, qu'elle devienne une femme libre. On va lui organiser une vraie fête et lui trouver un superbe type. D'accord ? Il faut rendre maman heureuse... »

Marc m'embrassait le front et les yeux et la bouche. Il me calait contre lui.

« Qu'est-ce qui me reste dans tout cela ? demanda-t-il, plus tard.

— Moi... »

Je souriais à travers mes larmes.

Nouvelles éditions des «classiques»

La critique évolue, les connaissances s'accroissent. Le Livre de Poche Classique renouvelle, sous des couvertures prestigieuses, la présentation et l'étude des grands auteurs français et étrangers. Les préfaces sont rédigées par les plus grands écrivains ; l'appareil critique, les notes tiennent compte des plus récents travaux des spécialistes.

Texte intégral

Extrait du catalogue*

---

* Disponible chez votre libraire.

*Le sigle 🖤 , placé au dos du
volume, indique une nouvelle
présentation.*

Composition réalisée par COMPOFAC - PARIS

IMPRIMÉ EN FRANCE PAR BRODARD ET TAUPIN
7, bd Romain-Rolland - Montrouge - Usine de La Flèche.
LIBRAIRIE GÉNÉRALE FRANÇAISE - 14, rue de l'Ancienne-Comédie - Paris.
ISBN : 2 - 253 - 03395 - 2